I0831259

TEA
BOOKS

Naslov originala
Mandy Baggot
One Greek Summer Wedding

Za izdavača
Tea Jovanović
Nenad Mladenović

Glavni i odgovorni urednik
Tea Jovanović

Lektura / Korektura
Agencija Tekstogradnja / Agencija TEA BOOKS

Prelom
Agencija TEA BOOKS

Dizajn korica / Crteži za korice
Alexandra Allden / Shutterstock

Izdavač
TEA BOOKS d.o.o.
Por. Spasića i Mašere 94
11134 Beograd
Tel. 069 4001965
info@teabooks.rs
www.teabooks.rs

ISBN 978-86-6142-258-4

MENDI BAGOT

JEDNO GRČKO LETNJE VENČANJE

Sa engleskog prevela
Gordana Subotić

Mojoj pokojnoj baba-tetki Hejzel (Baba-tetki s velikim B),
Ti si nadahnuće za Margo u ovoj knjizi. Konačno sam pronašla savršen način da odam počast tvom borbenom, živahnom i beskompromisnom pristupu životu!
Sa svom svojom ljubavlju, tvoja Unuka-nećaka s velikim U xx

1.

Envižn spa, London, Velika Britanija

– Bruno! To je to! To mi je R-tačka!

Kara Džouns je zaškiljila na komentar svoj tetke Margo. Onda je Margo počela da ispušta zvuke kakve ne biste želeli nikada da čujete od bilo koje rođake, naročito kad ste tako blizu jedna drugoj. Između njihovih stolova za masažu bilo je samo nekoliko strateški raspoređenih – možda veštačkih – biljaka s velikim listovima, a nije bilo tog lišća koje je moglo zvučno da zaštiti Karu od tih uzdaha.

– Šta je R-tačka? – upitao je Bruno. – Zvuči kao nešto dobro, o čemu bi trebalo da pričam drugim klijentima.

– Pri kraju je alfabeta, ali blizu moje G-tačke, Bruno. R znači... *raj*.

Dok je Margo uzdisala kao da je na audiciji za najodrasliji kanal za odrasle, Kara je ispružila levu ruku. Nadala se da je maska za lice koju joj je maserka Jasmin ponudila – a ona je odbila – i dalje na stočiću. Znala je da joj to što će pokriti oči neće pomoći, ali možda će nekako, bilo kako, uspeti da je preoblikuje u nešto za uši.

– Sad ćemo vas ostaviti – izjavio je Bruno – sa isceliteljskom moći toplog kamenja i prilikom da oslobodite svoje misli i povežete se jedna s drugom.

Kara je osetila da je to što je Bruno dodao pozdravu izmišljeno proseravanje, ali pošto nije ona plaćala za to iznuđivački skupo popodne, nije htela ništa da prokomentariše tetki. Vratila je masku.

– Hvala, Bruno, ljubavi.

Kara se usredsredila da se ne usredsredi ni na šta osim na toplotu vrelog kamenja, poređanog duž njenih leđa, koja je prodirala kroz lagane pokrivače od bambusa što su ih Bruno i Jasmin prebacili preko nje hiljaditi deo sekunde pre nego što su izašli iz sobe. Pustila je da je prožima nežna muzika, nekakva mešavina gregorijanskog pojanja i melodije zvončića hvatača vetra. Onda je fini miris bergamota i limuna pomešan sa... *dimom*? Kara je *nesumnjivo* osetila miris dima. Podigla je glavu s jastučeta za lice i otvorila oči. Margo je sad sedela na svom stolu za masažu, čaršav od bambusa bio je obavijen oko nje kao sarong za plažu dok je uvlačila dim iz cigarete.

– Margo! Ne možeš ovde da pušiš! – uzviknula je Kara.

– Ššš. Kara, dizanje glasa svakako nije dobro za kosmičko poravnavanje – tiho je prela Margo, pre nego što je još jednom povukla dim.

– A tvoje ispuštanje dima nije dobro ni za šta. Ugasi to. – Pokušala je da se pomeri, ali vrlo brzo je shvatila da će se, ako se pomeri, ono kamenje s njenih leđa otkotrljati na pod. Kako se njena tetka tako brzo rešila svog *i* posegnula za paklom pal mala?

– Zapravo mislim da je to ono što je Bruno uradio mom klitorisu – odvratila je Margo uz grlen smeh. – Ali sad kad si zarobljena ispod tog kamenja, treba da razgovaramo.

Kara je progutala pljuvačku. Margo je zvučala ozbiljno. Da li je posredi posao? Da nije ona zabrljala nešto? Dobro, znala je da nije najstrastveniji službenik u Margoinom superuspešnom poslu s prtljagom *Kerid avej*, ali toliko je bila zahvalna što je uopšte dobila taj posao da je prošlog meseca čak pristala da namesti Margo nevidljivu traku za grudi pred njen motivacioni govor na univerzitetu. Da li dovedeš nekog da provede dan u spa-centru kako bi se opustio pre nego što ga otpustiš?

– Bože! Izgledaš prestravljeno! – uzviknula je Margo, cigareta joj je visila između usana dok je nameštala svoj čaršav. – I prestani da se mrštiš zato što ovog puta nisam zakazala botoks! – Usisala je dim iz cigarete pre nego što ga je ispustila u vazduh. – Ti i ja ćemo, dušo, na jedno malo putovanje.

O ne. Kari je srce potonulo, i uprkos vrelom kamenju ledena jeza joj je prožela izubijane mišiće. Prošli put kad ju je Margo odvela na „malo putovanje“, išle su u Krakov, a još jedan magnat u proizvodnji kofera, po imenu Pavel, praktično ih je balsamovao votkom. Kara je bila sigurna da je mogla da čuje svoju jetru kako zapomaže kao da je izložena simuliranom davljenju. A onda je pomislila još nešto...

– Ne u... M-Moldaviju, jelda?

Kari je bilo mrsko što je zamucnula na imenu te zemlje. To je dokazivalo dokle tačno *nije* stigla tokom proteklih nekoliko godina. Stisla je usne pa sačekala Margoin odgovor.

Prvi odgovor bilo je šištanje kao da je njena tetka brzo ugasila cigaretu u njihovoj vodi s medljikom i bosiljkom. Nije.

– Bila bih presrećna da nikad više ne posetim tu zemlju. Dobro, ako se izuzme odlično vino, ali sigurna sam da bi to mogli da mi isporuče... ili bih mogla da kupim neki vinograd. Ne, govorim o Grčkoj. O jednom ostrvu. Krfu. Ili, kako ga tamošnji živalj zove, Kerkira.

Nije Moldavija.

– Jesi li čula šta sam rekla, Kara?

Šta je Margo rekla? Grčka? Ostrvo?

– Da. Hoću da kažem, uglavnom. Zašto idemo tamo? – Još nije bila sto posto sigurna gde je to „tamo“. – Da radimo?

Margo je uzdahnula. – Ne kaže se „da radimo“, nego „zbog posla“. Već sam ti rekla to. „Rad“ ne uliva odgovarajuću preduzetničku energiju. „Rad“ govori o znojenju i bolnim mišićima. „Posao“ govori o sofisticiranoj interakciji britkih umova.

Margo je uvek govorila kao da opisuje zaplet nekog od crno-belih filmova iz svoje velike zbirke u bioskopskoj sali u svom domu. Margo i Karina majka, Elizabet, odrasle su uz filmske klasike jer je njihov otac šezdesetih radio kao kinooperater u bioskopu. Iako je imala tek pedeset pet godina, Margo se ugledala na Ritu Hejvort – zvezdu iz četrdesetih. U oštroj suprotnosti s njom, Elizabetin šmek uvek je bio više nalik voditeljima poznijih izdanja emisije *Plavi Petar.*[1] Pantalone na tregere svih boja i obično s rukama do lakata uronjenim u insekte. Kara nije primećivala da je nasledila ijednu njihovu crtu. Jedino što joj je bilo zajedničko sa obema bili su rićkastosmeđa kosa i svetloplave oči.

– Onda – rekla je Kara, malo se izvivši ne bi li se udobnije namestila na krevetu. – Sa čijim britkim umom ćemo ukrstiti koplja?

---

[1] Britanska emisija za decu koja se emituje od 1958. godine. (Prim. prev.)

– Ni sa čijim. Dobro, Sofija misli da ima britak um, ali iskreno, čim se udala i rodila decu zaparložila se, izgubila je oštrinu, znaš.

Ne, Kara nije znala. Zato što nije znala ko je Sofija niti je znala kuda taj razgovor vodi. – Onda, to nije poslovno putovanje?

Margo je odmahnula glavom, ponovo stavivši cigaretu između usana. – Ne, dušo, to je čisto zadovoljstvo. Idemo da vidimo moju staru prijateljicu sa koledža i gledamo je kako se razmeće svim onim što ona misli da je važno. – Izbacila je kolut dima. – Sve ono što ja prezirem. Kao što je precenjena „domaća kuhinja". Muževi. I deca. – Stresla se. – Zašto ne prave pilule protiv alergije na te stvari? Kara se zapitala zašto Margo uopšte ide ako se tako oseća pri pomisli na to putovanje.

– Zato ćemo, posle ove masaže, skoknuti u *Liberti* i nabaviti ono osnovno što nam treba za leto.

Kad to tačno putuju i na *koliko* dugo?

– Idemo *Britiš ervejzom* sa aerodroma *Hitrou*. Biznis klasom, naravno. Krećemo ujutru.

– Sutra! – uzviknula je Kara. Koliko god volela svoju tetku i divila joj se zbog mnogo čega, nije volela način na koji je živela od danas do sutra niti mu se divila.

– Pa, kasnije ne možemo – rekla je Margo, napokon ugasivši cigaretu u potpuriju od ilang-ilanga. – Inače će devojačko veče i venčanje proći bez nas.

To je *venčanje*. I zato ju je Margo u poslednjem trenutku s neba pa u rebra obavestila o tom putovanju. Dok je sijaset osećanja prožimalo Karu, poslednje što je čula pre nego što se ispovraćala bilo je kako vrelo kamenje pada na pod.

2.

Aerodrom *Hitrou* Terminal 5, London

Margo je zacoktala. – Ništa bolje od šampanjca za doručak, zar ne? – Podigla je čašu s nožicom, pa uz klokotanje ispila njen sadržaj brže nego neko ko se nadmeće u ispijanju.

– Pa – počela je Kara, gledajući u svoju šolju čaja. – Avokado na tostu je bio veoma fin.

Margo je usisala vazduh kroz zube. – Kara, ne koristimo reč „fin". To je nikakva reč, sećaš se? Isto kao „okej" ili „u redu". Niko ne želi osrednjost.

Posramljivanje zbog izbora reči u sedam ujutru nije bilo najbolji početak. Možda je trebalo da uzme šampanjac... Popila je gutljaj svog čaja pa se zagledala u druge ljude koji su u aerodromskom salonu obavljali uobičajene pripreme za let. Poslovni ljudi s laptopima, uređajima stavljenim na punjenje, grupice koje vinom nazdravljaju svom putovanju, parovi šćućureni po ćoškovima koji se uzajamno hrane... Red je bio na Karu da usisa vazduh – iako nečujno. Znala je da ne može da ukloni parove iz svoje blizine, na kraju krajeva bilo ih je svugde, ali nije bila sigurna kako će se izboriti s nečijim venčanjem. Možda joj je potrebno više detalja...

– Onda, to venčanje – rekla je dok je Margo dopunjavala svoju čašu. – Ko se venčava? – Možda je to nešto što je trebalo juče da pita, a ne sad kad ih praktično minuti dele od ukrcavanja u avion.

– Jedno od Sofijine dece – odgovorila je Margo. – Dečko. Verovatno najstariji. Ima ih nekoliko. Troje? Ne, čekaj, beše četvoro?

– Imaš li pozivnicu? – upitala je Kara. – Da bar saznamo kako se zovu.

– Tu je negde – odgovorila je Margo. – Ali neću sad zbog toga da raspakujem *maksi-gou* prototip.

Kari je pogled skrenuo na crveno-zlatni kabinski kofer ispod njihovog stola. – Margo, nisam shvatila da je to *maksi-gou*. Nema naziva na njemu.

– Zato što je prototip.

– Ali mislila sam da još nije spreman. Mislila sam da mu treba još testiranja.

– Upravo to i radim. Testiram ga. Osim što ga umesto u skladišnim uslovima, isprobavamo u stvarnom životu. Nećeš verovati šta sve imam unutra. Napravila sam grubu procenu i mislim da imamo dovoljno odeće da opremimo sestre Hadid za šest meseci.

Maksi-gou je bio planiran da bude Margoina zlatna koka. Kofer velikog kapaciteta koji se, kad se do kraja napuni, smanji na veličinu koja ispunjava zahteve bilo koje avio-kompanije u pogledu dimenzija kabinskog prtljaga. Niko ranije nije pokušao takav prelomni potez na tom polju, ali Kara je znala da mehanika koja smanjuje kofer još nije usavršena. Samo što Margo skoro nikad nije slušala stručnjake čije je savete papreno plaćala...

– Ovo je prvi put da putujemo posle Krakova, zar ne? – nastavila je Margo. – Bože, kako se zvalo ono grozno...

– Pavel – prekinula ju je Kara.

– Htela sam da pitam kako se zvala votka. Ne želim da se sećam imena tog čoveka. Jesi li znala da je počeo da koristi mačje krzno za izolaciju ranaca?

Kara nije mogla da smisli nikakav odgovor na to, te je bilo vreme da promeni temu. – Onda, gde je venčanje?

Margo je sasula skoro punu sledeću čašu penušca. – Kara, rekla sam ti to. Idemo na Krf.

– Znam, ali pretraživala sam ga sinoć i videla da nije tako mali. Dakle, hoće li se venčanje održati u glavnom gradu ili na severu ostrva?

– Pojma nemam – rekla je Margo. – Znam samo da sam nam rezervisala prenoćište u raskošnom hotelu iz lanca *Kukov klub*, a u gradu Krfu se održava tajanstveno devojačko veče, kojem očekuju da prisustvujemo.

Hmm. Kara je počela da podozreva da njena tetka zna više od onog što govori. I devojačko veče s grupom žena koje ne poznaje?!

Margo je zazujao telefon te ga je zgrabila sa stola i ućutkala. – Ne sad.

– Ko je to bio?

– Pojma nemam. Ali imam šampanjac u ruci i svoju divnu sestričinu pored sebe... Moraš mi obećati da nećeš po ceo dan piti dosadna pića pored apiritiva koje ćemo u Grčkoj imati na raspolaganju.

Kara se osmehnula. – Možda u pet po podne.

Kad je protekle večeri malo istraživala Krf, saznala je da je to ostrvo s najdivnijim pogledom. Od strmih planinskih obronaka do tirkizne vode koja uokiviruje malene uvale. Zbog tih fotografija je bila uzbuđena što će ga posetiti. Ali tu je bilo i to venčanje...

– Znaš da je pet sati samo stanje uma – rekla je Margo zažmurivši kao da bi preko blututa mogla da se poveže s Budom.

To zrnce mudrosti zvučalo je pomalo kao nešto što bi rekli Karini roditelji. Kad je poslednji put razgovarala s njima, pre nekoliko nedelja, živeli su među majmunima kapucinima u Kostariki. Njena majka je uvek govorila da se rodila sa željom za putovanjem. Dok je Margo koristila crno-bele filmove da se stilizuje po ugledu na glumice, u Elizabet Džouns su filmovi samo pobuđivali poriv da putuje na mesta kao što je Kazablanka. Čim je Kara obezbedila sebi prvi posao, Elizabet i Danijel su iščupali svoje korene koji jedva da su se uhvatili, i živeli su kao da su na dugom odmoru. Kara nikad nije zaista razumela kako bilo ko može da bude tako ravnodušan prema nekim stvarima. Nisu imali plan, cilj, odstupnicu. Radili su bilo šta što im je bilo dovoljno za krov nad glavom, hranu i let ili putovanje rasklimanim autobusom do sledećeg odredišta. Kara ih nije videla uživo od one večeri u Moldaviji, i kad je sad razmislila o tome, te je večeri izgubila svoje lične planove, ciljeve i motivaciju da radi bilo šta osim da pusti Margo da se brine o njoj...

– Kara – iznenada je rekla Margo.

Trgla se na stolici, um joj se prinudno spustio u sadašnjost. – Da?

– Jesi li videla vesti o... onom psetu?

Ono pseto. Margo nije morala svu težinu rečenice da prebaci na te poslednje dve reči da bi jeza počela da klizi Kari niz kičmu.

Postojalo je samo jedno pseto koje su zvali *ono* pseto, a ime mu je bilo Jodi. A Jodi je, pa, ono za šta nije mogla da krivi Moldaviju svakako je mogla da prebaci tom pacovskom terijeru.

– Izbrisala sam aplikacije s vestima sa svog telefona, sećaš se? – odvratila je Kara.

– Vrlo mudro.

To je bio predlog njenog terapeuta, a Kari je u to vreme bilo drago što neko može da donosi odluke umesto nje. A isti terapeut je rekao i da ne bi trebalo da brine šta drugi ljudi misle o njoj više nego što brine kako se sama oseća u svojoj koži. Ali sad joj je bilo bolje...

– Dakle, ta jadna džukela će navodno biti sudija u *Amerika ima talenat*. – Margo je odmahnula glavom. – Da li si čula išta smešnije u životu? Imaće nešto kao „lavežomer“, što će biti merilo njegovog odobravanja.

Jodijeva karijera je sve više napredovala, dok se Karina survala brže nego što je omanula pred publikom u Moldaviji. Od ogromne šanse Velike Britanije da postigne evrovizijsku slavu, s blistavom pevačkom karijerom koja bi usledila, došla je dotle da su njene vokalne mogućnosti nestale brže od šampanjca u Margoinoj čaši. Odjednom je poželela da je uzela nešto jače od čaja...

– Blago njemu – odgovorila je Kara nepromenjenog izraza lica.

– Blago njemu? On je smešna novotarija koja ti je uništila karijeru. *Ljudsku* karijeru. Nekom ko je zaista darovit.

Nije mogla da se seti da je Margo bila tako otvorena u nedeljama i meseci koji su usledili posle njenog izvođenja. Da, Kara je pamtila da je njena tetka bila sila na koju je mogla da računa, zadovoljna što novinarima može da odgovara s „bez komentara“, krijući je u svom utočištu u Dorsetu dok javnost napokon nije počela da zaboravlja. Dok se Kara nije malo oporavila. Ali Margo nikad nije upotrebila izraz „uništio ti je karijeru“.

– Nedostaje li ti to, Kara? Da dirneš ljude svojim glasom?

Sad je znala da joj izraz lica nije nepromenjen, zato što je osetila podrhtavanje u obrazu, pulsiranje u vratu dok je razmišljala o tome šta joj je pevanje značilo. Nije stvar u nula osvojenih poena te večeri. Propast tog jednog događaja bila je strašna, ali smrt njenog poziva bila je pogubna. Bila je pevačica. Muzika je bila u njoj otkad zna za sebe, a od Moldavije nije mogla ni ton da otpeva. A tu je bio i Seb...

Duboko je udahnula pa podigla šolju čaja. – Mislim... – počela je – ... da su na kraju ljudi samo želeli da čuju tu notu G10.

Najviši ton koji ljudsko uho može da čuje, a Kara je bila jedna od vrlo malo ljudi na svetu koji su mogli da ga otpevaju. Znala je da su je zbog toga izabrali za evrovizijsku scenu, ali to je zapravo bio samo trik, ništa više od psećeg laveža koji je mogao da zavredi Zlatne zujalice[2]...

– Možeš li i dalje da ga dostigneš? – upitala ju je Margo, nagnuvši se preko stola.

Prenula se iz sanjarenja, istinski se zagledavši u tetku. Zašto sad razgovaraju o tome? Ono što Margo nikad nije išlo bilo je skrivanje problema.

– Dostizanje tog tona iziskuje vežbu a ja više ne pevam.

– Da – odvratila je Margo, podigavši čašu. – Da, naravno da ne pevaš. I gde bih ja bila bez tebe da vodiš poslove u kompaniji? Bila bih izgubljena. Dobro, hoćemo li još po jedno pićence pre nego što krenemo ka izlazu?

Kara je pijuckala svoj čaj i pokušavala da ukloni Jodija, Moldaviju i Evroviziju iz misli. Sve je to nepovratno pripadalo prošlosti. A poslednje što je čula o Sebu na društvenim mrežama bilo je da je na pola puta ka planini s nekom po imenu Ali.

---

[2] *Golden Buzzer* – koncept glasanja na audiciji za takmičenju *Amerika ima talenat.* Svaki član žirija može samo jednom u sezoni da pritisne „zlatnu zujalicu“, koja automatski šalje takmičara dalje, bez obzira na ocene ostalih članova žirija. (Prim. prev.)

3.

Kvart Liston, grad Krf, Krf, Grčka

Akis Dijakos je pijuckao penu u svojoj kafi i zavaljen u stolicu kroz naočare gledao unaokolo u druge ljude koji su sedeli u bašti kafea, u golubove. Bilo je vruće, ali tu u hladu, ispod velikih četvrtastih suncobrana, moglo se predahnuti od sunca koje je pržilo.

– Desno od mene – rekao je Akis. – Grupa od njih šest.

Njegov prijatelj Horejšio sedeo je pravo na stolici i malo je spustio naočare, okrenuvši glavu na odgovarajuću stranu. – Nikad.

– Šališ se? Zvuči kao da mi postavljaš izazov.

– U kojem nećeš pobediti – samouvereno je odgovorio Horejšio.

– Hoćeš li da se kladiš?

– U sve što imam. – Horejšio je zavukao prste u džep kargo pantalona pa izvadio novac koji je spustio na sto između njih. – Tačno... četrnaest evra, sedamdeset pet centi i dugme s mojih farmerki.

– Važi – odvratio je Akis, klimajući glavom. Otpio je još malo kafe, ali nije se pomerio.

– Šta? – upitao je Horejšio. – Ne prihvataš izazov?

– Strpljenja, dragi moj. Čekam pravu priliku.

Horejšio je frknuo pa skupio u ruku svu sitninu i novčanice. – Nisi ni prišao grupi koju sam predložio pre dve kafe.

– Zato što su bile previše mlade.

– Bile su bar u dvadesetim!

– I da smo im se svideli, ne bi imale dovoljno novca da potroše trideset evra na ulaznicu za našu predstavu. – Akis je pogledao u žene na koje je pokazao. – Ove žene su zrelije. Imaju otmenu odeću i dobre tašne. Jedino što im nedostaje jeste sjajna noć s nama. – Široko se osmehnuo.

– Ne moraš meni da prodaješ vrline starijih žena. Ja sam navikao na njihove prednosti. – Osmeh mu je zatitrao na usnama. – Intimno navikao.

– Svestan sam toga – rekao je Akis. – I zato bi, pošto je to, da tako kažem, tvoja specijalnost, ti trebalo da budeš taj koji će ih pozvati.

Akis je video da je Horejšio pocrveneo. To je bilo suludo. Triput nedeljno je posmatrao svog prijatelja kako pleše na pozornici sa svom samouverenošću iskusnog izvođača, pa ipak, u drugim prilikama bi se zarumeneo i uvukao vrat i glavu među ramena kao preplašena kornjača.

– Ja nemam to što ti imaš – rekao je Horejšio, posegnuvši za svojom kafom.

– Šta to?

– Ono sa očima. To je kao nekakav hipnotizam.

Akis se osmehnuo na komentar svog prijatelja, ali u sebi je osetio konflikt na tu izjavu. Bio je svestan da se njegov pogled u oči može protumačiti kao blaga manipulacija, ali je takođe znao da je oči nasledio od majke, a način na koji je ona koristila svoj pogled nije bio nimalo nežan. Pat-pozicija u kojoj su se trenutno našli nije bila idealna, s obzirom na blizinu porodičnog venčanja. Još nije ni znao hoće li mu dozvoliti da mu prisustvuje.

– Vidiš! – uzviknuo je Horejšio, brzo izvadivši čačkalicu iz usta. – Već si ih privukao!

Akis je zurio uprazno ne pokušavajući nikog da privuče. Ali činilo se da ga je grupa starijih žena primetila...

– Možda mi je sad najbolja prilika – rekao je, ustajući.

Ali pre nego što je uspeo da se probije između stolova, neko drugi mu je privukao pažnju. Jel' to njegova jaja,[3] Irini? Podigao je naočare da bolje pogleda sedokosu ženu, zaškiljivši na suncu. Noseći dve kese koje su se činile teškim, stopalom je oterala goluba. A kad je preko usana brzo prevalila psovku, dovoljno glasno da je čuje ceo Liston, nije bilo sumnje. Akis je požurio da joj pomogne.

[3] Grčki: baka. (Prim. prev.)

– Jaja, otkud ti ovde?

Kese su tresnule o tlo. – Aki? Jesi li to ti?

Akis nije bio siguran da li njegovu baku zaista izdaju oči ili samo želi da joj on potvrdi.

– *Ne*[4] – odgovorio je. – Ali, jesi li to zbilja ti? Zato što si daleko od Notosa.

– A sad mi treba pasoš da bih izašla iz sela?

Pogled joj je uvek bio rečit, naročito kad je posredi jezik prkosa. Osmehnuo se. – Ne, ali ako ti bilo šta zatreba, uvek možeš meni da se obratiš.

– I da se postaram da nemam razloga da izađem iz kuće? Treba li da zurim u četiri zida dok ne umrem da bih sve usrećila?

– Nisam to hteo da kažem...

– Janis me je dovezao svojim kamionom. Ima isporuku; trebale su mi stvari za venčanje.

Akis je tad progutao pljuvačku, pobliže pogledavši sadržaj kesa. Bilo je mnogo čipke i stvari sa izvezenim *matijem* – simbolom oka kojima su Grci terali zle sile i privlačili sreću. Poslednje što je čuo bilo je da Irini nije pozvana na venčanje njegovog brata Kozmosa...

– Možeš mi poneti kese do autobuske stanice – rekla mu je Irini.

– Autobusom se vraćaš u selo?

– Da ne očekuješ da pešačim? – Frknula je. – Šta je ovo? Prvo ne mogu da odem iz sela, a sad bi trebalo da se vratim tako da me ubije ova vrućina? Odluči se!

– Ja bih mogao da te odvezem – ponudio se Akis, podigavši kese.

– Na motociklu?

– Ranije nikad nisi odbijala vožnju mojim motociklom.

– Ne brinem zbog sebe – rekla je Irini. – Brinem zbog kesa i ravnoteže. Biće dobro i autobusom. A ako ne stignem kući i umrem, Prase će već naći put do kuće tvoje majke da bi jeo. – Irini se nasmejala.

Prase je bio magarac njegove bake, nazvan tako zbog proždrljivosti. Niko nije znao koliko je Prase star, ali Akisu je bilo dvadeset devet, a nije pamtio vreme kad se to magare nije vrzmalo unaokolo. A kad kaže unaokolo, zapravo hoće da kaže da je magare imalo

[4] Grčki: da. (Prim. prev.)

svoju spavaću sobu u kući. Znao je i da njegova majka, Sofija, prezire magarca...

– Kakav je to izraz lica? – upitala je Irini, malo šepajući.

– Nemam nikakav izraz lica.

– Onaj koji vidim kad tvoja majka pomene sveštenika.

Jeza mu je prostrujala niz leđa, dok se borio da mu se to ne vidi na licu. Samo se brzo osmehnuo i ćušnuo baku u lakat. – Jaja, danas se samo osmehujem.

– *Yassas*,[5] Irini.

Akis je osetio kako mu je teret iz jedne ruke iščezao kad mu je Horejšio uzeo kesu koračajući pored njega, uz popločanu baštu hotela *Arkadion*.

– Horejšio, ti si postao još zgodniji! – izjavila je Irini.

– A vi ste još lepši.

– Treba li da odem? – upitao je Akis.

– Da – saglasio se Horejšio. – Sad kad imam 180 evra u džepu da izvedem tvoju baku na ručak...

Sekund je bio dovoljan da Horejšiove reči dopru do odredišta. – Ti...

– Da – prekinuo ga je Horejšio. – Starije gospođe su kupile karte za večerašnju predstavu.

Akis je odmahnuo glavom. – Vidiš, Horejšio, ne trebaju ti moje oči. I sâm si šarmantan.

– Šta vi mislite, Irini? – upitao ju je Horejšio. – Akijeve oči ili moj šarm?

Irini kao da se načas zamislila nad tim pitanjem pre nego što je odgovorila. – Sve što znam to je da će Akiju trebati njegov ubedljiv pogled ako hoće da ohrabri sve malobrojniju pastvu u crkvi.

– Irini, šta sam ja rekao? Ti... – zaustio je Akis.

– Ako i dalje bude dozvoljavao majci da brine o njegovoj budućnosti – odlučno je dovršila Irini. Pre nego što je iko stigao još nešto da kaže, nastavila je. – A po mom mišljenju, tvoje oči bi strašno odudarale od svešteničke mantije. Zato to ne može biti. Hajde, Horejšio, dozvoliću ti da me častiš sladoledom.

---

[5] Grčki: pozdrav uz persiranje. (Prim. prev.)

4.

Kukov klub Krf, Krf

Na aerodromu ih je čekao klimatizovani mercedes i posle manje od pet minuta vožnje, Kara i Margo su stigle u luksuzan hotel. Bilo je to oličenje prefinjenosti, od jednostavne spoljašnosti – jednog jedinog maslinovog drveta ispred ulaza – do nehajnog, modernog ali boemskog dekora unutra. Sve je bilo u udobnim sofama s presvučenim jastučićima, prigušenim bojama i lampama sa abažurima od ratana i morske trave. Kao da su se najotmeniji elementi iz šezdesetih pomešali sa elegantnim, savremenim pogodnostima i rezultat toga obavili opuštenim stilom. Od živahnog raspoloženja oko bazena, opuštajuće muzike di-džeja, do restorana u kojem si preko odgovarajuće aplikacije mogao da naručiš jela zaista orgazmičkog izgleda, bio je to luksuz od prvog do poslednjeg sprata, uključujući njihovu sobu, koja je imala terasu i bazen. To je, *bez sumnje*, veoma ličilo na Margo.

– Zar nije idilično?

Margo je trebalo manje od deset minuta da proširi svoj *maksi-gou* na prirodnu veličinu, izvadi sve stvari i okači odeću koju je trebalo okačiti. Onda je njena tetka navukla svetložuti bikini i namazala kožu kremom s faktorom nedovoljnim i za izlazak sunca u Arbroutu u Škotskoj, pa se ispružila licem nadole na jednu od ležaljki od upletenog kanapa postavljenu pored njihovog bazena. Za razliku od nje, Kara se postarala da svaki centimetar otkrivene kože pokrije faktorom 50. Uprkos riđim genima Džounsovih, Margo kao da bi uvek dobila divnu nežnu boju kože, dok bi Kara češće ličila na dimljenog lososa...

– Divno je – odgovorila je Kara, mažući gležnjeve uljem. – Hoće li ovde biti venčanje?

– Bože, ne! – Margo je uzviknula. – Znajući Sofiju, verovatno je unajmila palatu.

Kara je progutala pljuvačku. Ona i Seb nisu rezervisali palatu, ali su se dvoumili između vetrenjače i podruma viskija. Svim srcem mu je bila posvećena, ali uskoro je otkrila da je Sebovo srce bilo obuzeto njenom karijerom. Bio je tu tokom njenog uspona, ali kad se dogodilo ono s Jodijem i stvari se raspetljale, iznenada je pomislio da im treba vremena da ponovo procene okolnosti. Kara je mislila da to znači vreme potrebno njoj da se povrati – uz pomoć i podršku – ali zapravo se nikad nisu vratili da stave tačku na taj događaj, a Sebova „procena" se pretvorila u ignorisanje. Bolelo je. I dalje boli. Izgubiti karijeru je jedno, ali izgubiti čoveka kojeg je volela, pritom se pitajući kako će ikad ikom ponovo da veruje, bilo je veoma gorak udarac.

– U svakom slučaju, imamo još mnogo vremena do venčanja. Mnogo vremena da se opustimo, usporimo i saspemo nekoliko rashlađujućih koktela pre večerašnje devojačke večeri – rekla je Margo. – Sastaćemo se u tom divnom baru, a onda ćemo na predstavu u pozorište.

Predstava je zvučala vrlo luksuzno za devojačko veče. Jedno jedino devojačko veče kojem je Kara prisustvovala – za Destini, jednu od pratećih vokala – uključivalo je žestinu sa ukusom trešnje i tange s leopard šarom. Nije bilo nikakvih ulaznica, samo slobodno sedenje u prvom redu za Destinino prisno zbližavanje s reperom zvanim Džeriko.

Kad se namazala, Kara je bila spremna da se opruži. A onda je zazvonio telefon.

– Biće da je to tvoja majka – rekla je Margo razdraženo uzdahnuvši.

Kara je pogledala u ekran i, naravno, njena tetka je bila u pravu.

– Uvek zove kad se odvojimo od posla. Jesi li primetila to?

Kara nije primetila, ali to je iz nekog razloga podsticalo Margo da kritikuje. Prišla je samoj ivici bazena i javila se na *Fejstajm*.

– Zdravo, mama.

– O... zdravo, anđele. Zapravo, to tvoje „mama" tituliranje jedan je od razloga što te zovem. – Zastala je. – Izvini, to je zvučalo malo preterano, zar ne? Auh!

Margo je uzdahnula, a Kara je pogledala svoju tetku koja je razmetljivo okrenula leđa razgovoru. Što se tiče poziva, njena majka kao da se borila da skloni neželjenu vegetaciju s lica. I šta je htela da kaže time „titula mame"?

– Izvini – nastavila je njena majka. – Usred smo prašume, a Dipak voli malo da skrene sa staze, sa utabanog puta, da ne ide baš uobičajenim drumovima, znaš?

Kara nije znala. Sve *njene* staze obično su vodile kroz skladište *Kerid aveja.*

– Dakle, odlučili smo da promenimo imena – nastavila je njena majka pre nego što je Kara stigla da odgovori. – Tata i ja. Ili bi trebalo da kažem Koprivić i ja.

– Mama, ne razumem.

– Uzimamo imena prikladnija našoj transcedenciji u dublji svet Majke Prirode. Tvoj otac je Koprivić Jutarnja Rumen, a ja sam Divlji Grm Glicinije.

Kara je progutala pljuvačku, dok je pogled postrance u njenu tetku značio da ju je videla kako se kikoće u peškir. – Onda, kako da te zovem?

– Mislila sam da me zoveš Glici.

Da je nastavila da se smeje Margo bi bila u opasnosti da istegne mišić. Kara je morala da uradi ono što je naoko uvek radila kad je reč o njenim roditeljima – da prekine s detaljima i pređe na stvar. – Onda, sve je u redu? Hoću da kažem, zoveš me iz prašume, što znači da je nešto važno. – I nije bilo šanse da će majku zvati Glici.

– O ne, ništa zbog čega bi planeta implodirala – uzviknula je njena majka, šibajući lišće kao da je Indijana Džons. – Samo sam htela da se zapljunem za slučaj da u sledećem kampu ne bude signala. I, naravno, da otkrijem najnoviju plastičnu kataklizmu industrije kofera.

Margo se više nije smejala. Sad je njena tetka izgledala kao da će ustati i pridružiti se razgovoru. Kara se brže-bolje povukla nazad u apartman pa zatvorila staklena klizna vrata, ostavivši Margo napolju.

– Mama, Margo se zaista trudi da ograniči uticaj svoje proizvodnje na životnu sredinu.

– Zato što ljudima samo fali kofer da bi se ukrcali u avione, a avioni su perjanice čistog vazduha. I zar me nisi čula? Sad sam Glici.

– Mama – rekla je Kara kad je Margo zgrabila ručke staklenih vrata i pokušala da ih otvori. – Jel' sve u redu? Gde je tata? – Nije ličilo na njenog oca da se ne pojavi tokom poziva preko *Fejstajma.*

– On putuje na kolima. Juče je uradio tetovažu kanom i ima malu reakciju. Da budem iskrena, Dipak je govorio o svim vrstama prirodnih otrova koji se nalaze ovde u biljkama, te je tvom tati malo pripalo muka posle toga.

Njen otac se tetovirao. Otrovne biljke. Nova imena. To je bilo previše. A Margo se i dalje borila da uđe.

– Kara, gde si ti to? Ili je moja sestra ponovo preuredila kuću? Izgleda kao neki spa-centar.

Kara je navukla zavesu preko vrata ka terasi, ostavivši Margo napolju. – Nismo u Londonu. Na Krfu smo. To je jedno grčko ostrvo.

– Kara, ja sam iskusan doslovno ugljenično neutralni putnik. Znam za Grčku. Kojeg jadnog preduzetnika koji ništa ne sumnja moja sestra sad upoznaje?

Kara je bila vrlo svesna sestrinskog suparništva između svoje majke i svoje tetke, ali to je obično bilo sarkastično, a ne prožeto gorčinom kao što je sad zvučalo.

– Nije zbog posla – rekla je Kara spustivši se na ivicu kreveta. – Idemo na venčanje. Kod jedne od Margoinih starih prijateljica s koledža.

– Čekaj, Margo je ostavila posao po strani i odvojila vreme za prijateljicu? Nisam ni znala da je u vezi s prijateljima.

Pošto je to istakla, Elizabet/Glici je presekla naoko čvrstu stabljiku bambusa pa je otkinula u visini glave. Neće namamiti Karu da iznosi mišljenje o Margo, a budući da ju je tetka na svaki način podržavala otkad joj se život urušio, Kara je imala samo lepe stvari da kaže o njoj. Ali s obzirom na raspoloženje njene majke, to nije bilo ono što bi ona volela da čuje.

– Hotel je divan. Upravo smo stigle i dali su nam sobu s bazenom.

– O, Kara, pre nekoliko večeri sam plivala u jezeru dok se slonče tuširalo ne dalje od pet metara od mene.

Kara je uzdahnula. Nije shvatila da je to igra nadmetanja. – Pa, ne bih rekla da u Grčkoj imaju slonove, tako da mislim da ću morati da se zadovoljim suživotom s mačkama ili nečim sličnim.

Primetila je mnogo mačaka tokom kratke vožnje sa aerodroma – sa iščekivanjem su stajale u dovracima ili po ivicama velikih kontejnera s točkovima.

– Pretpostavljam da je Margo tražila da se uklone svi tragovi prirode s njene verande. Još puši?

– Mama – rekla je Kara.

– Glici, dušo.

– Zašto ne telefoniraš Margo i ne razgovaraš *s njom* ako te zanima kako je?

– Ne budi smešna! Ona nema vremena za razgovor s nekim kao što sam ja. Po mišljenju moje sestre, sa svojim „bitničkim" pogledima, kako ih ona zove, pala sam u nemilost dublje nego Hju Edvards.

– Ja lično mislim da ste obe jednako grdne. U svakom slučaju, *ja* sam dobro, kad smo kod toga i mislim da sam upravo videla slonče kako se probija kroz *ol inkluziv* restoran, tako da poljubi tatu i zdravo, Lujko.

Kara je prekinula vezu pa zažmurila i duboko udahnula. Odjednom se osećala iscrpljeno.

– Kara! – uzviknula je Margo glasno kroz staklo. – Reci svojoj majci da se gubi u Bogotu, ili gde god da je, i dođi ovamo da izabereš nešto iz sobne usluge.

Sad je jedan od onih rashlađujućih koktela zvučao neverovatno primamljivo. Ustala je s kreveta. – Stižem.

5.

Notos, Krf

Akis zapravo nije imao vremena da vozi za autobusom kako bi se uverio da je njegova baka dobro stigla kući, ali, uprkos njenom podvigu, bližila se osamdesetoj i imala je artritični kuk, što je odbijala da prizna. Takođe je znao da je trenutni sukob između Irini i Sofije značio da naoko nijedna od njih dve nije u stanju da pređe preko mana one druge da bi se kako treba brinule jedna o drugoj. Neko je morao da pazi na Irini, a on je preuzeo na sebe tu obavezu. Jer uprkos Sofijinom mišljenju, on *jeste* mario za porodicu. Samo nije bio spreman da žrtvuje svoj život zbog nekog drevnog prokletstva koje je zacelo izmišljeno.

A onda je stigla poruka. Zagledao se preko jedne od tri zabačene uvale u tom malom selu u kojem je odrastao. Voda je bila svih nijansi marinskoplave, prostirala se kao fini komad svetlucave svile. Poruku je činilo nekoliko kratkih redova od njegove majke, pozivnica da dođe u porodični dom. *Pozivnica.* Većina njegovih prijatelja i dalje ima ključ od porodičnog doma, mogu da dolaze i odlaze kako im se sviđa, dobrodošli su u svako doba. On nema ključ otkako je majka rekla njegovom ocu da im trebaju nova vrata...

Duboko je udahnuo i pokušao da pokaže malo radosti. To je bilo jedino što mu je nedostajalo otkad živi u gradu Krfu. Koliko god da je voleo vrevu i žamor živahne prestonice i koliko god se ona razlikovala od tog malog sela, potpune tišine, činjenice da tu ima mesta gde možeš naći mir i osamu mada znaš da je ostrvo puno turista. Čak i ako je to samo privremeno.

Izvadio je telefon iz džepa i ponovo pročitao poruku.

Planiranje venčanja. Popićemo kafu. U 1 po podne. Nemoj da kasniš.

Koliko je Akis znao, to je moglo biti poslato mnogima, ne samo njemu. Možda Kozmosu; njegovoj sestri Anastasiji; njegovom ocu Tanasisu; i bilo kome ko je bio uključen u priređivanje te svadbene ekstravagancije koja je naoko više bila odraz Sofijine želje da celom ostrvu pokaže svoje bogatstvo koje se, Akis je to znao, brzo smanjivalo.

Pogledao je na sat. Bilo je skoro dvanaest. Pa, poraniti nije isto što i zakasniti, zar ne?

Akis je zaustavio motocikl uz građevinu nalik palati koja nimalo nije ličila na male domove s krovovima pokrivenim crepom od terakote, smeštenim nekoliko krivina ranije. U početku je to bila skromna četvorosobna kuća, ali s vremenom se proširila ne bi li zadovoljila Sofijinu potrebu za nadogradnjama i poboljšanjima. Sad je, sa saksijama cveća u punom ružičastom i narandžastom cvatu, izgledala pomalo kao Barbikina kuća snova. Akisov otac je stajao ispred, proučavajući zbunjeno kraj creva za vodu.

– Zdravo, tata – pozdravio ga je Akis.

Tanasis je izgledao skoro uplašeno kad se Akis popeo na prednju terasu.

– Šta ćeš ti ovde? – upitao ga je otac promuklim šapatom.

– Ne brini. Dobio sam pozivnicu. Rečeno mi je da dođem. Sve je po propisima i kako treba.

– Znam da si pozvan – rekao je Tanasis. – Ali u poruci piše u jedan. Sad nije jedan.

Akis se osmehnuo ocu i spustio mu ruku na rame.

Tanasis je uzdahnuo. – Znaš i sâm.

Akis je uzeo crevo od oca. – Šta je sa ovim?

Tanasis je slegnuo ramenima. – Otkad je tvoja majka kupila mlaznicu jaču od onih vatrogasnih, ne radi kako treba.

Akis je podesio žuti plastični nastavak na kraju creva i pritisnuo polugicu. Ništa se nije dogodilo.

– Vidiš! – uzviknuo je Tanasis. – Sve što je previše zapetljano ne radi.

– Tanasi! Jel' moje cveće zaliveno?

To je Sofija doviknula iznutra.

– Za minut! – odvratio je Tanasis. Onda je u očajanju pogledao Akisa. – Da li da pokušam da popravim, ili da skinem tu smešnu stvar?

– Kako god odlučiš – odgovorio je Akis. – Ja ću joj odvući pažnju.

Ne oklevajući više ni časa, povukao je mrežasta vrata i ušao u kuću. Bilo je ili da uđe krupnim koracima, samouvereno, ili da se sakrije. Danas je izabrao samouverenost.

– Zdravo, mama.

Sofija se okrenula, sa mutilice miksera u njenoj ruci počelo je da kaplje na ultramoderne kuhinjske pločice.

– Uh! – vrisnula je Sofija. – Šta ćeš ti sad ovde? I vidi šta si već napravio!

Zato što su u toj porodici njega krivili za sve, čak i za smesu za kolač na podu.

– Rekla sam u jedan. Sad nije ni blizu jedan. Jel' ti čista obuća? Ništa ne diraj.

Akis nije znao da li da proveri đonove svojih patika ili da stegne šake. Umesto toga je uzeo malo papirnog ubrusa i uronio ga u prolivenu smesu za tortu.

– Uh! Ne! Ne bacaj to! – uzviknula je Sofija, pokušavši da mu istrgne rolnu ubrusa.

– Bilo je na podu.

– Jeste, ali ovaj pod je tako čist da možeš da pojedeš ceo kolač s njega kašikom!

Akis se sklonio od prolivene smese gledajući svoju majku kako je zahvata špatulom i vraća u činiju. Na sebi je imala haljinu koju nije ranije video, kecelju vezanu preko nje, tamna kosa joj je bila začešljana u punđu. Vodila je računa o sebi, oduvek, jednako kao što je bila nesnosna u pogledu te kuće. Kao deca, Kozmos, Anastasija i on smeli su da se opuste samo kad su bili napolju. Napolju su mogli da se igraju bučnih igara, ljuljaju se na konopcu u maslinjacima, probadaju ribe štapovima i valjaju jedni druge između oštrih bambusa.

Ali u kući su njihove igračke bile ograničene na mesta namenjena za njih, a onda, kad bi završili igru, brzo bi bile sklonjene u skupe kutije od ratana, a svi tragovi lutaka, automobilčića, skakavaca koje je Kozmos uzeo iz bašte nestali bi.

– Zašto praviš kolač? – upitao je Akis. – U poruci si rekla da će biti samo kafa.

– Za tebe samo kafa. Za ostale goste će biti kolač.

– Goste? – Da li je mislila na njegovog brata i sestru? Koliko je njemu poznato, oboje su još živeli u porodičnoj kući – teško da su gosti. Mada je prošlo nekoliko nedelja otkako se čuo sa Anastasijom. Poslednja novost od nje bila je fotografija na kojoj se drži za zadnji deo nekog gumenjaka.

– Organizujem događaj, Aki. Mnogo toga treba uraditi. Zamoliti ljude za pomoć.

– A ja sam ponudio da pomognem na bilo koji način.

– Ne na *bilo koji* način.

Odgovor je bio prožet gorčinom. A on je tačno znao na šta ona cilja. Uvek se radilo o tome na šta ona cilja. Njegova takozvana sudbina. Porodična dužnost. Samo zato što je najstarije muško dete. Njegova uobičajena reakcija bila je da ode kad god se ta tema potegne, no da li je to ikad zaista delovalo? Moglo ga je izvući iz neposrednog razgovora, ali ni na koji način nije zauvek otklanjalo problem. Vreme je da razjasni svoj stav.

– Neću postati sveštenik, mama.

– Uh! Zašto si to rekao? Baš sad, baš ovde? Tako besramno! Ne znam šta prvo da dotaknem!

Sofija je ostavila činiju za mešenje, zgrabila ikonicu ostrvskog sveca zaštitnika, Svetog Spiridona, pa optrčala oko kuhinjskog ostrva da uzme dvadeset pet centimetara visoku keramičku figuricu Hrista iz niše u kojoj je napravila oltar. Stezala je obe figurice pružajući ih ka njemu kao da je đavo kojeg treba oterati.

– Zašto si to rekao? Ponovo te pitam! Kao da želiš da venčanje tvog brata bude ukleto!

Akis je odmanuo glavom. – Ne znam kako ti možeš to da kažeš. Zašto ne pomisliš da želim samo najbolje svom bratu? Zar se nisam *uvek* trudio da ga zaštitim?

Sofija je odmahnula glavom. – Ali tvoje namere prema Crkvi. One nisu ono što bi trebalo da budu, Aki. Zato se događaju ove stvari.

Gnev je brzo bujao. – Misliš da je Kozmos upao u onu mašinu zato što se ja nisam zavetovao Crkvi? Ja sam ga spasao. Ja sam izgubio prst.

Nije mogao a da istog trena ne dodirne tu prazninu na levoj ruci, gde je trebalo da bude mali prst. Bilo je glatko na mestu gde je amputiran kad je postalo jasno da se ništa ne može uraditi da se spase. Ali šta je bilo – bilo je, najvažnije mu je bilo da spase bratu život. Sve ostalo je mogao podneti. Čak je i dalje mogao da svira klavir uz malo dodatnog truda.

– I to je bilo Božje delo! – Sofija je mahala Hristom.

– Mama, da budem jasan. Nemam nikakve namere u pogledu Crkve.

– Znam! I to si nam jasno stavio do znanja! Ali ponestaje nam vremena! Ove godine puniš trideset, i šta će onda biti s našom porodicom? Znaš priče!

– A šta su priče ako ne izmišljotine? – upitao je, gestikulirajući dok je govorio. – Pokaži mi dokaz koji kaže da je bilo vatre, poplave ili gladi jer Dijakosov sin nije postao sveštenik pre tridesete!

Sofija je odmahnula glavom, stežući ikonu Svetog Spiridona na grudi. – Već si pomenuo nesreću svog brata. Neću više da razgovaram o takvim stvarima u ovoj kući.

Akis je netrpeljivo uzdahnuo i odmahnuo glavom. – Zato što nema dokaza. Ta kletva ne postoji!

– Nevernici su đavolji porod. Nisam te tako podigla.

Čulo se lupanje na vratima i pre nego što je ijedno od njih dvoje stiglo da reaguje, naglo su se otvorila, a magarac se ušetao u kuhinju, njačući sa svakim korakom.

Sofija je vrisnula. – Vidiš! Eto šta nam se događa! Počinje! Sad, uoči venčanja tvog brata. – Uperila je Hrista u životinju kao da zamahuje mačem. – Tanasi! Tanasi, pomozi mi!

Akis je znao tog magarca. Bio je to Prase. Što je značilo jedno od dve stvari. Ili se nešto dogodilo njegovoj baki otkad ju je video da je bezbedno stigla kući, ili je ona zaostajala svega nekoliko koraka za njim. Akis je uhvatio Prase za ogrlicu sprečivši ga da priđe bliže.

– Sofija, stigla sam!

Irinin glas je ispunuo prostor više nego Prase, Akis je video svoju majku kako je ustuknula, stežući obe ikone uza se kad se pribila uz kuhinjske ormariće, a Irini ušla u kuhinju.

– Napolje! Ovo je prokletstvo! Prvo crevo ne radi, onda mi smesa za kolač padne na pod, potom ti dođeš ranije, zatim i ti... – Sad je gledala u Irini. – Zašto si došla?

– Pozvala si me! – odgovorila je Irini spustivši ruku na kuhinjsku stolicu radi oslonca.

– Nisam!

– Imam poruku u svom telefonu. Piše da dođem u jedan na kafu i planiranje venčanja.

– To je ista poruka koju sam ja dobio – umešao se Akis, puštajući Prase da mu njuška ruku.

– E pa, to je greška. Ti ne bi trebalo da budeš na spisku – rekla je Sofija grubo. – I još nema jedan sat!

– E pa, usput sam videla oca Janisa u *kafeneonu*, a on mi je rekao da dolazi u pola jedan, pa sam i ja rešila da poranim – rekla je Irini, spustivši se na stolicu.

Akis je osetio kako mu jeza klizi niz kičmu. – Otac Janis dolazi?

Prase je piskavo zanjakao kao da je sveštenikovo prisustvo i njemu neprihvatljivo.

– Otac Janis je cenjeni prijatelj porodice Dijakos – rekla je Sofija, uzimajući deterdžent u spreju i brišući radne površine.

– Ali otac Spiros će venčati Kozmosa i Ren, zar ne? – upitao je Akis.

– Da, ali glavna uloga oca Janisa u Crkvi jeste da je uvede u ovaj vek. Imao je odlučujuću ulogu u uvođenju usluge za ispovedanje preko poruka – rekla je Sofija.

Irini se nasmejala. – Otac Janis misli da će ta aplikacija biti popularnija od *Tiktoka*. – Načas se zamislila. – Mada će mladi ljudi možda da se ispovede o onom o čemu tiktokuju.

– Moram da idem – rekao je Akis, pruživši Prasetov konopac svojoj baki. Sad je bez sumnje znao šta je ovo. Da, možda će biti uopštenog planiranja venčanja, ali otac Janis nije bio ništa drugo do prerušena zaseda.

– Ne možeš da ideš! – uzviknula je Sofija.

– Zašto? – upitao je Akis. – Pre nekoliko trenutaka si mi rekla da sam poranio.

– Sve po planu – rekla je Irini, otkinuvši zrno grožđa iz činije s voćem na stolu i ubacivši ga u usta. – Očekujem da Tanasi mora da zakaže da bi mogao da sere.

– Mama! U mojoj kući se tako ne govori – rekla je Sofija.

– Uskoro nećeš imati ništa i nikoga u svojoj kući.

– Kaži Kozmosu da ću ga kasnije zvati – umešao se Akis, odlazeći ka vratima.

– Čekaj! Stani! – uzviknula je Sofija pojurivši i postavivši se kao prepreka između njega i vrata.

Akis je stao mirno susrevši njen pogled. Ovoga puta je koristio moć svojih očiju da dopre do istine. Iako je bio uveren da već zna ishod.

– Molim te, Aki, nemoj tako da me gledaš.

Nije odvratio pogled. Prase je zanjištao.

– Kaži mi zašto otac Janis dolazi – rekao je Akis.

– Da... objasni.

– Šta da objasni?

– Kako je dobar život u Crkvi – priznala je Sofija.

– Zašto?

– Da bi...

– Da?

– Da bi... ti mogao da postaneš sveštenik pre tridesete a mi prestali da se brinemo da će nam ta kletva uništiti život!

Prase je zanjakao.

– To je zvuk koji ispušta pre nego što se posere – obavestila ih je Irini.

– Sofija! – čuo se Tanasisov glas iz bašte. – Crevo radi. Ali ne mogu da ga zaustavim!

6.

Kvart Liston, grad Krf

– Ovo me vraća u prošlost – rekla je Margo, uvukavši dim iz cigarete dok su ona i Kara sedele u kafe-baru s predivnim nizom lukova. Bila je to kultura sedenja u kafeu u svom najfinijem obliku. Od drugih gostiju koji su za stolovima pijuckali espreso ili hladan kapučino, do grupa prekoputa mermernog šetališta ispod velikih nadstrešnica, pored prostranih travnjaka koji su ličili na terene za kriket. Bilo je opušteno, a ipak je imalo šmeka.

– Bila si ranije ovde? – upitala je Kara. – Nisi mi rekla.

– Nekada sam ovde provodila duge vikende. Pre mnogo godina. Sa Sofijom. Bilo je baš zabavno.

– Podseti me, Sofija ti je prijateljica s koledža i majka mladoženje koji se zove?

– Pojma nemam. Sigurno piše na pozivnici za venčanje.

Pozivnica za venčanje koju Margo još nije pokazala. Za nekog ko je obično spreman kô zapeta puška, Margo je ovde bila vrlo nehajna. Iako je, naoko, njena tetka znala da u osam uveče treba da se sastanu sa ostalima pozvanim na devojačko veče.

– Pa kad si poslednji put videla Sofiju?

– Gospode, ne sećam se kog je to tačno vikenda bilo. Mada se sećam žestine po imenu *cipuro*.

– Nisi bila ovde godinama, a ona sad poziva tebe i mene na venčanje svog sina? – Zvučalo je malo čudno. I obe idu i na devojačko veče.

– Zašto ti je to šokantno, Kara? Išla sam na koledž kad su svi studenti bili iz viđenih porodica širom sveta. Priznajem, bilo je nekoliko onih stipendista, ali većina su bili naslednici brodskih magnata ili vlasnika rudnika zlata. Tako je to kod njih.

Kara nikad nije zaista razumela kako je i zašto Margo završila u čuvenoj školi u Švajcarskoj, dok je njena majka išla na lokalni koledž i studirala geologiju i modu. Jednom je pitala majku, a Elizabet je bila iznenađujuće ćutljiva za nekog ko je oduvek uživao kad joj se pruži prilika da kritikuje.

– Nije *šokantno* – odvratila je Kara. – Ali, znaš, venčanja na kojima sam ja bila ili za koja sam čula obično imaju kratak spisak gostiju, koji se sastoji od bliskih prijatelja, a ne od ljudi s kojima mladoženjina majka godinama nije bila u kontaktu. – Svakako je bilo tako kad su se ona i Seb raspravljali oko cene po gostu za svadbeni doručak...

Margo je odmahnula rukom u kojoj je držala cigaretu kao da odbacuje taj komentar u gornje delove tog drevnog šetališta. – Zašto brineš o takvim stvarima, Kara? Umesto što traćiš vreme razmišljajući zašto zavređuješ ovakvu priliku, zašto je jednostavno ne prihvatiš?

Odgovor je bio što bi svaki put kad prihvati neku mogućnost završila kao izvor podsmeha, slomljenog srca ili i jedno i drugo. Sad postavlja pitanja. Stalno. Triput proverava pre nego što donese odluku. Od američke kafe koju je naručila sad joj je bilo vrućina, a vlažnost je bila zagušujuća. Ustala je.

– Samo ću... da se malo prošetam.

– Ne bih ti to preporučila u tim cipelama – rekla je Margo. – Te mermerne ploče su vrlo klizave i...

Kara nije čula ostatak; nije mogla da ostane dovoljno dugo da čuje šta će uslediti. Samoća je sad bila njen jedini put, ili je postojala opasnost da ponovo upadne u obrazac negativnog razmišljanja.

Ispred radnji su stajale korpe iz kojih su se prelivali suveniri – kuhinjske krpe sa šarom masline, umotani sapunčići, crvene saksije – bilo je užurbano i živahno, i u tom trenutku suprotnost onome što je Kari trebalo. Bez mnogo razmišljanja je skrenula iz gužve i zaputila se nizom stepenica ka zasvođenim vratima.

Kakva ironija. Akis je bio tu, sedeo je naspram niza drvenih stolica, od glave do pete u crnoj odori grčkog sveštenika. Samo što to nije bila sasvim tradicionalna mantija, već kostim za kasniju predstavu, upotpunjen maskom za lice u stilu *Fantoma iz opere*, kako bi njegov lik, Đakon, bio još tajanstveniji. Ali u ovom trenutku se nije kretao onako kako će kasnije, bio je potpuno nepomičan u nadi da će majušno crno mače koje je video kako puzi na stomaku ulazeći u crkvu, slabašno kao što su mačići slabašni, izaći iz svog skrovišta i dozvoliti mu da mu pomogne. Uličnih mačaka je bilo po celom Krfu, ali on nikad nije mogao da ignoriše nešto ili nekog kome treba pomoć na njegovom putu. Kao ni svog brata...

Vrata su se uz tresak zatvorila u zadnjem delu crkve, i Akis je pogledao unaokolo kad je neko ušao. Bila je to neka žena. Napola je žurila, zatim je usporila, zastala, okrenula se, zverajući unakolo kao da nije sasvim sigurna kako je dospela tu. Sad je Akis bio usredsređeniji na nju, nego na mače.

Okrenuo je leđa prednjem delu crkve kao da traži vođstvo od oltara i zlatnih ikona, kao njegova majka kad je ranije zgrabila svoje gurue.

– Ispovedate li?

Bio je to glas te žene i Akis se zapitao da li se pojavio sveštenik te crkve. Ali vrlo brzo je shvatio da se žena približila, stajala je pored njega i bez sumnje je njemu uputila pitanje. Imala je kosu boje jesenjeg lišća, ni dugu ni kratku, padala joj je na ramena kao široke trake blistave boje...

– Izvinite, verovatno ne govorite engleski. Izvinjavam se – nastavila je žena.

– Ne – odgovorio je Akis. – Nema... razloga da se izvinjavate... dete moje. – Šta on to, dođavola, govori? – Govorim engleski.

Pre nego što je mogao još nešto da kaže, ona se smestila na stolicu pored njega, sklopivši dlanove, stiskajući ih kao da cedi vlažnu odeću. Nagonski je poželeo da sazna šta joj se dogodilo.

– Ne znam da li i dalje mogu ovo – prošaputala je žena, pogleda prikovanog za pod.

– Odlučili ste da ne želite da se ispovedite? – upitao je.

– Ne... hoću da kažem, to je početak moje ispovesti.

Eto dokaza da bi bio užasan sveštenik. Pojma nije imao šta treba da radi.

Trebalo bi da joj dopusti da sama izabere svoj ritam.

– Sad sam sledbenik. A nikad ranije nisam bila sledbenik – nastavila je.

– Hristos ti se može obratiti u bilo koje životno doba – odgovorio je Akis.

– Šta? – upitala je žena, podigavši glavu i pogledavši ga.

– Hristos. S njim nema vremenskog ograničenja. Niti za njegovog Oca i Sveti duh. Nije važno da li si sledbenik od početka ili si mu se kasnije pridružila.

– Nisam mislila sledbenik vere. Htela sam da kažem sledbenik u svom životu – rekla je žena uzdahnuvši. – Ne donosim odluke za sebe. Strah me je da donosim odluke. Ali više ne znam kako da budem drugačija.

Njena nevolja ga je privukla. On je imao obrnut problem. Ali šta ju je toliko uplašilo u donošenju odluka? Ponovo ju je pogledao, ovog puta se zagledavši u sitnije detalje. Oči su joj bile plave, svetloplave, skoro boje Jonskog mora, a izgledale su i jednako duboke. Progutao je pljuvačku, iznenada osetivši da će šta god sledeće da izgovori, to biti veoma važno.

– Šta te plaši u donošenju odluka? – upitao je.

– Sve – odvratila je, glas joj je treperio.

– Zašto?

Tad je osetio promenu njene energije, vazduh između njih se brzo kretao, smirujući se.

– Ne bih rekla da se ispovest ovako odvija – rekla je, ispravivši se na sedištu. – Mislila sam da samo mogu da vam kažem šta osećam, a vi da mi date savet na kraju.

– Dobro, jesi li se ikad ranije ispovedila u Grčkoj? Zato što je širom sveta poznato da Grci rade neke stvari drugačije od većine drugih naroda.

Zašto se i dalje pretvara da je sveštenik? I zašto oseća da je ključno da joj pruži mogućnost da izvuče nešto pozitivno iz svega ovoga? Trebalo bi da pozove pravog sveštenika i ode odatle.

– Da li zato nosite i masku? – upitala je.

Sranje. Maska.

– Ah – izustio je Akis. – Izvinjavam se. To je zbog mačeta.

– Šta?

Tad je ustao i pokazao joj da i ona ustane. Blago ju je usmerio ka oltaru. – Sabirao sam... misli kad sam video to uplašeno mače kako trči kroz crkvu. Pretpostavljam da je tražilo utočište. – Pogledao je nekud pored nje. – Pomalo kao ti.

– Ne razumem.

– I ti tražiš utočište. Daleko od teškoća sa odlučivanjem.

– Htela sam da kažem da i dalje ne razumem zašto nosite masku.

– O. – Pribrao se. – Pa, mačke na Krfu su vrlo nemilosrdne. I uvek idu na oči.

Pokušao je da zvuči uverljivo, ali sve je to bilo veoma traljavo. Srećom, bio je spasen daljih komentara kad je razmakao oltarsku zavesicu, a iza nje se ukazalo mače, koje je izgledalo veoma žalosno, jednu šapu je držalo kao da ne može da hoda.

– Šta ćemo sad? – upitala ga je žena.

– Uzećemo ga i daćemo mu malo vode.

– Ali zvučali ste kao da je ono zlo.

– Ne zaboravi, imam masku.

Žena je odmahnula glavom. – Pojma nemam šta se događa. Ali možda bi trebalo da nađem neki bar umesto crkve.

Okrenula se da ode, a Akis je shvatio da ne želi to.

– Sačekaj – rekao je, odmakavši se od mačke.

Zastala je i okrenula glavu ka njemu. Šta će joj sad reći?

– Način na koji se osećaš u pogledu donošenja odluka... – Udahnuo je. – Zamisli da je odluka sićušno seme posejano u tvom umu. Možeš da ga vidiš, ali malo je i uvek će biti malo dok *ti* ne odlučiš da ga pustiš da poraste. *Ti* odlučuješ o tome da li i kad. Drugi ljudi, oni imaju sopstveno semenje o kojem treba da razmišljaju. Tvoje semenje je samo tvoje. Drugi mogu biti u stanju da ga vide, ali samo ga ti poseduješ.

Progutao je pljuvačku, iščekujući njenu reakciju. Sekunde su prolazile dok mu napokon nije uputila jedva primetan osmeh.

– Hvala vam – rekla je.

– *Parakalo.* Nema na čemu.

I s tim rečima ostao je da gleda kako se ponovo okrenula i zaputila ka vratima.

7.

Restoran *Reks*, Ulica Kapodistriu, grad Krf

– Ne bi me iznenadilo da je Sofija unajmila ceo restoran – primetila je Margo dok su išle mermernim podom do mesta gde je trebalo da se pridruže devojačkoj večeri. – Sofija je uvek volela ekskluzivnost.. sećam se da je bila prilično posesivna u pogledu milionera kojeg smo upoznale u Monte Karlu. On je bio vrlo zgodan, ali očigledno je da ne možeš očekivati ekskluzivitet od nekog tako privlačnog. Meni nikad nije smetalo da delimo iskustva, ali deljenje nije nešto svojstveno Sofiji. Ipak, njen gubitak obično je bio moj dobitak.

Dok joj je Margo pružala još pratećih informacija o mladoženjinoj majci, sve na šta je Kara mogla da misli bilo je sićušno seme. Kakvo je to poređenje izneo onaj neobični sveštenik? To nije imalo smisla. Zato što nije svaka odluka mala. Šta odabrati s jelovnika za večeru – mala odluka. Šta raditi sa ostatkom svog života – jebeno velika odluka. Ali opet, da li je ikad ranije potražila savet u crkvi? Nije želela ni da se uda u crkvi.

– Kara, jel' sve u redu s tobom? – upitala ju je Margo.

– Da, naravno, svakako. – Bilo je to malo previše reči.

– Zato što sam se, kad si me ostavila u kvartu Liston, malo zabrinula da te je obuzeo jedan od tvojih trenutaka slabosti.

Jedan od tvojih trenutaka slabosti. Margo je to izgovorila kao da je pogubna anksioznost od koje je patila njen lični izbor. A njena tetka nikad nije ništa preduzela povodom činjenice da je ta slabost teška i nešto što ljudi radije koriste nego da saosećaju s tim. Sad je osnaživala sebe zamišljajući kako odmotava rolnu bodljikave žice i obmotava njome svoju utrobu. Igra „hajde da se pretvaramo“...

– Dobro sam. – Da li je to zvučalo uverljivo? Pre nego što je Margo mogla sumnjičavo da je pogleda ili kaže još nešto, nastavila je: – Stvarno, samo sam malo umorna od leta, ali baš se radujem što ću upoznati tvoju staru prijateljicu i prepustiti se svadbenom raspoloženju.

To je možda bilo mrvicu previše za nekog ko nije mogao da priđe na metar časopisu *Helou* ako je na korici bila neka nevesta...

– Sjajno – izjavila je Margo. – Zato što Sofija možda jeste prijateljica, na neki način, ali to ne mora da znači da će ovaj susret biti išta manje od testiranja poput rasprava u sali za sastanke.

– Šta?

– Samo se seti lavice u sebi, kao što smo naučili na onoj konferenciji u Noriču i prati me.

S tim rečima, Margo je produžila korak raširivši ruke kao da bi da zagrli ceo univerzum, pa se zaputila ka stolu na mermeru napolju. Kara je požurila da je stigne pa usporila u samouvereno prikradanje.

– Sofija, draga! Izgledaš divno! Nije li sve ovo bajno? Koliko je prošlo? Nemoj mi odgovoriti, reći ću ja tebi, prošlo je *previše.*

Kara je gledala kako Margo grli savršeno doteranu tamnokosu ženu u haljini koja je izgledala kao *dolče i gabana*. Imala je blistavu kosu skupljenu u savršenu nisku punđu i neupadljivu šminku, ako se izuzme svetloružičasti ruž, koji joj je veoma dobro stajao.

– Zdravo! Ko si ti?

Kara je poskočila na zvuk drugog ženskog glasa iza sebe, pa se okrenula i videla ženu otprilike svojih godina, bujne i duge tamne kovrdžave kose. Osmehivala se držeći tablu sa štipaljkom u ruci kao da se sprema da obavi neki posao.

– Ja sam Kara. Kara Džouns. Došla sam s...

– S Margo! Prijateljicom moje majke koja nam je mnogo pomogla!

Kara je na brzinu pokušala da napravi porodično stablo.

– Izvini – nastavila je žena. – Ja sam Anastasija. Sofijina ćerka. Najlepša među njenom decom i očigledno najpametnija.

Kara se osmehnula, istog trena joj se dopala energičnost te žene. Anastasija je pružila ruku, pa onda, kao da je smislila nešto bolje, zagrlila Karu i stegla je, pritiskajući joj tablu sa štipaljkom na grudi.

Kara jedva da je stigla da se pribere kad ju je Anastasija požurila ka stolu za kojim su već sedele druge žene.

– Da vas upoznam! I svi ćemo govoriti engleski, važi? Zato što su divna nevesta i njena porodica Englezi! – uzviknula je Anastasija. – Dakle, kad vas prozovem, samo mahnite. Najvažnija koju ćemo prvo...

– Ja sam Sofija! Majka mladoženje, Kozmosa – prekinula ju je Sofija.

Ponegde se začuo tih kikot pre nego što je Anastasija nastavila. – Htela sam da kažem da je najvažnija osoba Ren, nevesta.

Veoma sitna mlada žena mišje boje kose mahnula je prilično krotko, a Anastasija je potom nastavila s predstavljanjem. Renina majka, Renina tetka, Renina najbolja prijateljica i deveruša, Keli, zatim žena koja je predstavljena kao neko ko ima veze s cvećem, sledeća koja ima pekaru, potom Kara i Margo. Nije to bila ogromna zabava s „preuzimanjem celog restorana“, kao što je Margo najavila.

– Biće nas više na predstavi – objavila je Anastasija kad je sela pored Kare. – Moje prijateljice neće propustiti da dva sata gledaju polugole muškarce koje je moja majka platila.

To je bila predstava? Striperi? Kara je zamislila možda kabare, svakako više džeza i martinija nego trbušnjaka i Vrelog Majka.[6]

– Osim toga, tu je i bonus jer će moja majka pošizeti kad bude videla mog brata. – Anastasija se nasmejala pa uzela bocu *mamos* piva, potegavši gutljaj. – Ali ne Kozmosa. On je večeras zatočen u gradu Krfu kako bi žene mogle da se zabave. Na njega će doći red za nekoliko dana.

Kari je postajalo teško da upamti ko je ko, i primetila je da Margo još nije sela. Njena tetka je radila za stolom, starajući se da se sa svima upozna i prilikom svakog rukovanja davala svoju vizitkartu. Ali zato je Margo bila tako uspešna. Kad je reč o usponu na vrh, nije se mnogo obazirala na pravila ponašanja.

– Onda, da čujem – rekla je Anastasija, malo se okrenuvši na svojoj stolici kako bi Kari poklonila više pažnje. – Imaš li dečka ili devojku? Zato što si previše lepa da bi bila singl.

---

[6] Američki film o striperima, *Vreli Majk* (2012). (Prim. prev.)

Kara se osmehnula. – Ah, pa u tome grešiš.

– Ne grešim da si lepa – odvratila je Anastasija. – Ali moram da znam da li traćim vreme.

– O! – uzviknula je Kara. – Ti se...

– Malo ložim na tebe – rekla je, osmehnuvši se. – Još nešto što je mojoj majci mrsko kod mene jeste moja seksualnost. Ili bi bolje bilo da kažem da joj je mrsko što ljudima otvoreno govorim da mi se sviđaju *i* muškarci *i* žene. Zamisli, roditelj ne voli što mu je dete iskreno.

– Meni se sviđaju mukarci – odvratila je Kara. – Žao mi je.

– Ne izvinjavaj se – odmah je rekla Anastasija. – Ali znaj da si osuđena na doživotno čekanje da ti oni prvi pošalju poruku.

Kari se zaista sviđala energija te devojke. Uzela je čašu s vinom koja je stajala ispred nje. – Da nazdravimo tome.

– *Yammas* – rekla je Anastasija, kucnuvši se bocom piva o čašu.

8.

Kafe-teatar *Iskejp*, grad Krf

Kara je izgubila pojam o tome koliko je popila. Izgledalo je kao da joj posle svakog zalogaja hrane praćenog gutljajem vina Anastasija dosipa u čašu. Možda revnosna domaćica, ali ona kojoj je cilj da je obeznani. Obilje hrane ju je srećom držalo donekle treznom. Kara se odlučila za svinjsku obrazinu s limunskom travom, krompirom, aromatičnim biljem i penu od kupus-salate. Izgledalo je dekadentno koliko i zdravo, i imalo je božanstven ukus. Kara je imala sreće da često prisustvuje finim obedima kad bi je Margo izvodila, pa ipak, ovo je bilo nešto sasvim drugo.

Sad su sedele u eklektičnom ne baš kafeu, ne baš pozorištu, sa okruglim stolovima koji su odavali utisak kafe-teatra kakav je Kara zamišljala. Stolovi su bili postavljeni ispred pozornice, crvene plišane zavese bile su spuštene, njihova tekstura osvetljena reflektorima poređanim duž pozornice. Sve je, od ogromne zbirke pića poslagane u osvetljenim vitrinama iza šanka do blistavih svećnjaka koji su visili s tavanice umnogome podsećalo na tajnu točionicu pića kombinovanu s plesnim podijumom.

– Pročitala sam blistave prikaze onlajn, ali mislim da je većinu njih napisao moj brat – izjavila je Anastasija, izvukavši stolicu. – Ali ovo mesto je sjajno, zar ne? Ti sedi ovde. Dovešću Ren i Keli, a starije žene mogu da sednu za susedni sto.

– O, važi – složila se Kara u pogledu sedenja. Ali onda je počela da se premišlja setivši se šta se obično događa onima koji su najbliže akciji. – Možda možemo da sednemo za neki sto malo dalje?

Anastasija se nasmejala. – To bi Ren poželela! A ona je nevesta! Ne!

Činilo se da nema izbora do da sedne. Kad je Anastasija počela da usmerava ostale gde da se smeste, Kara je pogledala u svoju tetku. Jedva da ju je videla tokom večere. Margo se sručila pored Sofije u restoranu *Reks*, i tu je ostala. Nije Kari smetalo što se Margo ponovo povezala sa starom prijateljicom – zato su i došle – ali nikog nije poznavala, bila je u stranoj zemlji, u drugačijim okolnostima, a to je bilo nešto sa čime se obično suočavala s tetkom pored sebe. Osmotrila je bocu votke na stolu i čašice za žestinu. Ne, još alkohola trenutno nije bilo rešenje.

Akis je strgnuo rukavice pa ih bacio na sto, mašivši se za čvor na grudima kojim je pričvrstio ogrtač. – Moraćeš da zoveš Panosa. Ja ne mogu da nastupam večeras.

– Šta? Aki, ne budi blesav! Panos ne ume da svira klavir – rekao je Horejšio s parčetom bele krede za lice u ruci. – I Panosovi pokreti nisu kao tvoji. Osim toga, on nema taj pogled!

– Koristi snimljenu muziku. Ja ne mogu da nastupim. Moja majka je tamo! Tamo su Ren i njene rođake! – Mučio se da razveže trake.

– U tome je stvar? Drmni jednu votku. – Horejšio je gurnuo bocu preko komode na koju je stavio ogledalo. – Večeras nema čaša, ali kao što znamo, te mere su ionako odoka.

Akis je prestao da odvezuje ogrtač i pogledao je u prijatelja. – Znao si da će one biti ovde večeras! Jesi li im *ti* prodao ulaznice?

– Čemu ovaj razgovor? – upitao je Horejšio, gledajući svoj odraz i pruge na licu. – To je devojačko veče. Ako se izuzmu turisti u potrazi za zabavom, devojačke večeri su stub naše letnje zarade. Osim toga, znaš da ne mogu da kažem ne Anastasiji.

Akis je uzdahnuo. – Počinjem da pomišljam da ti nikom ne možeš da kažeš ne.

– Mislim da je to možda istina – složio se Horejšio.

– Dobro, šta bi trebalo da radim?

– Treba li ponovo da te provedem kroz nastup? Znam da smo uneli znatne izmene od prošle postavke u maju, ali otad smo imali mnogo predstava i...

– Vrlo zabavno! Baš zabavno, Horejšio! Jer sam, naravno, mislio na redosled poteza! – Zgrabio je paletu šminke od prijatelja. – Majka mi je danas ponovo jasno stavila do znanja da joj je plan da mi izazove krivicu, tako da nemam izbora nego da se pridružim Crkvi. – Četkicom je prešao Horejšiju preko obraza, znalački mu stavljajući scensku šminku.

– Uvek imaš izbora – rekao je Horejšio, blago se okrenuvši na stolici kako bi omogućio Akisu da nastavi da ga šminka. – Osim u slučaju večerašnjeg nastupa. Tu nema izbora. Potreban si nam, Aki. I, dobro, priznaću, ti si najbolji plesač, omiljen, onaj koga će svaka ovde zamišljati kad ode kući i razgoliti se.

Akis je uzdahnuo. – Ti, dakle, misliš da ugrozim svoju porodicu ignorišući činjenicu da bi sve buduće generacije mogle biti u opasnosti ako ja ne postanem sveštenik.

Horejšio je podigao prst. – To važi samo ako veruješ u tu kletvu.

– Nije važno da li *ja* verujem. Moja majka veruje.

– A ti ćeš živeti *svoj* ili majčin život? Čuješ li ti sebe?

Akis je čuo sebe. A to je bilo tako protivrečno svemu u šta je verovao. Činjenici da imaš samo jedan život i da bi on trebalo da bude potpuno ispunjen svim iskustvima koja možeš da doživiš i zbog kojih bi trebalo da napraviš taj „korak vere“ bez dokaza. Želeo je da živi brzo i ludo, da ugrabi prilike, isproba nešto novo, da ne čeka da se nešto dogodi, već da se postara da se to dogodi.

– U pravu si – rekao je Akis, klimajući glavom dok je završavao šminkanje Horejšija.

– Ja sam uvek u pravu.

– Ako ta kletva uopšte postoji, koliko loša može da bude? Hoću da kažem, uglavnom smo svi i dalje tu. Ono o čemu je moja majka nejasno govorila dogodilo se pre nekoliko decenija.

– To bi moglo da bude zato što je svaki drugi prvorođeni Dijakos u bliskoj prošlosti postajao sveštenik.

– Ne – rekao je Akis, sad upirući prstom u sebe. – Ne, moj deda-stric, Haris, on je bio drugorođeni sin – Spiros je umro kad mu je bilo svega nekoliko nedelja – on nije postao sveštenik.

– I živ je i zdrav? Njegova porodica nije mnogo propatila?

– Ne. On je mrtav – odgovorio ja Akis uzdahnuvši. – Ali, znaš, istraga o nesreći nije dovela ni do kakvog zaključka.

– Upravo tako! – odvratio je Horejšio, ustavši. – Dakle, nema dokaza. A kad smo već kod vere, ne postoji stvaran dokaz o postojanju Boga. Samo navodno veoma drevno svedočenje očevidaca, i šta nam to govori o Crkvi?

Akis je ponovo uzdahnuo. Činilo se da u poslednje vreme često uzdiše. – Nemoj da te moja baba čuje da to govoriš. Iako mi je najveći saveznik u nastojanju da se ne zaredim, svake nedelje ide u crkvu.

– Ah, kad smo kod tvoje babe – rekao je Horejšio, navukavši kožni prsluk. – Možda sam i njoj dao ulaznicu za večerašnju predstavu.

– Horejšio!

– Složili smo se da ne umem da kažem „ne“.

9.

– O bože, moja jaja je ovde!

Posle dve čašice votke, Kara je pomislila da jaja zvuči kao nadimak za vaginu.

Pre nego što je stigla da pita, Anastasija je nastavila. – Moja baka. Ren, spusti svoju torbu sa onim sranjima od penisa na tu stolicu da ne bi mogla da sedne.

„Sranja od penisa" su podeljena za stolom za kojim su večerale i sastojala su se od uglavnom beskorisnih plastičnih poklončića za gošće u obliku muškog dodatka. Mada su Kari omiljeni bili grickalica za nokte i olovka koja je imala ukus – i miris – začinjene prasetine. Ali zašto?

– Zar ona nije pozvana? – upitala je Kara, gledajući stariju gospođu u uzavrelom razgovoru sa Sofijom. Nosila je jarkozelenu haljinu, a sandale su joj bile izlepljene. U sedoj kosi je imala sjajne ukosnice koje kao da su samo služile za ukras. Imala je dve svetlucave, žute, u obliku zvezda i... da li je jedna bila u obliku pauna?

– Ne, nije. Nije pozvana ni na venčanje. Šta da ti kažem?

– Ali, ako ona... – počela je Kara, tražeći dalje objašnjenje.

Svetla su se prigušila, prekinuo ju je dubok bas od kojeg su zvučnici zazvečali. Svi u publici su skoro nesvesno sa odobravanjem uzdahnuli. Činilo se da predstava počinje.

Anastasija se nagnula ka Kari, kosa joj je dodirnula njen obraz kad je prošaputala: – Mislim da Ren ne zna šta će je snaći.

Kara je progutala pljuvačku. To je dobro. Fokus je na Ren, na nevesti. Nije bilo nimalo izgleda da Kara mora da učestvuje u predstavi u kombinaciji s nevestom. Brzo je pogledala u Margoin sto. Njena tetka je pripaljivala cigaretu. Može li se to ovde u zatvorenom prostoru? A Sofija je odmakla jednu stolicu od njihovog stola ostavivši je nekoliko metara dalje i usmeravajući jaju ka njoj.

Onda su svetla potpuno utrnula, čulo se nekoliko uzvika dok se prigušeno ambijentalno svetlo pretvaralo u potpuni mrak. Kara je spustila prste na ivicu stola. Tad se oglasila klavirska muzika.

Iznenada je osetila kako joj na tu muziku žmarci idu uz i niz kičmu. Nije se moglo uporediti ni sa čim što je čula ranije, a čula je mnogo pijanista. Ovo je bilo *nostalgično.* Bilo je klasično ali savremeno, otmeno ali krajnje seksi. I bilo je tako sporo, kao da ih muzičar zadirkuje. Osetila je kako se dah kreće u njoj, potiskujući joj dijafragmu, stižući do grla, a zatim bežeći. Srce joj je tuklo u grudima, ali i nežno dobovalo u ušima i ručnim zglobovima. Bio je to divan, ali snažan osećaj. Zatim je zasijao reflektor otkrivši metalnu šipku niz koju se spustio plesač u uskom crnom bodiju i kožnom prsluku, s belim prugama na licu, klizio je veoma graciozno, tako sporo, nežno se vrteći ukrug kao balerina u pohabanoj kutiji za nakit.

Tad je Kara shvatila da zna tu melodiju. Bila je to Bijonse, „Crazy in Love", ali usporena verzija iz filma *Pedeset nijansi sive.* Zvuk klavira bio je uzbudljiv i težak, plesač je prkosio gravitaciji vrteći se oko šipke, lagan i elegantan, a u vazduhu je bilo više seksualnog naboja nego što ga je odavno osetila...

Upalilo se još nekoliko reflektora i osvetljena su još šestorica plesača, svi u crnom s belom sjajnom šminkom na licu. A dok je klavirska muzika postajala dramatičnija, plesači zaigrali odlučnije, snažno gazeći, iskačući i zatvarajući se, Kara je osećala da je publici uzavrela krv.

Onda se, izdižući se na sredini pozornice, ukazao blistav crni klavir. Pijanista je stajao, i dalje udarajući po dirkama dok su se plesači njihali i izvijali na sve strane. Koliko god da je ples bio dobar, Kara je bila privučena muzikom koju je svirao čovek u senci. Bio je iskusan izvođač. To je bilo očigledno. Čak i uz grmljavinu basova snimljene muzike, njegova darovitost se isticala: rifovi, improvizacije, veština i stil.

Baš kad se Kara nagnula napred ne bi li se približila izvoru muzike, klavirska muzika je zanemela. Dok je pokušavala da dokuči šta se dogodilo, zvuk se promenio, a pijanista je iskočio iza klavira, spustivši se u čizmama na njega i zaplesavši. Tad je Kara shvatila da joj taj plesač, onaj koji koji je izvanredno svirao klavir, nije sasvim nepoznat. Prepoznala je njegovu crnu odoru, krst oko vrata i masku koja mu je skrivala polovinu lica. Bio je to sveštenik s kojim je razgovarala. Sveštenik koji očigledno nije pravi sveštenik i kojeg je zamolila da sasluša njenu ispovest!

Dok ga je gledala kako se izvija i njiše na vrhu klavira, neko iz publike je bez zadrške vrištao, a ona je osetila da su joj se obrazi zajapurili. Da li je moglo da bude neprijatnije?

– Vidiš tog momka? – naglas je rekla Anastasija, pokazujući ka pozornici. – Onog na klaviru obučenog kao sveštenik?

O da, Kara ga je videla. A on je u tom trenutku poderao svoju odoru, vrteći se ukrug uz pesmu „World Class Sinner".

– To je moj brat – dovršila je Anastasija. – Drugi. Ne onaj koji se ženi.

– To ti je brat – ponovila je Kara, i dalje gledajući u pozornicu.

– Da! To je Akis. Mada ga ovde zovu Đakon.

Kara je ostala bez reči, ali se u sebi zapitala. Jedno je obrukati se ispovedanjem lažnom svešteniku, ali zašto je, dođavola, Anastasijin brat istrajao u pretvaranju? Ili je to možda samo uloga koju je igrao zbog svog posla, a ona je bila nesvesni dobrovoljac. Šta god da je posredi, trebalo joj je malo vazduha da bi obuzdala puls.

Ustala je.

– Sranje. Ne ustaj! – rekla je Anastasija.

– Nemoj sad da ustaješ! Rekla sam Horejšiju da je to znak! Ali to je trebalo da budu *Keli* i Ren.

– Znak?

Kara nije razumela... do trenutka kad je jedan od plesača skočio s pozornice i zaputio se ka njoj.

10.

Bio je to Karin najgori košmar. U poslednje vreme je po svaku cenu izbegavala pozornicu, čak se sakrila u toaletu kad je Margoina firma dobila preduzetničku nagradu, samo da ne bi morala da bude pod svetlima reflektora. Ipak, evo je, sedi na stolici na jednoj strani pozornice dok Ren sedi na drugoj, sveštenik koji nije sveštenik polako se kotrlja ispred nje kao da su njegova tri para trbušnjaka proizvod, dok se njegov nastup pretvara u nešto što će uskoro postati interaktivna reklama. I mada bi se pretplatila da uživa u gledanju, to što ju je gledala publika od žena željnih mesa bilo je privlačno kao plivanje sa ajkulama.

– Mogla bi da se osmehneš – rekao je Akis dok su mu se prepone njihale i izvijale nekoliko centimetara od njenog lica.

– Šališ se? Zašto bih se osmehivala kad ne želim da budem ovde? – Morala je da podigne glas da bi nadjačala udaranje basova.

– To što se ne osmehuješ može se odraziti na moju napojnicu. Treba mi napojnica.

Ovog puta je uskočio pravo u njen lični prostor, odbacivši svešteničku odoru, gola prsa su mu se zanjihala uz njen torzo. *Seme*. Ne, ne bilo koje seme. Oponašao je pripadnika klera. To je bio zločin.

– E pa, o tome je trebalo da razmišljaš pre nego što si me natociljao da si član Božje porodice.

On se osmehivao, što nije bilo toliko seksi koliko samozadovoljno. – Ne znam da li da se smejem na tu reč „natociljao", šta god ona značila ili da te podsetim da je svako od nas član Božje porodice. Ako veruje.

Kara je zaustila brzo da mu se usprotivi kad se on okrenuo i odjednom je oko nje bio konopac, bila je vezana za stolicu. Šta je to, dođavola? Brz pogled ulevo i primetila je da su Ren i drugi plesač u istom položaju s druge strane pozornice. I daleko od toga da je izgledala nervozno ili posramljeno, Ren je prepipavala plesačev torzo.

– Grčko maslinovo ulje – rekao je Akis. – Spoj bridove šaka.

– Ne.

– Ajde, ekstradevičansko. Tamo ima žena koje bi dale muževljevu *amerikan ekspres* karticu za ovu priliku.

– Ja bih ti dala svoju *amerikan ekspres* da bih ustala iz ove stolice, kad ne bih mislila da bi se moja tetka razočarala u mene. – Zastala je. – Jesi li ti to mene nazvao ekstradevičanskom?

Pre nego što je stigla još nešto da kaže, on joj je obuzdao ruke i sipao ulje u njih. I ako ne uradi nešto s njim, počeće da joj kaplje na prilično lepu suknju koju je Margo platila u *Libertiju*. Ustala je podigavši stolicu za sobom. Ali umesto da namaže uljem Akijeve napete trbušnjake, Kara je posegnula za njegovim licem. Pljuskajući mu obraze rukama, utrljavala mu je ulje u koži, poigravajući se prstima duž njegove čvrste vilice, zavlačeći prste ispod rubova maske...

– *Ohi*. Ne – odlučno je rekao Akis. – Ne masku.

Više izjava nego upozorenje.

Onda je, nekako, konopac oko nje i stolice skliznuo i Akis ju je podigao.

– Imamo otprilike dva minuta i trideset sekundi do kraja ove pesme i dotad ćeš drhtati od želje, a svako ponaosob u publici želeće da bude na tvom mestu.

Dah mu je bio vreo u njenom uhu i dok ju je držao skoro kao da je nosi preko praga, gotovo da nije bilo prostora između njih.

– Dakle, imaš dve mogućnosti. Možemo da radimo seksi stvari s hranom kao Ren i Horejšio. Ili mogu odmah da te spustim na pod i jašem do vrhunca pesme.

Kari je bilo mrsko što je negde duboko u utrobi bez sumnje osetila podrhtavanje. Krajičkom oka je spazila rečit oblik i boju krastavca. Imala je samo jednu mogućnost.

– Pod – rekla mu je. – I neću se mrdnuti ni centimetar.

To što mu je preletelo preko usana nesumnjivo je bio zavodnički osmeh. – To ćemo videti.

11.

Bar i kuhinja *Svej*, kvart Liston

Horejšio je povukao dim iz cigarete pa otpuhnuo u vazduh. – Večeras je bio *stvarno* dobar nastup.

Sedeli su ispred tog živahnog bara uživajući u blagom padu temperature.

Akis je sasuo ostatak votke i odmahnuo glavom. – To kažeš posle svake predstave.

– Ne posle svake predstave. Kažem da je bio dobar nastup. Večeras je bio *stvarno* dobar nastup.

– Da – uzvratio je Akis, nikad mu jedna reč nije bila toliko bremenita sarkazmom. – Stvarno je dobro što su mi majka i sestra bile u publici, da ne pominjem buduću snahu i svoju baku.

– Nema sumnje da su sve uživale. Tvoja baka mi je dala jednu od svojih ukosnica. – Horejšio je lupnuo po svetlucavom detalju koji je zakačio za rever sakoa.

Akis je znao da njegova majka nije uživala. Možda se smeškala i pljeskala rukama kad treba, ali on je mogao da je prozre. Kao što je ona mogla da vidi kroz njegovu polumasku. Sina obučenog u svešteničku odoru, upravo ono što je za njega želela, kako je izvrgava ruglu. Iz mnogo razloga je smislio tu masku za svoj lik, Đakona. Da bi se malo sakrio naočigled. Da bi se pretvarao da je neko drugi. Neko ko je bio pre Kozmosove nezgode. Iako je Akis bio taj koji se povredio, čak je i on to i dalje zvao „Kozmosovom nezgodom".

Horejšio ga je potapšao po ramenu. – Dobio sam preko dvesta evra napojnica.

– Zato što bi uradio sve za njih.

– Zašto ti ne bi, ako uživaš u tome? – Horejšio se široko osmehnuo. – Nemoj mi reći da nisi uživao u jedan na jedan vremenu s devojkom divne boje kose.

Akis je progutao pljuvačku. Lice mu se i dalje sijalo od maslinovog ulja koje mu je utrljala. I koji god pokret da je napravio iznad nje na podu, nije se pomerila dok se pesma nije završila a svetla se ugasila. Onda mu je prošaputala u mraku:

Daću ti pedeset evra ako mi se nikad više ne približiš.

To je nešto što mu nikad nijedna nije tražila – zapravo bilo je baš obrnuto. A to ga je samo nateralo da poželi da sazna nešto više o njoj. Ko je ona? Odakle poznaje Ren i Kozmosa te su je pozvali na venčanje? Zašto mu je u crkvi pričala o svojoj nemoći da donosi odluke?

– Šta te muči? – upitao ga je Horejšio. – Zar nije pala na tvoj pogled? Zato što se, moram to da kažem, Ren prilično zauzela oko našeg krastavca za nekog ko se uskoro udaje.

– Aki!

Aki nije imao vremena da odgovori pre nego što je glas njegove bake dopro između ćaskanja gostiju oko njega. Onda ju je video kako se probija ka njima s poslužavnikom u rukama.

– Molim te, reci mi da se nisu svi s devojačke večeri premestili ovamo – rekao je Akis. Uzeo je cigaretu od Horejšija, uvukao dim pa mu je vratio.

– Imam votku! – objavila je Irini.

– Sranje! – rekao je Horejšio, pomerivši veliku pepeljaru i njihova pića da bi napravio mesta za poslužavnik s velikom bocom i čašicama za žestinu. – Irini, ti večeraš partijaš! Ideš li u *54* s nama?

Akis je odmahnuo glavom. *Drimi najts 54* bio je najveći noćni klub na Krfu, i mesto gde je u prošlosti prečesto odlazio.

– Pedeset četiri? – rekla je Irini. – Ponekad sanjam 1954.

Mučila se da se popne na visoku stolicu, obuća joj se malo klizala.

– Hajde, jaja. Daj da ti Horejšio i ja pomognemo – rekao je Akis.

Ne čekajući odgovor, on i Horejšio su sišli sa svojih stolica, podigli je na njenu i postarali se da je stabilno smeste pre nego što su ponovo seli.

– Otvori bocu, Aki. – Potapšala je Horejšija po ruci, oči su joj sijale. – Kakva predstava večeras!

– Svidela vam se? – upitao je Horejšio.

– Izgledao si kao baletan. Tako elegantan i naočit – rekla je, zgrabivši čašicu koju je Akis upravo napunio.

– Još mi niko nije rekao da sam „elegantan". Čekajte da malo razmislim... ne, stvarno niko.

Akis je zasiktao i odmahnuo glavom.

– A ti – rekla je Irini, potapšavši Akisa po podlaktici. – Obučen kao sveštenik. Umalo sam pala sa stolice, mislila sam da će ti majka eksplodirati kao vulkan. – Smejala se. – Onda sam se setila da bi tako pokazala emocije u javnosti, a ona to nikad ne bi dozvolila. Anastasija mi je rekla da je predvidela dve ture plakanja na Kozmosovom venčanju. Jedno posle njegovih zaveta i drugo kad budu sekli tortu.

Sve inscenirano. Nema mesta za spontanost. Njegova majka je celog života takva.

– Ali šta je s devojkom s kojom si plesao? – pitala je Irini, sipavši sebi još jednu votku. – Karom.

– Znate kako se zove. Svaka čast, Irini – rekao je Horejšio, ćušnuvši Akisa po ruci.

– Nisam siguran da sam plesao *sa* njom – odgovorio je Akis. – To što nije rekla „ne" sigurno je jedini razlog što nisam uhapšen. – Sručio je votku. – Ko je ona tačno?

– Sestričina prijateljice tvoje majke s koledža. Nisam znala da su njih dve još u kontaktu. Dobro, ne dozvoljava mi se da saznam stvari iz života tvoje majke, zar ne? A, eno ih. Ovde nema rezervisanih mesta za sedenje; možda će tvoja majka morati da sedne na klupu.

Dok se Irini smejala, Akiju je pogled skrenuo ka gošćama devojačke večeri koje su stizale uz ulicu, njegova majka je predvodila kao turistički vodič. Ren je bila između svoje majke i šašave prijateljice, Keli, koja je izgledala kao da jedva hoda, a na kraju je išla Kara.

Akis ju je posmatrao. Nije žurila da sustigne ostale, umesto toga je usporavala, kao da pokušava da *ne bude* deo grupe. Skrenuvši, odvojila se i produžila.

Akis je skliznuo sa stolice. – Samo sekund.

12.

Kara je bila tako umorna. Od ranog jutra, preko telefonskog razgovora s majkom i dok je bila deo seksi scenskog nastupa, ispijala koktele skarednih naziva, pa sve dosad. Želela je da se uvuče u onaj raskošan krevet u *Kukovom klubu* i pusti da je gusto predivo čaršava otprati u dug i dubok san. Samo što Margo niodakle ne odlazi pre dva posle ponoći, osim ako je pod policijskom pratnjom. Da, mogla je da ostavi tetku i uzme taksi, ali, dobro, nikad nije to uradila. Od Moldavije.

Popela se uz uspon, prošla pored prilično grandioznog zasvođenog ulaza u *Starbaks*, pa prešla ulicu. Motocikli i automobili bili su poređani uz ivičnjak, parkirani na svakom slobodnom prostoru, taksiji su čekali pored plavih i zelenih kanti za smeće, dok je napred bila pešačka zona, drveće je uokvirivalo aveniju, oko mermernih statua cvetalo je cveće svakojakih boja, a malo dalje uzdizala se veličanstvena stena drevne tvrđave.

Sela je na klupu, zažmurila i duboko, sporo udahnula.

– *Signomi.*[7] Ispovedaš li?

Naglo je otvorila oči, a tu je bio Akis, stajao je tačno ispred nje. Maska mu više nije pokrivala lice, ali te oči – plavičaste, delimično zelene s naznakom ćilibara, i dalje su se isticale. Više nije nosio ništa povezano sa svešteničkim pozivom. Ali farmerke i bela majica bile su dobra kombinacija. Toliko dobra da je bilo teško ne setiti se da su samo nekoliko sati ranije bili skroz blizu jedno drugom.

– Izgleda da ovde svako ima nekakvo pravo da to ponudi – brecnula se.

---

[7] Grčki: izvini. (Prim. prev.)

Osmehnuo se. – Još si ljuta na mene.

– O, misliš?

Bila je ljuta. Ali u poslednje vreme se i nije stvarno ljutila. Zapravo, ni u šta se nije previše emotivno unosila. To je bio deo oporavka. Isključivati one vrste okidača koji joj remete ravnotežu.

Seo je pored nje i klupa kao da se odjednom smanjila. Kolenima je dodirnuo njena, a onda se brzo pribrao i povukao ih.

– Onda, šta te više ljuti? – upitao je. – Pretpostavka da sam sveštenik samo zato što sam bio u crkvi? Ili činjenica da te je moja sestra učinila delom predstave?

– O, molim te, nemoj mi reći da sam bila deo predstave dok sam očajnički pokušavala da zauzmem mesto na podu scene.

On se nasmejao, a taj zvuk je prožeo vazduh kao najumilniji ptičji poj. To je bilo čudno...

– Ja sam Akis – predstavio se, pruživši ruku.

– Opa, ruka – rekla je Kara. – Samo mi izgleda malo bespotrebno budući da si mi već ponudio druge, intimnije delove svog tela.

– A ti si ih odlučno odbila, tako da sam pomislio da bi trebalo da se vratimo na početak.

Prihvatila je njegovu ruku, a on ju je čvrsto stegao.

– Ja sam Kara – rekla je. Iznenada, s njegovom rukom u svojoj, dlan joj je bio sve vlažniji. I potreban joj je bio oslonac. Šta ono Margo uvek kaže u pogledu pobede u razgovoru? Izađi iz bunkera i u napad!

– Zapravo – rekla je Kara. – Zadivio si me. Sviranjem na klaviru.

– Ozbiljno? – upitao je, odmahujući glavom.

– Šta je? Ne želiš da ljudi hvale tvoje izvođačke veštine?

– Ne. Samo... niko ih nije hvalio. – Slegnuo je ramenima. – Klavir baš i nije ono zbog čega ljudi dolaze.

– Pa, trebalo bi da bude.

– I da budem iskren, večeras nisam najbolje svirao. Ali možda sam svirao najbolje od nesreće mog brata.

Podigao je levu ruku i mahnuo s tri prsta i palcem. Nedostajao mu je mali prst.

– Žao mi je – odmah je rekla Kara. – Hoću da kažem, nije mi žao što si izgubio prst, dobro, žao mi je i zbog toga, naravno, ali samo pokušavam da dokučim kako neko tako sjajno svira uz tako vitalan nedostatak.

– Možda je nekoliko tonova odsvirano neprikladnim delom mog tela.

Na nevolju, nije mogla da učini ništa da spreči crvenilo koje joj je obavijalo celo telo, kao najbolja vreća za spavanje u ponudi *Mauntin verhausa*.

– Šalim se – rekao je, nogom ćušnuvši njenu. – To iziskuje vežbu i trebalo bi da uložim mnogo vremena u različite vežbe, ali znaš, zauzet sam i, kao što sam rekao, većina ne dolazi da vidi šta radim rukama. – Na to je namignuo. – Iako Horejšio misli da bi trebalo da prodajemo ulaznice za ekskluzivan pristup onome što se zbiva posle predstave.

I dalje se crvenela. Zašto taj momak jednostavno izgovori sve što mu je na umu, ne uzdržavajući se?

– Ne bih rekla da to izgleda kao ponašanje prikladno svešteniku – primetila je.

Spustio je glavu ka njoj. – I bila bi u pravu.

Telefon joj je zavibrirao u tašni, ali trebao joj je sekund da ublaži napetost i izvadi ga.

– Moja tetka – rekla je. – Pita gde sam.

– Jesi li na uslovnoj slobodi? – upitao je Akis, izvivši obrve.

– Ne. Samo se, znaš, brine za mene.

Klimnuo je glavom. – Kao da imaš deset godina.

– Nimalo nije tako.

Osim što joj se u utrobi uskomešalo kao da paradiraju skakavci, nagoveštavajući da je Akis možda u pravu. A to joj je bilo mrsko.

– Onda, želiš li da ideš nekud? – upitao ju je.

– S tobom?

– Obećavam da te neću ponovo opkoračiti. – Široko se osmehnuo. – Bar neću bez tvog odobrenja.

To je bilo ludo. Želela je da se vrati u hotel i spava. Mogla bi da se vrati kod Margo i ostalih. Ali nešto je zatreperilo u njoj, pozivajući je da preispita tu mogućnost i izabere nešto drugo.

– Obično ne idem nikud s neznancima. – Odugovlačila je.

– Molim te, upoznala si moju majku, moju sestru, moju uskoro snahu i moju baku. Nijedna s kojom sam izlazio nije upoznala toliko njih iz moje porodice.

Bilo je „ne bi trebalo“ naspram „želela je“.

– Hajde – rekao je Akis, ponovo je ćušnuvši u koleno. – To je malo seme. Ne treba ni da ga sadiš.

Ustala je. – Dobro, kuda idemo?

– Ne u crkvu – odgovorio je. – Dođi.

13.

Riblja taverna *Rula*, Kontokali

Kara je ponovo zajahala s njim. Ovog puta na motociklu, ona s malo prevelikom kacigom na glavi i držeći Akisa oko pasa, jurili su uskim gradskim uličicama, prepadajući usnule mačke, skoro nalećući na žice s prostrtim rubljem dok nisu izbili na glavni put. I za desetak minuta su stigli. Tu se nalazila divna taverna, uz samu vodu, i budući da je uveliko prošla ponoć, nije se iznenadila što su bili jedini gosti. Svetla su bila prigušena, voda tako mirna da su se videli glavni jarboli jahti usidrenih u marini. Skrenula je pogled s tog prizora na Akisa, koji je razgovarao s vlasnikom. Kako se našla u restoranu s čovekom kojeg jedva poznaje? Koja je to verzija nje „svega nekoliko sati sam u Grčkoj“? Možda bi trebalo da pošalje Margo poruku da joj kaže da je dobro...

– Sve sam naručio.

Akis se vratio, skliznuo na stolicu naspram nje i spustio veliku bocu piva pred nju.

– O, ja baš i ne pijem pivo i već sam mnogo...

– *Baš* i ne piješ pivo? Ili ne piješ pivo?

– Zar to nije isto?

– Jesi li probala grčko pivo?

– Ne, ja...

– Probaj. Ako ti se ne svidi, ne moraš da mi daš pedeset evra koje si mi obećala.

Kara se osmehnula pa prinela bocu usnama. Potegla je gutljaj, mehurući su joj pogodili jezik. – Ooo, ne, ovo je grozno.

– Lažeš!

Nasmejala se. – Dobro, priznajem, nije loše.

– Voliš li ribe? – upitao je Akis.

– Da ih gledam?

Nasmejao se. – Da jedeš!

– Da, volim ribu, ali jeli smo, pre predstave.

Pogledao je na sat. – To je bilo pre nekoliko sati. I jesi li ikad jela *grčku* ribu?

– Nisam.

– E pa, ovo je jedno od najboljih mesta za to. Pravo iz ove vode u tanjir.

I za dvadesetak minuta se upravo to i dogodilo. Stigle su gomile morske hrane koja se pušila. Deseci sitne ribe u prezlama, velika raskošna srebrna riba, otvorena i očišćena od kostiju, komadići pipaka hobotnice, lignje, ogromni rakovi i činija školjki. Sve to uz velike kriške hleba i bocu maslinovog ulja.

Dok je Kara sardine probadala viljuškom, Akis se služio rukama. Brzo bi uzeo, zatim polako jeo, žmureći i izgledajući kao da uživa u svakom zalogaju.

Otvorio je oči i zatekao je kako ga gleda. – Ne ponašam se pristojno kad je reč o dobroj hrani. Trebalo bi da se izvinim, ali nije mi žao. – Uzeo je salvetu pa obrisao rubove usana.

– Veoma je ukusno – priznala je Kara.

– Dolazim ovamo kad god mogu. Posle predstave sam uvek gladan.

– Ne čudi me – odvratila je. – Hoću da kažem, prilično je fizički zahtevno.

Osmehnuo se. – Primetila si.

– Teško je ne primetiti kad su delovi tvog tela leteli na sve strane.

– O, Kara, ne bih rekao. Ako sam u nešto siguran, onda je to da imam potpunu kontrolu nad delovima svog tela.

Ponovo je pocrvenela. Ozbiljno, kako taj momak uspeva to da joj uradi? Uzela je školjku i otvorila je. – Nego, kad si ostao bez prsta? – upitala je.

– Misliš da zato ne koristim pribor za jelo?

– Ne, ja...

– Šalim se – odvratio je pa potegao gutljaj piva. – Pre skoro devet godina.

– Šta se dogodilo? – Progutala je pljuvačku. Stvarno je bilo glupo postaviti to pitanje nekom ko je prošao kroz traumu. Koliko puta su ljudi pokušali to da je pitaju terajući je da se oseća kao da ponovo to proživljava? – Izvini – brzo je dodala. – To je bilo zaista nepristojno od mene.

Odmahnuo je glavom. – Nije. U redu je. Moj brat je upao u nekakvu mašinu. Ja sam ga izvukao. Dok sam ga izvlačio, mašina mi je otkinula prst. Ali, znaš, nije mi bilo suđeno da budem kardiohirurg, tako da nema veze. – Uzdahnuo je. – Iako osećam da ne bih mogao da sviram sa orkestrom, zato...

– Bio si u orkestru?

Nije znala zašto se toliko iznenadila. Čula ga je protekle večeri kako svira, znala je da je to nešto izuzetno.

– Probaj ovo – rekao je Akis, stavivši malo ribe na viljušku i pruživši joj je.

– Iskreno, puna sam. Ovde sam manje od jednog dana i već znam da su istinite priče o tome da te Grci hrane kao veštica u *Ivici i Marici*.

Nasmejao se. – Znam tu priču i, kao Grk, mislim da je veštica zakidala na porcijama. – Još malo joj je približio viljušku. – Molim te, samo probaj.

Bilo je lakše predati se nego odbiti zato što je bila tako bela, lagana i ukusna. Uzela je viljušku od njega i stavila zalogaj u usta. Ukus je bio božanstven. Nije se mogao uporediti ni sa čim što je ranije probala.

– Dobra je, zar ne? – upitao je, već znajući odgovor.

– Divna.

– Ide dobro uz grčko pivo?

– Možda. – Spustila je viljušku. – A ti si izbegao da pričaš o orkestru.

Odmahnuo je glavom. – Nisam izbegao. Produžio sam. Do nove teme. Na primer... zašto si sinoć ušla u crkvu da se ispovediš?

Odjednom se osećala kao da je ponovo pod svetlom onih reflektora. Prinela je bocu ustima i popila malo.

– Dobro, ne moramo večeras da delimo tajne – rekao je Akis, prekinuvši tišinu. – Pretpostavljam da ćeš biti na svim događajima pred venčanje koje je moja majka isplanirala.

– Zapravo ne znam mnogo o tom venčanju – priznala je Kara. – Nisam znala ni da će ga biti veče pre nego što sam se ukrcala u avion.

– Razumem – odgovorio je Akis sa osmehnom na licu.

– Šta? – upitala je Kara.

Uzeo je lignju prstima pa je ubacio u usta, a pogled mu je plesao s njenim.

– Šta? – ponovila je.

– Odlučila si da dođeš ovamo – rekao je. – Možda malo seme, ali...

– Ne, samo sam pratnja svojoj tetki koja je pozvana, tako da je to pre bila njena odluka da se...

– Ukrcate u avion – dovršio je Akis.

I odjednom je shvatila da on nimalo nije razumeo njenu anksioznost.

Klimnula je glavom, uzevši bocu piva, pa je kucnula o njegovu. – U pravu si – rekla je. – Bravo za mene.

14.

Kukov klub Krf

Akis je znao da je pogrešio u restoranu kad je rekao da je ukrcavanje u avion bilo njena odluka. Znao je to iste sekunde kad joj je pogled zatreperio. Bilo je gotovo neprimetno, ali on je to uhvatio. Trenutak kad su im se pogledi sreli, posezanje za nečim što će pružiti podršku - bocom piva - ponovni osmeh, potvrda njegove izjave bez oklevanja, sve se dogodilo u nekoliko sekundi. I brzo je prešla na nešto drugo, raspitujući se za Kozmosa i Ren, zanimajući se za detalje venčanja koje on nije znao. Odgovarao je, ali um mu je bludeo i bludeo - kakva je njena priča? Govorila je uglavnom o tetki i tetkinom poslu, nije tu bilo ničeg ličnog, nije bilo anegdota povezanih direktno s njom. Da li je jednostavno bila uzdržana? Ili neko ko više mora nego što želi da bude?

Potapšala ga je po ramenu, a on je zaustavio motocikl. Skinula je kacigu pa skliznula sa zadnjeg dela sedišta i pre nego što je ućutkao motor.

– Možeš ovde da me ostaviš. Tu ima obezbeđenja i, pa, budna sam skoro dvadeset sati, tako da...

– Pa – rekao je Akis, sišavši s motocikla i uzevši kacigu od nje. – Hvala ti što si ostala budna.

– O, nisam htela da kažem da se nisam zabavila. *Jesam* se zabavila. Znaš, kad sam sišla s pozornice.

Akis se osmehnuo. – Mislim da si više uživala jedući maslinovo ulje, nego mažući ga po njemu u predstavi.

– Mislim da je i jedno i drugo bilo zadivljujuće.

Klimnuo je glavom, i dalje se osmehujući. – Drago mi je što sam te upoznao, Kara.

– I meni je drago što smo se upoznali.

I šta sad? Izvođenje devojke na večeru nije bio njegov stil već dobrih pet godina. A da je ovo bilo neobavezno druženje, ne bi otišao iz grada Krfa, predložio bi da odu u klub, a zatim bi se vratio u svoj stan. Šta je onda ovo? Ništa? Nešto?

Pre nego što je njegov um smestio to u određenu kutiju, provukao joj je prste kroz kosu, nagnuo se i poljubio je u obraz. Zatim ju je brzo cmoknuo i u drugi obraz – po grčki.

– *Kalinichta* – rekao je, ponovo opkoračivši motocikl. – Laku noć.

– Laku noć – odgovorila je Kara.

Pokrenuo je motor, trebala mu je buka, želeo je nešto da mu odvuče pažnju od tog neobičnog osećaja u njemu. Taj osećaj je opasno ličio na želju da sazna nešto više o njoj, i nije mu prijao. Stavio je kacigu, spustio vizir pa se, zaokrenuvši motociklom, uz grmljavinu vratio na glavni put.

Kara je prinela prst obrazu. To mesto gde su njegove usne srele njenu kožu i dalje ju je nežno peckalo. Iako su joj ranije njegove prepone bile svega nekoliko centimetara od lica, ovo je, začudo, izgledalo prisnije. Bila je to prisnost koju još nije iskusila – nije dozvolila sebi da je oseti – posle Seba. Nije više ni brojala koliko je puta Margo pokušala da joj namesti sina/kolegu nekog poslovnog partnera, a mogla je na prste jedne ruke da nabroji one s kojima je preko volje pristala da popije kafu, kako bi malo predahnula do sledećeg iznuđenog sastanka. Ali, pretpostavila je, i ovo je bio slučaj zasede. Venčanje čiji je mali deo bila i ona, u stranoj zemlji, još jedan Margoin namešten događaj. Osim što je to da sedne na Akisov motocikl bila njena odluka. I nekako, uprkos hrani i razgovoru, i dalje nije znala zašto je bio u onoj crkvi, prerušen...

Tad se pokrenula ka kapiji i obezbeđenju, prošavši kroz nju i produživši ka ulazu u hotel. Sad ju je umor bez sumnje preplavio i nije mogla sačekati da uroni u one sveže čaršave i uživa u klima-uređaju.

Ali čim je prislonila ključ-karticu da otvori vrata, neko je s druge strane zgrabio kvaku i sprečio je.

– Kara, jesi li to ti?

Margo.

– Da – prošaputala je Kara. – Naravno da sam ja. Ja sam jedina s ključem od ove sobe... zar ne?

– Jesi li dobila moju poruku?

– Zar ne mogu samo da uđem? Ne bih da sve razbudim. – Gurnula je vrata, ali ponovo je naišla na otpor.

– Soba 115.

– Šta?

Vrata su se odškrinula, uzan prorez, u njemu je bilo Margoino lice.

– Sve tvoje stvari. Prebačene su u sobu 115. Šta sam uopšte mislila kad sam nam uzela zajedničku sobu? Zaslužuješ da imaš svoj prostor da bi se opustila... Prestani!

Kara se namrštila. Šta se događa? Je li neko u sobi s Margo?

– Soba 115, dušo. Videćemo se na doručku.

S tim rečima, vrata su se zalupila, a Kara bi se zaklela da je čula kikotanje.

15.

Irinina kuća, Notos

– Jel' mrtva? Molim te, reci mi da nije mrtva, jer ako jeste, to je onda još jedan znak da će moj brak biti nesrećan.

– Umukni, Kozmo. Ništa ne čujem.

Akis je znao da njegova baka nije mrtva, video je kako joj se grudi plitko podižu i spuštaju, ali disanje joj *jeste* bilo malo bučno. Ili je u veoma dubokom snu ili ponovo ima upalu pluća. Nagnuo se bliže.

– Ren je napravila piliće za sreću i vudu lutke. Šta treba da mislim o tome? Jedno u želji da se dogodi nešto dobro, drugo da bi se nešto loše dogodilo onom ko makar pomisli da bi se moglo dogoditi nešto loše.

– Kozmo, molim te!

Prase je njakao i ćuškao Akija u kuk. Onda je repom zakačio gomilu novina koje su popadale na pod kao srušena dženga kula.

Iznenada, Irina je otvorila oči i uspravila se. – Jesam li mrtva?

– Hvala ti, bože! Hvala ti! – govorio je Kozmos gledajući u tavanicu, ruku sklopljenih u molitvi.

– Jaja, dobro si. Hoćeš li da popiješ nešto? – upitao je Akis, poduprevši joj leđa i rastresajući jastuke, jastučiće i sklanjajući nekoliko preostalih časopisa s kreveta.

– Hoću – odgovorila je Irini. – Mnogo bi mi prijala još jedna votka.

– Šta je rekla? – upitao je Kozmos.

– Rekla je da bi joj mnogo prijala kafa – odgovorio je Akis. – I ja bih jednu. Da je skuvaš? I da izvedeš Prase odavde.

– Šta prvo da uradim? Da izvedem Prase ili da skuvam kafu?

Akis je pogledao brata. Na licu mu se videlo previranje, kao da od njega nije tražio da obavi dva jednostavna zadatka, već da se takmiči u *Survajveru* i ujedno se kandiduje za premijera.

– Pusti Prase – naredila je Irini.

– Skuvaj kafu – rekao je Akis.

– Skuvaću kafu – ponovio je Kozmos, krenuvši iz spavaće sube ka kuhinji.

Akis je seo na ivicu bakinog kreveta. – Kad si se vratila kući?

– Ne znam. Pitaj Prase. – Skinula je svetlucavu ukosnicu iz kose.

– Jesi li se vratila sa Anastasijom i mojom majkom?

Irini se na to nasmejala. – S tvojom majkom? Da poveze nekog kao što sam ja u svom dragocenom crnom mercedesu koji izgleda kao da pripada članu neke porodice trgovaca drogom? Ili da se tiska sa mnom u taksiju? Da dišemo isti vazduh. Uradila sam ono što uvek radim. Pozvala sam Janisa. Došao je. Ne znam u koliko sati.

– Mislim da treba da se zahvalim Janisu. Da mu ponudim novac za benzin.

Irini je frknula. – Ja plaćam Janisu svojim kuvanjem. Ne hrani se dobro otkad mu je žena umrla.

– Ali, jaja, ti ne kuvaš.

– Ne kuvam za jednu osobu! Kakvog smisla to ima? Kad spremam nešto za Janisa i njegovu sestru, počnem od nule. I šta se to tebe tiče! Šta ćeš uopšte ovde?

– Prase je ponovo došao u kuću. Kozmos je mislio da umireš. Pozvao me je.

Irini je odmahnula glavom, svukavši pokrivače i pokušavši da oslobodi noge pokrivene spavaćicom. – Čudi me što se nisam probudila sa sveštenikom pored sebe... s druge strane, ti si upravo tako bio obučen i sinoć. – Osmehnula se. – Vrlo zanimljivo. To me je podsetilo na ono kad si imao pet godina i pevao Elvisove pesme u mojoj bašti, samo u gaćama.

– Molim te, nemoj to da pričaš u javnosti.

– Važi, idi sad, pomozi bratu s kafom, hoću da se obučem.

Akis je ustao pa uhvatio Prase za ogrlicu.

– Pusti Prase. Njemu se sviđa kad ga koristim kao oslonac.

Akis je potapšao magarca po vratu pa izašao iz spavaće sobe.

– Ovde je prava zbrka – požalio se Kozmos kad mu se Akis pridružio. U jednoj ruci je držao krpu, u drugoj lonče za kafu i činilo se da nije ni počeo da je kuva.

– Zvučiš kao naša majka – rekao je Akis, uzevši mu lonče iz ruke.

– U ovom slučaju je u pravu.

– *Nije* u pravu – brecnuo se Akis. – Jaja ima mnogo stvari. Stvari koje voli. To je ono čime želi da bude okružena. To je samo neuredna gomila uspomena.

– Zašto vičeš na mene? – upitao je Kozmos suznih očiju. – Znaš da ne volim kad vičeš na mene.

– Hajde, Kozmo. Šta te muči?

Njegov brat je tad briznuo u plač. Glasno jecanje kao da se svet ruši. Kozmos je bio najmlađe dete, uvek je bio najosetljiviji, majka ga je mazila, bio je skoro prestravljen životom od trenutka kad je stigao na svet. Akis se sećao kako je on bacao svoje vojne autiće preko jaruga dok je Kozmos brinuo za putnike – plastične lutke.

Spustio je ruku bratu na rame pa ga izveo napolje. Tog jutra je duvao blag povetarac, njišući stabla eukaliptusa i maslina na zemlji njegove bake.

– Kaži mi, šta se dešava s tobom?

– Venčanje! Znaš to! – uzviknuo je Kozmos, skoro čupajući kosu.

– Da, znam, Kozmo, to bi trebalo da ti bude najsrećniji dan u životu. Zavetovaćeš se Ren, koju već dugo voliš.

– Znam... Znam... ali šta ću da radim kad Ren počne da se dosađuje sa mnom i upusti se u vezu s Milom? Video sam kako je gleda. Kako joj svako jutro dodaje hleb. Ima nečeg iza tog pogleda, znaš. Ili šta ako jednog dana Ren umre? Šta ću onda? Hoću da kažem...

– Kozmo, Kozmo, udahni – rekao je Akis, izvukavši bratovljevu ruku iz kose. – I prestani tako da vučeš jer ti neće ostati kose do venčanja.

– A Ren me neće voleti ako ostanem bez kose. Milo ima jaku kosu.

– Kozmo, slutiš bez ikakvog razloga. I verujem da Milo samo ima čmičak ili nešto slično. Nikad nisam video nikog tako zaljubljenog kao što ste ti i Ren. Ona samo tebe vidi.

Akis je progutao pljuvačku. Dobro, Ren je sinoć dodirivala Horejšija, ali znao je i da ju je Anastasija napila da bi je opustila, i koja to žena nije imala ruke pune nečega na svoje devojačko veče? To je nešto što njegov brat ne mora da zna.

– Zatim, i ti odbijaš da postaneš sveštenik. Mama kaže da će venčanje od početka biti osuđeno na propast ako to ne uradiš, i da nećemo imati dece.

Jebem ti. Ovo se otima kontroli.

– Kozmo – rekao je Akis, ton mu je bio prožet ljutnjom. – To je nešto najpoganije što je mama mogla da kaže. Ništa se neće desiti ni tebi ni Ren ako ja ne postanem sveštenik.

Ako? Morao je da bude jasan u tom pogledu. Zaustio je da se izjasni, ali Kozmo ga je preduhitrio.

– U *Svetom pismu* ne piše tako. A istražio sam na internetu. Onu priču o prvorođenom sinu koji postaje sveštenik, a ako se ne pridržava tog običaja, njegova porodica doživljava svakojake traume. Jedna porodica je morala da napusti svoje selo zbog najezde žaba. Ne samo njihov dom već je celo selo bilo pogođeno tom pošasti.

Akis je odmahnuo glavom. On nije verovao u ta sranja. – I šta se onda desilo?

– Šta hoćeš da kažeš? – upitao je Kozmos. – Hoćeš da žabe progutaju Notos? Mrzim žabe.

Akisu u tom trenutku ne bi smetalo da ogromna krastača razjapi usta i proguta njihovu majku.

– Šta se desilo sa selom? – upitao je. – Kad neposlušni prvorođeni sin nije postao sveštenik pa su svi morali da odu, šta se zatim desilo? Jesu li ih žabe pratile od mesta do mesta? Gde god da bi se skrasili, nagrnule bi žabe? Ili ih je na neki drugi način pratila nesreća? Da li je neka žaba postala smrtonosna i uskočila prvorođenom sinu u uvo, otrovala ga pa mu pojela mozak dok je spavao?

– Aki! – uzviknuo je Kozmo, pokrivši uši rukama kao što je radio kad je bio mali i smetala mu buka. – Nemoj to da govoriš!

– Ne znaš šta se dogodilo. Jer čak i ako je prvi deo priče imalo istinit, niko nije saznao šta je bilo na kraju. Pretpostavljam da su svi bili dobro. Čak ne verujem ni da su se žabe namnožile zbog bilo čega drugog, osim zbog kiše. Da je to bio Skripero,[8] zahvalili bi i sve bi žabe pojeli.

– Molim te, Aki. Molim te, postani sveštenik. Ne moraš zauvek to da budeš. Čak možeš i da se oženiš. Dobro, možeš da se oženiš pre nego što se zarediš, tako da nemaš mnogo vremena, ali...

– Čuješ li ti sebe, Kozmo? Tražiš od mene da odustanem od svog života zbog besmislene bajke, da postanem sveštenik, da se ne oženim, osim ako ne nađem neku za koliko – nedelju dana? To je bezumno!

– Da bismo Ren i ja mogli da imamo decu – podsetio ga je Kozmos.

– To mama govori iz tebe, Kozmo! Kao što pokušava sve da nas ubedi! Kao što je rekla Anastasiji da ne dovodi devojku u kuću! Kao što je rekla našem ocu šta da misli i oseća! Kao što nimalo ne mari za jaju!

– Ali ja želim da imam decu. Oduvek želim da imam decu. A Ren bi bila divna majka.

Akis nije više mogao da ostane tu. To je bio košmar. Njegova porodica je košmar. A to je upravo ona vrsta drame koja ga je naterala da ode iz sela i skući se u gradu Krfu. Kako je uopšte mogao da pomisli da bi mogao da bude deo toga? Da bude Kozmosov kum? Okrenuo se na peti i zaputio se ka svom motociklu.

– Aki! Kuda ćeš? Znaš da po podne imamo probu torti i vina! Aki! Molim te!

Akis je stavio kacigu, pokrenuo motor i nadao se da će se molbe njegovog brata utopiti u tom zvuku.

---

[8] Planinsko selo na Krfu. (Prim. prev.)

16.

Dom Sofije Dijakos, Notos

– Izgleda da nije štedela na rustičnom kamenu – izjavila je Margo. – Mnogo podseća na *Grandiozne dizajne*.[9]

Izašle su iz taksija približavajući se prilazu zadivljujuće vile koja kao da je bila preslikana sa stranica nekog američkog časopisa o uređenju doma. Kara je još bila mokra od plivanja u bazenu u *Kukovom klubu*. Kad se Margo na kraju pojavila na doručku, bilo je skoro vreme za ručak svake normalne osobe, i nije bilo objašnjenja zašto je Kara usred noći morala da se seli u novu sobu. Mada, Kara nije bila glupa. Znala je da je Margo dovela nekog muškarca u hotel, ali zašto nije jednostavno unajmila drugu sobu za sebe umesto da premešta Karu?

Pošto su odjedrile kroz raskošan branč, otišle su na bazen, i tek kad je Kara odlučila da se osuši i osunča, Margo je objavila da će ići na još jednu aktivnost povezanu s venčanjem...

– Hoće li venčanje biti ovde? – upitala je Kara.

– Ne! Ne budi šašava, dušo! To će biti daleko raskošnije od ovoga. Verovatno neki divan hotel s pogledom na more, Sofijin sin i ta Ren njišu se na ivici infiniti bazena dok brodovi promiču u pozadini.

– Ali zar ne piše na pozivnici gde će se održati?

– Što si navalila na tu pozivnicu? – brecnula se Margo, za dlaku izbegavši rascvetali kaktus.

---

[9] Engl.: *Grand Designs* – britanska TV serija koja se prikazuje od 1999. (Prim. prev.)

– Zato što je nisam videla, ne znam ni kad ni *gde* će biti venčanje, a do sinoć nisam znala ni kako se zovu mladenci.

– Pa, ti si samo pratnja, Kara. Pusti mene da brinem o detaljima – rekla je Margo, produživši.

Samo pratnja. Dobro, to ju je sigurno postavilo na svoje mesto. Još jednom je pogledala ne bi li videla još neki detalj kuće i zadivljujuće bašte, dok se Margo, raširenih ruku, pozdravljala s grupom ljudi ispred ulaza. Bilo je to mesto kakvima se oduvek divila kad bi ih videla na internetu ili na TV-u, kuća koju je mogla da kupi jednim čekom za tantijeme da je njena pevačka karijera bila ono što je verovala da će biti. Umesto toga, pas Jodi verovatno spava na Simbinom dušeku u kućici za pse napravljenoj baš po uzoru na ovu. Verovatno ima i svoj automobil...

– *Yassas.*

Kara se trgla, skoro isto kao onda kad je Jodi zauzeo pozornicu. Bio je to Akis u drugim farmerkama – ovoga puta crnim – i sivoj uskoj majici koja mu je isticala telo.

– Bez brige, neću te ponovo odvući pod reflektore – rekao joj je.

– Pa, nadam se, pošto je ovo proba torti i vina, da neće *biti* nikakve pozornice.

– Onda nimalo ne poznaješ moju majku.

– Koliko njih dolazi da proba torte i vino? – upitala je Kara dok su zajedno hodali prilazom, a skakavci uskakali s betona među dobro održavane biljke. – Mislila sam da je to nešto što obično rade samo mladenci.

– Kao što rekoh, ne poznaješ moju majku. Ren i Kozmo su imali svoju probu da bi napravili *uži izbor* za današnju probu. I to pošto su moja majka i njene prijateljice sastavile duži spisak.

– Opa – rekla je Kara. – To se zove posvećenost vinu i torti.

– Voliš vino i torte? – upitao ju je Akis. – Možda više od grčkog piva i morskih plodova?

– Mislim da ćemo uskoro otkriti.

– Ti nastavi – rekao je, zastavši ispred stepenica koje su vodile na prednji trem. – Ja sam dobio pozivnicu samo od brata, ne i od majke, tako da...

– Tako da?

– Tako da moram da sačekam da Kozmos skupi malo hrabrosti da kaže mojoj majci da želi moje mišljenje o vinu i torti i...

– Aki! *Ela! Ela! Parakalo!*[10]

– Dobro. Shvatiću to kao svoju pozivnicu.

– Ko je to? – upitala je Kara, pogledavši u čoveka koji je mahao rukama kao da je u publici na fudbalskoj utakmici.

– To je moj otac, Tanasis. Poznat i kao rob moje majke. Kao deca, mislili smo da mu nešto nije u redu s vratom jer može samo da klima glavom, ne može da odmahuje da bi rekao ne. Onda smo shvatili.

– Oh. – Kara nje znala šta da kaže na to.

– Zar ti ne prodajem dobro ovo popodne s mojoj porodicom? Jedva čekaš da se uključiš?

– Pa, nadajmo se da je uži izbor vina i torti dobar – rekla je, produživši.

– Jel' ti se više sviđa ovo, Kozmo? Pij. – Sofija je prinela čašu Kozmosovim usnama pa je malo nagnula, kao da on nije u stanju sâm to da uradi. – Ili ovo? – Prvu čašu je vratila, druga je zauzela njeno mesto.

– Meni se sviđa prvo – rekla joj je Ren.

– Znam – odvratila je Sofija. – Već si to rekla. Mnogo puta. Pitam Kozma.

Kozmo se zagrcnuo i vino mu je krenulo niz bradu.

– Kozmo! Traćiš ga! – uzviknula je Sofija ustavši i odnevši čašu.

Akis je odmahnuo glavom pa potegao iz boce piva koju mu je otac dao. Cela ta trpeza s gozbom u bašti bila je kao za venčanje. Besprekorno beli stolnjaci, kristal, kofe s ledom, cveće oko pergole, čak su i ulične mačke sedele na urednoj gomili, jedva vidljivoj.

– Ovo je naročito lepo – rekla je Margo, podigavši flašu s leda i držeći je uvis.

– Vidiš! Moja prijateljica Margo zna šta je izvrsno vino – izjavila je Sofija. – Anastasija! Skloni telefon i obrati pažnju.

---

[10] Grčki: Dođi! Dođi! Molim te! (Prim. prev.)

Akis nije znao zašto je zapravo tu. Majka ga nije želela tu, otac ga je koristio samo da bi se sakrio ili da bi mu tu i tamo uputio znalački pogled, Anastasija se zalepila za *Instagram*, njegov brat je kao obično pokazivao slabost, a Ren nikad neće privoleti njegovu majku da je sasluša. Ostali su bili kao konfete na tom događaju, da dodaju boju, ali krajnje nepotrebni, osim kad je trebalo da hvale organizatorske veštine njegove majke. Ali tu je bila i Kara. Jedina na tom skupu koju još nije pročitao. Probala je svaku tortu, ali nije komentarisala. Probala je nekoliko vina... a onda je diskretno ubrala belu ružu uz vinovu lozu pa otkinula jednu po jednu laticu, svaku zgnječivši u šaci.

– Hoću da Akis proba ovo – zacvileo je Kozmos, brišući usta salvetom.

– Ja nisam poznavalac vina – odmah je odgovorio Akis.

– Koješta! – rekla je Sofija. – I svakako ti treba vežbe. Svi znaju da se sveštenici razumeju u dobra vina.

Akisu se krv zaledila. Jedno je kad njegova majka to govori pred njim ili pred užom porodicom, ali sad je to izgovorila na velikom skupu, obelodanivši svima. Izraz lica mu je bio ravnodušan dok je prstom klizio po nožici vinske čaše. Ako bude reagovao, samo će dodati težinu ambiciji svoje porodice da postane sveštenik.

– Sofija, moram da proverim nešto u kuhinji.

Bio je to njegov otac.

– Ništa ne treba proveravati u kuhinji, Tanasi. – Sipala je vrlo malo vina Akisu u čašu.

– Ne, molim te, mislim da nešto... gori.

Sofija je spustila bocu s vinom na sto i otrčala praćena Tanasisom.

– Šta ti misliš o ovom vinu? – upitao je Kozmos. – Zar nije kao ono koje je jaja pravila?

Akis je popio gutljaj tečnosti boje trešnje što ga je odmah vratilo u Irininu kuhinju, gde je seckao smokve, kumkvate, pomorandže i sve moguće bobičasto voće da bi napravio mešavinu koja će narednih godinu dana opijati seljane. Njegov brat je bio u pravu.

– Slažem se – tiho je rekao Akis. – Ali znam koliko je to vino skupo. Ako kažeš mami da ima ukus kao vino koje je jaja pravila, nema šanse da će dozvoliti da se služi na tvom venčanju.

* * *

– Prava predstava, zar ne? – rekla je Margo sa ironičnim osmehom na usnama dok je pripaljivala još jednu cigaretu.

– Mislila sam da ti se sviđaju te stvari – odgovorila je Kara. – Zar nismo zato došle?

– Jesmo – složila se Margo. – Da se podsetimo kako druga polovina to radi.

– Šta hoćeš da kažeš?

– Pa, koliko se ljudi trude, znaš, da budu nešto što nisu.

– Margo, mislim da je to malo...

– U koledžu je Sofija uvek morala da bude stepenik više od bilo koga drugog. Ili je bar ona mislila da je tako. Mi ostali smo bili takvi kakvi smo. I svi ovi dodatni događaji oko venčanja koji nisu neophodni samo su ekstravagancija radi ekstravagancije. Zaista zabavno.

To je bila Margoina strana koja se Kari nije mnogo sviđala. Bila je to okrutna strana, strana koja je želela da se drugi osećaju manje vredno. Ponekad se pitala da li se njena majka tako osećala pored Margo dok su odrastale. Možda bi takvo ponašanje nekoga navelo da vreme provodi putujući po svetu, ne skrašavajući se, da bude odgovaran za sopstveni put i odbacuje izvesne društvene norme.

Kara je tačno znala šta će posle toga reći.

– Koga si noćas odvela u hotel?

– Šta? – Margo je zadržala dah.

– Pa, jel' to nešto za jednu noć, ili će potrajati celu nedelju dok smo na Krfu, kao u Milanu sa Đovanijem?

Margo se namrštila. Kao da Kara govori na jeziku koji ona ne razume. – Ko je Đovani?

Kara je uzdahnula. To je bila Margo u punom sjaju detinje zbunjenosti. Često je igrala na tu kartu u sali za sastanke. Kao da je uvek uljuljkivala ljude u lažan osećaj sigurnosti, navodila ih da spuste gard i pomisle kako je Margo slabiji protivnik kad je reč o pregovaranju. Onda bi njena tetka profitirala na njihovom pogrešnom odlučivanju zadajući ubilački poslovni udarac.

– Zapravo mi nisi ni rekla gde si ti nestala prošle noći – preokrenula je Margo igru.

Kara se osmehnula. – Ne, nisam.

– Ne kažem da ne odobravam. Zapravo mi je drago što si pobegla. Tako nesvojstveno tebi.

Kara je otkinula još jedan cvet ruže iz grmlja i povukla prvu laticu.

– Jesi li za cigaretu? – upitala je Margo, ponudivši je iz pakle. – Čuvajmo prirodu. Tvoja majka bi osnovala fondaciju kad bi te videla šta radiš.

– Kara! Anastasija kaže da je sinoć zaboravila da te pita! Koje će boje biti tvoja haljina za venčanje?

Kara je oklevala dok su svi pogledi bili uprti u nju. Zgnječila je ostatak ružinog cveta u ruci, krijući ga u šaci. – Ja... nisam sigurna. – I zašto mladoženjinu majku zanima šta će obući pratnja njene stare prijateljice s koledža?

– Boje breskve – uskočila je Margo, ugasivši cigaretu u činiji nečeg što je ličilo na potpuri. To joj je prešlo u naviku.

Kara se malo okrenula na svojoj stolici, pogledavši u Margo. Zašto njena tetka odlučuje šta će ona obući? Da, ona boje breskve je zaista lepa, ali ponela je i druge, a ona je neko ko pogleda kroz prozor ili u aplikaciju za prognozu vremena pre nego što donese konačnu odluku o tome šta će obući.

– Breskve? – rekla je Sofija, primakavši se. – Šta je boja breskve?

– Kao boja voća – nastavila je Margo, gledajući u zemlju. – Vi Grci je verovatno zovete drugačije. Nešto s više slova. Hajde da uđemo pa ću naći nešto u tvojoj divnoj kući slično toj boji.

Kara je posmatrala Margo kako je provukla ruku ispod Sofijine i pokušala da je odvuče od stola i njenih gostiju. Kara je prepoznala taj Margoin potez. To je tehnika razdvajanja. Istupiš i odvojiš nekog iz čopora da bi nastavio pregovore u četiri oka, ili da bi udaljio napadača, nekog ko ima moć da opšte mišljenje preokrene na stranu suprotnu od tvog cilja.

– Ne moramo nikud da idemo – rekla je Sofija, odvojivši se od Margo, zbunjena. – Naći ćeš tu boju breskve na svom telefonu i pokazaćeš mi je.

Kara je tad osetila ruku na svom ramenu i videla Anastasiju kako stoji pored nje.

– Moja majka je uklapanje boja podigla na sasvim nov nivo. Deveruše nose plave nijanse, i svaka mora da zapamti da stane po pravilnom redosledu.

– Opa – odvratila je Kara. – Ali ja zapravo nisam na taj način deo događaja. Moju haljinu niko neće gledati.

– Sigurna sam da će gledati koliko će slušati – rekla je Anastasija, uzevši čašu vina sa stola i ispivši talog.

Kara se istog trena sledila. – Ne razumem.

– Kara, na pozornici će biti postolja s balonima – dobacila je Sofija. – To ti neće smetati? Nisam bila sigurna koliko ti mesta treba, ako si ti jedna od onih koje idu tamo-amo i unaokolo ili imaš neke uobičajene plesne pokrete.

Sigurna sam da će gledati koliko će slušati. Uobičajeni plesni pokreti. Počela je ozbiljno da se brine zbog tih komentara.

Kao da su svi gosti zastali u isprobavanju torte i pogledali u nju, čekajući odgovor, s malim viljuškama u vazduhu.

– Baloni su... u redu? – Nije znala šta drugo da kaže, jer nije znala šta se događa. Ali Margo kao da se malo usplahirila, kao da je tačno znala šta se događa.

– Svi smo toliko uzbuđeni što si u poslednjem trenutku pristala da pevaš na svadbi! Biće to neverovatan dan!

Da peva na svadbi.

Ledene krhotine zarile su joj se u stomak, Margo je uhvatila njen pogled pa se pridružila ostalim gostima koji su tapšali.

Aplauz. Svetla. Kamere. Jodi. Seb.

Kara je skočila na noge. Morala je da pobegne.

17.

Vrelina je bila zagušujuća, tu na Sofijinom i Tanasisovom imanju gde nije bilo nimalo hlada među stablima maslina. Kara je udahnula duboko i sporo pa zadržala vazduh tražeći nešto na šta će se usredsrediti. Odlučno je koračala. Taj deo bašte nije izgledao strogo uređeno kao deo ispred trema gde su isprobavali torte i vino. Tu je priroda vodila glavnu reč, a grane drveća izgledale su nenegovano, rasle su na sve strane, poljsko cveće je bilo rasuto u podnožju stabala. Cikade su bile glasne, bezmalo utešan beli šum, ali kako bi se približila kojem drvetu zričanje bi se utišalo, a kad bi dodirnula koru, potpuno bi zamrlo. Da li mogu da je vide? Da je osete? Da li znaju koliko je trenutno prestravljena?

– Kao čarolija, zar ne?

Kara se trgla na taj zvuk, glasno izdahnula i povukla ruku s drveta. Bio je to Akis. Ponovo.

– Ti to mene pratiš? – upitala ga je.

– Uvek? Ili sad?

– Možda da odgovoriš na oba pitanja?

– Uvek. Ne. Sad, i te kako. – Osmehnuo se. – Pomislio sam da bi ti koristio prijatelj.

– Dobro sam. – Nije bila dobro. U grudima ju je bolelo kao da ih pritiska nešto teško.

– Mislim da nisi. Izvela si manevar koji sam ja izveo mnogo puta. Izašla si iz svečane sale za ručavanje na otvorenom i preskočivši zid našla se u ovoj divljini.

– Nisam preskočila zid. Došla sam stazom.

– Budalasto – rekao je Akis, odmahujući glavom. – Mnogo je brže kad se preskoči zid.

Nije znala šta da kaže.

– Slušaj, Kara, moja majka ume da bude, kako se to kaže, previše entuzijastična, što može da bude naporno. Shvatam to.

– Pa, ona organizuje venčanje. To mora biti stresnije od selidbe ili rođenja deteta.

– Ne znam za rađanje, ali selidba... nije strašno sve dok nemaš mnogo stvari. Kao što je klavir. – Uhvatio ju je za ruku pa je ponovo prislonio uz stablo. Poklopio je njenu ruku svojom, nežno je pritisnuvši. – Hajde da se umirimo i usredsredimo.

– Jel' to neka igra?

– Ššš.

Bilo je teško ostati smiren i usredsređen kad joj je ruku uz koru pritiskao momak sa očima koje bi mogle osvojiti nadmetanje za najlepše oči, od čijeg dodira ju je vrelina peckala u utrobi. A nije znala ni zašto da se umiri ili na šta da se usredsredi. Cikade na tom drvetu sad su zamukle, kao da su, u njenu čast, zadržale dah.

– Osećaš li? – Akis je prošaputao.

– Nisam sigurna šta bi trebalo da...

– Pogledaj – Alis je ponovo prošaputao. – Evo ga. Krije se u toj rupi u stablu.

Napravio je pokret glavom ka rupi u drvetu, a Kara je videla samo tamu, male paukove mreže koje su je pokrivale kao koprena. Ali onda je nešto provirilo. Velike okrugle uši, krupne oči nalik perlama i sitno špicasto lice.

– To je miš – tiho je uzviknula Kara.

– Napravio je savršen dom, zar ne? Tih, miran, izolovan, bez ikoga unaokolo.

Zaista je zvučalo savršeno. Raj. Niko ne zna da si tu, a ti si bezbedan, nevidljiv, vodiš svoj život bez ikakvih predubeđenja, bez ikakvog uticaja. Osim što je ona predala Margo uzde uticaja kad je odustala od donošenja odluka. Volela bi da je snažnija.

– Ali mali je – odgovorila je Kara. – Gde ćeš da staviš klavir?

Osmehnuo se. – To je vrlo dobro zapažanje.

Tad je Kara istinski shvatila da se, iako gleda miša u oči, malo smirila...

– Ali ti ne možeš da budeš miš – nastavio je. – Ili još bolje, ne možeš biti ono što ljudi misle da je miš.

– Sladak i mekog krzna? Voli sir? Osećam se malo prozvanom.

– Jednostavno sam mislio da bi trebalo da želiš da tvoj život bude suprotnost malom semenju kad je reč o odlučivanju. Velik! Ogroman! Golem kao Zemlja.

Podigao je glas a miš se sakrio i nestao u rupi, izvan vidokruga.

– Čuo sam to jednom. Glasilo je: *život nije kratak, širok je*. Pogodilo me je zato što, pa, svi brinemo o tome da što više produžimo svoj život. Želimo da živimo do stote godine, pa ipak, čak i kad bismo poživeli toliko, pomisli na vreme koje bismo protraćili. Zar nije bolje znati da, koliko god da živimo, imamo mogućnost da taj život proširimo i ispunimo koliko god možemo?

Kara je skrenula pažnju s mišje rupe i pogledala u Akisa. Ko je taj momak s tom životnom filozofijom i najdivnijim očima? Tek tad je shvatila da je njegova ruka i dalje na njenoj.

Kao da je i on to shvatio, prekinuo je dodir pa obe ruke zavukao u džepove farmerki.

– Onda, hoćeš li da razgovaramo o tome? – pitao ju je, stružući patikama po suvoj travi.

– O čemu da razgovaramo?

– Pa, pretpostavljam da nisi imala pojma da treba da pevaš na svadbi.

Kara je uzdahnula, ponovo su je zapeckali mehurići nervoze. – Nisam.

– Onda, hoćeš li da razgovaramo o tome?

Odmahnula je glavom.

– Dobro, možda imam nešto što će te navesti da se predomisliš. Nešto o čemu ne volim da razgovaram, ali rado bih to podelio s tobom, ako si za trampu?

Da li je bila dovoljno znatiželjna da pita? Da li je zaista mogla da mu kaže bilo šta o pevanju? Nije znala.

– Hajde – rekao je sugestivnim tonom. – Videćeš da će ono što ću ti reći biti vredno razmene.

– Sviraš klavir, plešeš za novac, voliš morske plodove. Pitam se u šta još možeš da se uklopiš.

– Rekao sam ti – odvratio je, široko se osmehnuvši. – Život je širok.

Odmahnula je glavom, osmehujući se. – Dobro, možeš da mi kažeš. Ali ja ću tebi nešto ispričati samo ako procenim da je ono što si mi rekao vredno toga. Ako ti to odgovara.

– Procenićeš to? Možda ćeš mi dati poene?

– Dobro, nisam baš tako mislila. – Sad se osećala loše.

Osmehnuo se. – U redu je. Siguran sam da će biti visoko ocenjeno.

Gledala ga je kako je duboko udahnuo, a onda je, prvi put, primetila promenu u njegovom držanju, izvesnu nervozu u ramenima.

– Dobro, onda, jesi li spremna? – Zastao je pre nego što je nastavio. – Dakle, po tradiciji u mojoj porodici, očekuje se da se pridružim Crkvi tako što ću postati pravoslavni sveštenik pre tridesete godine.

To nije bilo stvarno. Nije moglo biti. I imao je običaj da se pretvara da je sveštenik – saslušao je njenu ispovest, plesao prerušen u sveštenika. Neće nasesti na to.

– Pa – rekla je. – To bi zaslužilo visoku ocenu da je istina, ali kad smo se sreli pretvarao si se da si sveštenik, tako da...

Uzdahnuo je. – Ako prvorođeni sin Dijakosovih ne postane sveštenik pre svoje tridesete, legenda kaže da će se nešto strašno desiti celoj porodici. Smrt. Uništenje. Glad. Siromaštvo. Ili još gore od toga. Moja majka, ona bi me danas zaredila da može, zato što misli da će to što nisam pripadnik klera doneti prokletstvo venčanju i onemogućiti Ren i Kozmosa da imaju decu. A veruj mi, ni Ren ni Kozmos nisu ljudi kojima treba davati zabrinjavajuće informacije. Šta, dakle, da radim? Da poverujem u te priče iz prošlosti? Dozvolim njima i drugim ljudima da odlučuju o mom životu kako bih zaštitio one koje volim, ili ne?

Bio je smrtno ozbiljan, i Kara mu je to videla i u očima. To je nešto sa čime se on istinski bori. To nije priča, nego istina. Ali prvo je morala da mu postavi jedno pitanje.

– Akise?

– Da.

– Koliko ti je godina?

Pogledao ju je pravo u oči pa zastao samo na sekund pre nego što je znalački klimnuo glavom. – Dvadeset devet.

18.

Kapela porodice Dijakos, Notos

Kad je Akis skrenuo motociklom s puta pa produžio preko trave nalik slami, krivudajući između stabala maslina, Kara se na sekund zabrinula da je izgubio kontrolu nad vozilom ili nad svojim umom. Međutim, nekoliko minuta kasnije zaustavili su se ispred male bele građevine na čijem se kupolastom krovu ljuštila farba. Unaokolo nije bilo više ničeg osim nje, drveća, trave boje slame koja je Kari dosezala do kolena i nasumično ostavljene poljoprivredne mašine nagrizene rđom.

– Evo ga – rekao je Akis, šireći ruke kad su se približili građevini. – Moje potencijalno radno mesto.

– To je crkva? – upitala je Kara. – Tako je mala.

– Zato se Kozmos i Ren ne venčavaju tu. Nije dovoljno velika i veličanstvena za moju majku.

– Ali je prelepa – rekla je Kara, prišavši bliže i pitajući se kakvom je istorijom natopljen taj kamen.

– I ja sam tako mislio – rekao je Akis. – Kad sam imao oko šest godina i nisam znao da mi je sudbina vezana za nju. Imali smo običaj da palimo sveće i pečemo kukuruz na vatri. Prase se rodio ovde.

– Krmača se oprasila u crkvi?

Nasmejao se. – Izvini, Prase je ime magarca moje bake.

– Znači magarica se oždrebila u crkvi?

– Da – odvratio je Akis. – Sad bi još više volela da vidiš unutrašnjost, zar ne?

Ključ je bio u bravi i on ga je okrenuo pa odgurnuo stara metalna vrata. Uz škripu su se otvorila, a Kara je ušla za Akisom. Bilo je mračno, mali zasvođeni prozori sa obe strane nisu propuštali nimalo svetla. Ali onda je on pritisnuo prekidač i Kara je uzdahnula. Odaja je zasijala i, tog trena, prvo što ju je pogodilo bile su freske na zidu. Neke su bile propale od starosti, rubovi su im curuli s maltera. Ali druge su, uključujući i one na tavanici, bile divno očuvane. Korišćene su sve boje – crvene, zlatne, plave – i uglavnom su prikazivale figure svetaca, pretpostavila je, koji drže knjige ili druge verske predmete.

– Pozdravi se s mojim precima – rekao je Akis, pokazujući na oslikane zidove. – Bar sa onim dobrim. Onima koji su postali sveštenici.

– Hoće li i tebe naslikati na zidu? – upitala je Kara.

– Samo ako postanem sveštenik. – Pomerio je jednu od desetak stolica stisnutih u tom prostoru. – Da sednemo?

Pridružila mu se, spustivši se na prilično malu drvenu stolicu sa sedištem od upletenog kanapa.

– E pa... – rekao je Akis, pogledavši je. – Sad je na tebe red. Da mi kažeš zašto si morala da pobegneš od torte i vina. Šta te brine u vezi s pevanjem? Osim ako nisi vrlo loša pevačica. Ali ne mogu da verujem da moja majka ne bi tražila snimke za audiciju, iako je to bio dogovor u poslednjem trenutku. Imali smo rezervisanog Plasida Dominga, znaš.

Kara se osmehnula, ali srce joj je već treperilo. To ide Margo na dušu. Znala je da nešto nije kako treba, da je posredi nešto više kad su došle na Krf radi venčanja.

– Volela bih da je Plasido mogao da dođe.

– Stvarno? – upitao je Akis. – Zato što mislim da taj momak zna da je dobar, znaš?

Progutala je pljuvačku. Mogla bi nešto da mu kaže. Ne mora to da bude sve. Može da počne. Na kraju krajeva, rekao joj je za svoju strašnu svešteničku nedoumicu. Dužna mu je.

– Ja... pevam. *Pevala* sam. Neko vreme ne pevam. – To je bilo dovoljno.

– Zašto? Šta se dogodilo?

Naravno da je pitao.

Odmahnula je glavom i zagledala se u duševne oči jedne slike – u oči tužnog čoveka koji je držao bebu. „Šta se dogodilo" bile su samo tri reči, ali nekako je to bila jedna od najvećih rečenica ikad izgovorenih. Toliko toga se dogodilo.

– Jel' neko umro? – upitao ju je Akis. – Hoću da kažem, ako je neko umro, izvinjavam se što sam potegao to, ali...

– Niko nije umro – odgovorila je Kara.

– Onda se sve može rešiti.

– Kaže momak koji bi mogao postati sveštenik.

– Uh.

Duboko je udahnula; njegovo raspoloženje nekako joj je ulivalo *i* energiju *i* spokoj. Bila je to dobra mešavina. – Imala sam loše izvođenje.

– Jedno?

– Da.

– Opa, dobro, pa, ne želim da ti pokvarim sjajan utisak koji je naša predstava sinoć ostavila na tebe, ali dešavalo mi se da padnem na lice, a samo tokom ovog letnjeg nastupanja najmanje tri puta sam pao na nečije *tuđe* lice.

– Ja sam imala loše izvođenje pred više od sto pedeset miliona ljudi.

Videla ga je kako je iskolačio oči, a onda je izgovorio jednu reč. – Jebote.

– Gledao je skoro ceo svet. Od toga je prilično teško oporaviti se.

Uzdahnula je, posmatrajući zrnca prašine kako plešu na malim zracima sunca koji su se probijali kroz rešetke prozora.

– Ali nije i nemoguće – odgovorio je Akis.

– Šta?

– Pa, kako ja gledam na to, nemoguće je samo ako živiš brinući o tome šta drugi misle o tebi. Ako te nije briga šta drugi misle o tebi, ništa nije nemoguće. Možeš uspeti. Možeš omanuti. Ali važno je samo tvoje sopstveno mišljenje.

Nikad nije srela nikog ko je na taj način posmatrao stvari. Bilo je to kao da je uzeo knjigu društvenih pravila i iseckao je na froncle. Samo što...

– Ali ako je važno samo *tvoje lično* mišljenje, zašto ne kažeš majci da ne želiš da budeš sveštenik?

– Rekao sam joj – odvratio je Akis. – Govorim joj to kad god potegne tu temu.

– Dakle, odlučio si da ne budeš sveštenik.

– Nisam.

– Zašto?

– Zato što volim svoju porodicu, i bilo da verujem ili ne verujem u te bajke o propasti i mraku, deo mene se pita da li sam s razlogom izgubio prst. – Ustao je, spojivši ruke na potiljku, laktovi su mu bili savijeni pod pravim uglom, pa se ushodao.

– Šta? Ne razumem.

– A ako verujem da mi zbog Kozmove nezgode možda nije suđeno da sviram u svetski poznatom orkestru, onda možda *treba* da postanem sveštenik. Možda to i nije bila nezgoda. Možda je bilo prokletstvo koje se javilo ranije, probijajući put.

– Šta, kao božanska intervencija?

– Ne znam. Sad zvučim kao neki ludak.

– Pa, dokazao si da i dalje možeš da sviraš, moćno i divno i...

Zastao je i okrenuo se da je pogleda. – Nikad neće biti dovoljno dobro... po mom ličnom mišljenju.

– U tome je stvar? – upitala je Kara. – Postaćeš sveštenik da bi *kaznio* sebe? Zato što si izgubio prst u nečem što je, sigurna sam, bila nezgoda? Zato što misliš da nisi dovoljno dobar da budeš šta god poželiš? Šta se desilo sa onim da je život širok?

– Moj život je već bio širok, Kara.

– Dobro, onda, to je to? – upitala je, ustavši, razjarena tim preokretom. – Prestaćeš da plešeš? Prestaćeš da sviraš klavir? Prestaćeš da jedeš ribu prstima i živećeš u ovoj kapeli?

Sad je bila blizu njega i osetila je nekakvu *strast*. To joj se više nije događalo. Zato što je izgubila strast. Ne samo prema muzici. Prema životu.

– Neću morati da živim ovde, u kapeli – rekao joj je Akis.

– Dobro.

– I prilično sam siguran da i dalje mogu pomalo da sviram.

– Jasno.

– I svakako mogu da jedem ribu prstima.

Slegnula je ramenima. – Ne znam šta hoćeš da ti kažem.

– Ja kažem da napravimo još jedan pakt.

Odmahnula je glavom. – Dobro, vidim kuda ovo vodi. – Uzmakla je jedan korak.

Akis ju je uhvatio za ruku, isprepleli su prste. – Mislim da treba da imamo malo vere jedno u drugo. Ja ću prestati da sažaljevam sebe i podsetiću se da, iako volim svoju porodicu i ne želim da im se desi ništa loše, takođe postoji mnogo razloga što živim u gradu Krfu.

– A šta bi ja trebalo da uradim u tom „paktu“?

– O, pa to je vrlo jednostavno – rekao je Akis, uzvrativši joj osmeh. – Dozvolićeš mi da čujem kako pevaš.

Odmahnula je glavom i povukla ruku. – Ne.

– Ali ako ti obećam da ću te slušati samo ja, i možda još jedna osoba?

– Akise, rekla sam ti da više ne pevam, a onda saznam da me je tetka dovela da pevam na venčanju, na venčanju tvog *brata* i sama ta pomisao na to tera me da poželim... tera me da... – Osetila je kako je obuzima panika, stezalo ju je u grudima, nije mogla da govori.

Sledeće čega se seća bile su Akisove usne na njenim, i iznenada joj se zavrtelo u glavi na sasvim nov način. Bilo je snažno ali ne i grubo, bilo je vrelo i strasno, ujedno umirujuće i utešno. A ona je, izgleda, uživala u tome. Šta ona to radi?!

Odvojila se. – Izvini, šta je to bilo? – Nije mogla da ga pogleda u oči.

– To – rekao je Akis – naravno, nije bilo ništa drugo do tehnika koja se često koristi kad nekog obuzme anksioznost. Taktika šoka. Da bi shvatila da postoje... gore stvari nego da mi dozvoliš da te slušam kako pevaš.

Sve što je čula bile su reči „ništa drugo“.

– Onda – nastavio je. – Hajde, šta možeš da izgubiš? – Osmehnuo se. – A druga osoba koja bi slušala? Voleo bih da te upoznam s Prasetom.

Ne s prasetom. S magarcem njegove bake. Zašto je oklevala da kaže ne? Nije želela da peva. Više nikad nije pevala. Ali, s druge strane, nikad nije ni poljubila potpunog neznanca u crkvi pored maslinjaka...

Duboko je udahnula i više nije razmišljala.

– Važi.

19.

Irinina kuća, Notos

Akis je uzdahnuo. Poljubio ju je. Šta mu je bilo na pameti kad je to uradio? Nije to bilo zbog njene panike, dobro, ne sasvim, bilo je malo i zbog želje da se ona ne oseća kao da će joj se svet urušiti u tom trenutku, ali i zato što je bila divna i što je, iz nekog nepoznatog razloga, ona u tim trenucima osvojila ceo prostor, a on je želeo da joj otkrije skoro sve o sebi. To je bilo neprijatno. Trebalo bi da otrči na suprotnu stranu, ali umesto toga, približavao joj se. A sad se približavao s magarčevim povocem u jednoj ruci i sa starom klavijaturom ispod druge.

Kara je stajala u bašti, između žice za rublje na kojoj su se sušile velike gaće i kecelje njegove bake i gomile crepova koju je njegov deda uvek držao za slučaj da mu jednog dana zatrebaju. Mazila je sivo prugasto mače.

Nije trebalo da je iskoristi, a tako se osećao. Ukrao joj je poljubac, bez upozorenja, bez uvoda, bio je sebičan.

Okrenula se.

– Šta je to? – upitala je.

– Ovo je Prase – predstavio ga je Akis. – Prase, kaži *yassas* mojoj prijateljici Kari.

Prase je podigao krupnu glavu, ali nije ispustio nikakav zvuk.

– Zdravo, Prase – rekla je Kara. – Ali zapravo sam pitala za tu vrlo staru klavijaturu ispod tvoje ruke.

Akis je pustio Prase, a magarac je odlutao nekoliko koraka pa stao da žvaće travu. – Jel' ti to kritikuješ moj prvi muzički instrument?

– Mislila sam da si rekao da imaš samo dvadeset devet godina. Ta stvar izgleda kao da je previše stara da na njoj pratiš čak i Plasida Dominga.

Nasmejao se. – Malo je prašnjava, ali još radi. Stavio sam nove baterije.

– Onda, šta ćeš mi svirati?

– Pa – rekao je Akis gurnuvši ruke u travu i izvukavši jednu od *jajinih* starih stolica na rasklapanje. – Mislio sam da ćeš mi ti reći pesmu, kako bih mogao da te pratim.

– Dobro, ja... ti... ne znaš pesme koje ja znam da pevam. Hoću da kažem, poštujem tvoje sviračko umeće, ali...

– Sumnjaš u mene. A ja sam mislio da smo prijatelji.

Prijatelji. Morao bi da prestane da ističe to. Dvaput je izgovorio tu reč skoro zaredom, a on ne ide uokolo ljubeći one koji su mu prijatelji.

– Ne sumnjam u tvoje sviranje – odvratila je Kara, kruto držeći ruke pored tela. – Samo što baš i nisam devojka koja peva pesme kao što je „Crazy in Love“ od Bijonse.

– Misliš da imam veoma mali repertoar pesama? – Izvio je obrvu pa uključio klavijaturu. Užasno je zašištala te je Kara poskočila kao da je stala na zmiju. – Izvini.

Gledao ju je kako se oporavlja od prestravljenosti.

– Onda, koje pesme znaš? – upitala je.

– Koju želiš da sviram? – odvratio je. Zasvirao je uvod fanfarama, pa prešao na „My Way“ Frenka Sinatre.

Nasmejala se. – Ne tu.

– O, a šta kažeš na ovu?

Zasvirao je nešto za šta je mislila da pomalo zna, „Set Fire to the Rain“ od Adel. Prošao je kroz uvod a da nije rekla da ne želi to da peva, ali iako su publika bili on i magarac, koji je odlutao dovoljno daleko da ne može da je čuje, izgledala je prestravljeno. A onda je zažmurila, i dok je on drugi put svirao uvod napokon je počela.

Glas joj je u početku bio nervozan, ali kako je napredovala kroz pesmu i bližila se prvom refrenu osetio je žmarce. Zvučalo je kao da dopire iz dubine njenog bića, svaki dašak je stvarao duševne, savršene tonove. Sad je on bio nervozan, dok je pokušavao da iz tih nezgrapnih dirki izvuče ono što bi klavir mogao da proizvede, a što klavijatura iz devedesetih sigurno nije mogla. Ali onda je ona iznenada zastala, širom otvorenih očiju, preplašenog izraza lica.

– Jesam li ja to čula psa? – upitala je.

– Izvini, ne znam – odgovorio je. – Bio sam usredsređen na slušanje i...

– To je bio pas, zar ne?

Sad je stajala potpuno mirno, kao da pokušava da se usredsredi.

On je ustao, spustio klavijaturu na stolicu pa pošao ka njoj. – Ne voliš pse?

– O pa, ne smetaju mi, osim kad se, znaš, previše približe.

Lagala je. Dovoljno se razumeo u govor tela da bi video da joj psi nisu samo neomiljene životinje nego i da ih se plaši.

– Neki od njih tako balave – rekao je, pokušavajući da ublaži napetost. – Kao da hoće da te okupaju. Odvratno.

– *Jesi* li čuo to? – ponovo ga je upitala Kara.

– Nisam siguran. Uz klavijaturu i...

Uhvatila se za glavu i uzdahnula. – Izvini, ne bi trebalo da budem ovde. Morala bih da podsetim tetku da nije trebalo da prihvati pevanje u moje ime, niti da me ukrca u taj avion pod lažnim izgovorom, zapravo nije trebalo da uradi ništa od onog što je uradila otkako smo napustile London.

– Ili bi – zaustio je Akis – zapravo mogla da pevaš na venčanju. Siguran sam da bi ti moja majka platila više nego što bi platila bilo koja razumna osoba. Ne kažem da ne vrediš koliko god da ti plati, i više od toga. Nisam hteo...

– Ovo je bila greška – rekla je Kara, okrenuvši se na drugu stranu kao da će da ode kroz baštu.

– Ne, Kara, čekaj, nije bila greška. – Uhvatio ju je za ruku, dovoljno da je zaustavi, a onda je pustio. Jer mu je bilo zabranjeno da je dodiruje sad kad je znao da ga to malo sluđuje. Zastala je.

– Imaš neverovatan glas. Hoću da kažem, to je neki drugi nivo. Niko ne zvuči... kao ti.

– Ne, zato što se većina pevača ne bi zaustavila kad bi im se učinilo da su čuli psa, zar ne?

– Kara...

– Moram da idem. Hvala ti što si pokušao, ali ako nas je tvoja majka pozvala na venčanje samo zato što je mislila da ću ja pevati, žao mi je. Sve ću razočarati.

– Kara...

– Doviđenja, Akise.

I s tim konačnim pozdravom, otišla je od njega.

20.

Kukov klub Krf

– Koliko dugo ćeš ćutati? Zato što je to veoma smešno, Kara. Prilično detinjasto ponašanje. Tvoja majka se slično ponašala kad je bila mala. Zurila bi onim krupnim očima, gledala bi me kao da može da me prozre i samo bi češljala jednu od onih svojih polovnih lutaka. – Margo je frknula. – Danas ih zovu „već voljene", zar ne? Prave se da su ljudi zaista marili za stare, prljave stvari. Nimalo ne razumem to.

Kara je u mislima, ignorišući tetku u klimatizovanom komforu njihove sobe, dok se brisala posle tuširanja, prolazila kroz sve ono što će te večeri *sama* raditi. Prošetaće se i videće šta ima da ponudi obližnja Guvija. Izgleda da je tu bila marina, kao i plaža, pa čak i mala crkva u uvali. Neko vreme će pokušavati da se pribere i razmisli o vremenu koje je provela tu, kratkom ali napakovanom događajima kao *maksi-gou*. Nije želela čak ni da bude u toj sobi s Margo, ali izgleda da joj soba u kojoj je spavala protekle noći nije više bila na raspolaganju. Kara ne bi isključila mogućnost da je njena tetka platila samo jednu noć da bi je ponovo dovukla u zajedničku sobu.

– Od nečega moraš početi, Kara, znaš to, zar ne? Bilo da je reč o venčanju ili nečem drugom. Ne možeš doveka tako. Ti si pevačica. Tako stoje stvari. Znam da sam te neko vreme držala podalje od toga, i mislim da sam postupila ispravno, ostavivši ti vreme da se isceliš, ali iskreno, nisam znala da će to toliko trajati. Zato...

– Prestani! – prosiktala je Kara. – Odmah prestani da govoriš. – Trljala je kosu peškirom.

– Dobro – rekla je Margo, osmehujući se. – Dobro, izbacivanje tog besa odličan je početak. S tim mogu da se izborim.

– Ovo nisu pregovori! – uzviknula je Kara. – Nisam nekakav posao koji očajnički želiš da ugovoriš. Ja sam ti sestričina. Koju si lagala. O venčanju. O razlogu zbog kojeg smo ovde.

– Ne baš – odvratila je Margo. – Mnogo je razloga što smo došle ovamo, nije sve povezano s malom svadbenom tezgom koju Sofija pokušava da proturi na stranice časopisa *Helou! Gris*.

– Pa koji još razlog postoji? To jest, osim što si mi pripremila još poniženja.

– To je negativno razmišljanje, Kara. Jedan od tvojih terapeuta sigurno je pomenuo to. Ja sam ti, naprotiv, pružila priliku. Fantastičnu, a ipak malih razmera priliku u zemlji u kojoj verovatno vrlo malo njih zna za tvoju prošlost. I to još na jednom od ostrva, ne na centralnoj bini u Partenonu.

Negativno razmišljanje. Ljudi previše često koriste tu frazu. To izgleda kao da je problem u *tebi*, a ne u anksioznosti. Kao da si *ti* odgovoran za ono što ti se događa. Nije to tako jednostavno.

– Briga me sve i da je najmanja bina u zadnjoj sali nekog paba – uzvratila je – ne mogu da pevam pred publikom. Izgleda da ne mogu da otpevam čak ni celu Adelinu pesmu pred jednim čovekom i magarcem!

Kad je tišina prožela sobu, Kara je znala da je pogrešila i nije bilo svrhe da ispravlja to. Margo je ustala sa stolice na kojoj je sedela i prišla joj.

– Pevala si! – objavila je. – Rekla si „ni celu Adelinu pesmu“, što znači da si *nešto* otpevala.

Margoin glas bio je pun hvale, kao da je Kara detence koje je pojelo dve šargarepe pa sad može da ostavi ostatak večere. Odmahnula je glavom.

– Jesi li pevala pred Sofijinim sinom? Onim zgodnim koji zarađuje skidajući se? Onim koji je bio prilično energičan s tobom na onoj devojačkoj večeri? Videla sam ga da je ustao od stola i pošao za tobom. Pa, šta on misli?

– Trenutno misli da čujem glasove u glavi.

– Pitala sam za glas.

– Nije važno šta on misli o mom glasu, tog pevanja na svadbi neće biti! I ne samo to, zašto dođavola ništa nisi rekla pre nego što smo stigle ovamo?

– Šta ti misliš? Zato što se ne bi ukrcala u taj avion da sam nešto rekla!

– U tome si u pravu!

– Zaboga, Kara, prestani tako da trljaš kosu, uništićeš je!

Margo je zgrabila peškir iz njenih ruku i bacila ga na krevet.

– To je moja kosa i uništiću je ako hoću! Vidiš! Moje malo seme, moja odluka!

– O čemu pričaš? Iskreno, svakog trenutka zvučiš sve manje smisleno.

Nije bilo lakog načina da zaustavi to i nađe zdrav izlaz za obe. Kara je imala dve mogućnosti: ili će i dalje ćutati, sad kad je jasno stavila do znanja da neće pevati na svadbi, ili će usmeravati razgovor. Uzela je četku za kosu i počela da se češlja.

– Da li se događa nešto s poslom što mi nisi rekla?

– Šta? – upitala je Margo. – Zašto me to pitaš? I kakve to veze ima s tvojim pevanjem na Sofijinom venčanju?

Htela je da doda da to nije Sofijino venčanje, već Kozmosovo i Renino, ali bila je to besmislena bitka, a ona je morala da se usredsredi.

– Pa, kad si poslednji put bila zaista zabrinuta za posao, kad je *Gou-beg* napravio savitljivi ranac, zavukla si glavu u pesak i našla nešto drugo na šta ćeš se usredsrediti.

– Smislila sam *maksi-gou* koncept. To teško da je bilo guranje glave u pesak! Ja nisam osoba koja gura glavu u pesak, Kara. Ti bi to trebalo da znaš.

– Dobro, nisi, ali jesi osoba koja se pravi da je smirena dok u sebi besni kao španski bik.

Bilo je samo naznake promene njenog izraza lica, što je Kari potvrdilo da se nešto zaista događa.

– Ja ne besnim u sebi, Kara – rekla je Margo blagim, kontrolisanim glasom. – Ako treba da izbacim frustranost – i imaj na umu da sam rekla „frustriranost", ne „bes" - onda ću organizovati partiju skvoša uz prijatnu poletnu vezu za jednu noć s nekim koga više nikad neću videti.

Kara se osmehnula. - A zar nije to upravo ono što si uradila prošle noći?

- Rekla sam ti da ne želim da razgovaram o prošloj noći. Zapravo, stvarno mi se smučio ceo ovaj razgovor, zato idem u bar, a ti ako želiš da mi se pridružiš, biću tamo.

Pre nego što je Kara stigla da kaže još nešto, Margo je brže-bolje izašla iz sobe i zatvorila vrata za sobom.

Kara nije mogla da veruje šta se upravo dogodilo. Sad se činilo da su se stvari preokrenile, i da je nekako ona pogrešila. Ali ono što je znala na osnovu Margoinog ponašanja bilo je da nije stvar samo u venčanju već da se bez sumnje još nešto događa.

21.

Kafe-teatar, grad Krf

– Još jedna divlja noć, a?

Dok je govorio, Horejšio je brisao ulje i penu za brijanje s tela. Večerašnji plesni nastup se upravo završio te su se brisali i presvlačili.

– Imam ogrebotine na ramenima – odgovorio je Akis, proveravajući rane u ogledalu.

Horejšio se nasmejao. – Svi žele deo Đakona.

Akis je odmahnuo glavom pa požurio da skine kostim.

– Kako je bilo danas na probi vina i torti? – upitao je Horejšio, skidajući šminku.

– Organizovano i isplanirano, kakvo će biti i venčanje. Iznenadio sam se što moja majka nije platila somelijera samo da sipa vino umesto nje.

– A Kara, jel' bila tamo?

Akis je uzeo svoju majicu pa je navukao preko glave, ništa ne rekavši.

– O bože – rekao je Horejšio. – Praviš se lud. To nije dobro, ili bi trebalo da kažem da je zapravo dobro. Zagrejao si se za nju.

Akis je ponovo odmahnuo glavom. – Nisam.

I to je bilo sve što je pružio svom prijatelju. Zato što je način na koji je Kara odjurila iz bašte njegove bake bio sasvim suprotan od dobrog. Pritiskao ju je, a ona se povukla. Zar nije tačno znao kako je to? Ne možeš saterati nekog u ćošak, čak i ako misliš da je to za njegovo dobro, zato što si ga izgubio onog trenutka kad si to uradio.

To je kao da mu uskraćuješ pravo na odluke, nešto sa čime se borila, kao što mu je i priznala.

– Šta je, pogled nije upalio? – upitao je Horejšio.

– Ne igram se, Horejšio. A ona je gost na Kozmosovom venčanju, venčanju kojem još ne znam da li ću prisustvovati.

– Ali ti si kum – podsetio ga je Horejšio. – Organizator momačke večeri.

– Kad je reč o nečemu do čega je mojoj majci stalo, stvari se iz sata u sata mogu menjati. Zapravo, povlačim to, mogu se menjati iz minuta u minut.

– Dobro, onda večeras zajedno pijemo, važi? Nešto malo da pojedemo, pa u *54 Drimi najts*?

– Ne večeras – odvratio je Akis, zakopčavajući farmerke. – Idem da nađem Karu.

– Čekaj, šta? – upitao je Horejšio, zastavši usred uklanjanja ajlajnera. – Ali rekao si...

– Ništa nisam rekao – odvratio je Akis. – Ali završilo se malo čudno, i želim da izgladim to ako ćemo oboje biti gosti na venčanju.

Nije nameravao da pomene Horejšiju problem s pevanjem na svadbi.

– Ako ti majka dozvoli da se pridružiš.

– Upravo tako.

– Onda, hoćeš li? Htedoh da kažem, da je zoveš?

– Nemam njen broj – priznao je Akis.

– Dobro, šta ćeš onda? Da odeš u *Kukov klub*? Da stojiš ispred i nadaš se da će ona naići?

Akis je razmislio o tome pa se namrštio. – Otkud ti znaš da je ona odsela u *Kukovom klubu*?

Horejšio je okrenuo dlanove uvis. – Anastasija mi je rekla. Sviđaju joj se tamošnje di-džej večeri. Samo o tome priča celu zimu, sećaš se?

– Tako je – rekao je Akis.

– Dobro, plan ti je užasan. Daj mi sekund da obavim nekoliko poziva. Otkriću gde je.

To se pretvaralo u nešto više od onog što je očekivao.

– Aki, idi nam uzmi piće, a ja se vraćam za dva minuta.

– Možda to nije dobra ideja – rekao je Akis, predomislivši se. Zar ne može samo da sačeka do sledećeg događaja pred venčanje? Osim momačke večeri, imaće i blagosiljanje zmija.

– Ne, to je dobra ideja. Nisam te video tako ispunjenog očekivanjima otkad si išao na audiciju za orkestar.

– I pogledaj šta je od toga ispalo – rekao je Akis, mašući šakom sa četiri prsta.

22.

Marina u Guviji

Uradila je to. Kara je izašla iz hotela i jednostavno pratila putokaze, te je sad sedela u baru restoranu uz samu vodu, u toj luksuznoj marini, ostavivši Margo u hotelu. Visoki jarboli su obeležavali obzorje; čamci i jahte koji su vredeli gomilu novca bili su usidreni jedni do drugih u praktično nepomičnoj vodi. A minut kasnije pomislila je na Seba. On voli vodu – ne da pliva u njoj, to mrzi – ali san mu je da pođe stopama svog oca i da ima nešto čime će moći da plovi Temzom ili da ga drži usidreno na jugu Francuske. Kara je uvek mislila da su brodovi zamka. Kad se ukrcaš, nema ničeg drugog dok ne stigneš do sledećeg dela kopna. A isto važi i za ljude s kojima ploviš – ne možeš pobeći u šetnju niti se skloniti u drugu sobu. Ali dok ih je sad gledala, videla je lepotu, spokoj koji pruža njihovo lagano ljuljuškanje. A sa čašom metakse ispred sebe, u kojoj su lagano poskakivale kocke leda, nije osećala pritisak da se ukrca na neku. Bilo je to kao da gleda umetničko delo u galeriji, a ne oseća potrebu da ga kupi za svoj dom.

Tišinu je malo poremetilo brujanje motocikla koji se zaustavio pored vode, baš ispred nje. Pažljivije se zagledala u vozača. Farmerke, majica, a kad je skinuo kacigu, videla je tamnu kosu.

Akis. Kako je znao da je tu? Progutala je pljuvačku, posmatrajući ga kako provlači prste kroz kosu. I zašto je pretpostavila da je došao zbog *nje*? Možda ga jednostavno zanimaju luksuzne jahte. Iako nije ostavio takav utisak, možda je to nešto što ga zanima. Po načinu na koji je govorio o skupom venčanju, izgledao je kao neko nezanteresovan za bogatstvo. Možda se tu sastaje s devojkom. Ali *nju* je poljubio. A ona to još nije emocionalno obradila.

Malo se okrenula na stolici, iznenada se osetivši kao da je neko uperio reflektore u nju.

– Mogu li da sednem?

Izgleda da nije došao zbog luksuznih brodova.

– Ne radim ovde – odgovorila je Kara – ali sigurna sam da nisu svi stolovi rezervisani.

Osmehnuo se, izvukavši stolicu naspram nje i spustivši se na nju. – Ljuta si na mene.

– Nisam – odgovorila je uz uzdah. – Još sam ljuta na tetku. Osim nje, ljuta sam na još samo jednu osobu.

– Na Prase? – upitao je Akis. – Zato što je trebalo da se setim da on nije Adelin obožavalac.

Osmehnula se. – Nisam sigurna da je dovoljno dugo bio tu da bi me čuo kako je ubijam.

– O, hajde, Kara, mislim da oboje znamo da sam ja bio taj koji je ubio svoju ostavštinu iz devedesetih.

Nije mogla da se ne nasmeje. Izgleda da mu je prešlo u naviku da slama njen otpor. Bilo je kao da je važan samo taj trenutak; sve ostalo bi iščezlo i bilo zaboravljeno. Kamo sreće da je ceo život tako jednostavan.

Podigao je ruku, a konobar je stigao da uzme njegovu porudžbinu pa ponovo nestao.

– Kako si znao da sam ovde? – upitala je Kara, pre nego što je otpila malo pića.

– Da li bi mi verovala kad bih ti rekao da je ponovo posredi bila božanska intervencija?

– Mnogo igraš na svešteničku kartu za nekog ko ne želi to da bude.

– Uh, to je bilo nisko – rekao je, odmahujući glavom. – Rekao sam ti svoju tajnu, a ti je iskoristiš da me napadneš?

– Ti si mene ranije u polju napao starom *jamahom*.

Sad je na njega bio red da se nasmeje. – U pravu si.

– I još mi nisi rekao kako si saznao da sam ovde.

– Osećam ljude – odgovorio je Akis.

– Neću nasesti na to.

– Dobro – rekao je kad mu je stigla boca piva. – Dobro, recimo samo da je Krf malo ostrvo, a moj prijatelj, Horejšio, poznaje manje-više sve.

– A svi znaju ko sam ja? – upitala je Kara, zbunjena. – Ovde sam dva dana.

– Šta da ti kažem? Pre nego što je svet smislio ulične kamere, bile su grčke jaje.

To nije zvučalo kao objašnjenje o kojem je mogla da se prepire.

– Dakle, želeo sam da te nađem – rekao je Akis. – Da se izvinim. Nije bilo na meni da te navedem da pevaš.

– Pa – odvratila je Kara – nisi me ti naterao da pevam. To je bio moj izbor. I dobila sam odgovor da nisam spremna da pevam pred publikom. – Uzdahnula je. – A koliko ja poznajem svoju tetku, neće hteti da pevam ako ću omanuti kao prošli put. Njoj je njen ugled sve.

– Ne čudi me što su ona i moja majka bile prijateljice. Zvuči kao da drže do istih vrednosti. Ali, znaš, ugled nije ništa više do mišljenje drugih ljudi.

Već je znala da on čvrsto veruje da mišljenje drugih nije važno.

– Šta *ti* želiš od svoje budućnosti, Kara?

Njegov iskren ton snažno ju je pogodio. Bilo je to tako krupno pitanje. Trebao joj je minut.

– Šta hoćeš da kažeš? – upitala je, odugovlačeći.

Osmehnuo se. – Šta ti *misliš* da hoću da kažem?

– Pa, možda ne bi trebalo da marim za to što ti hoćeš da kažeš – odvratila je. – Možda ću to protumačiti kako god mi se sviđa i odgovoriti na svoj način.

Kucnuo je pivskom bocom o njenu čašu i klimnuo glavom. – Sad shvataš.

Ali kako je glasio njen odgovor? Da li ga je uopšte imala? Progutala je pljuvačku. – Ne znam. Još.

– Dobro – odgovorio je Akis.

Nagnula se napred na svojoj stolici, podigavšu čašu s rakijom i ljuljuškajući je. – Hoću da kažem, oduvek sam volela da pevam. Nikad nisam razmišljala da radim bilo šta drugo, ali onda...

– Onda?

– Pa, bila sam naivna i nisam shvatila kako teško to može da bude, da budem iskrena, da nisam imala nešto što me razlikuje od mnogih, verovatno ne bih stigla tako daleko.

Uzrhtala je. Sad je otkrila više o sebi nego što je ikad nameravala. A po izrazu njegovog lica shvatila je da on to zna.

– Neću te pitati – rekao je, pa nastavio – ali, znaš, ako si odlučila da mi kažeš još nešto, biće to tajna kao da je ispovedaš svešteniku.

Osmehnula se. Ima li smisla da se sad povuče? Da li će joj, naprotiv, činiti dobro da jednostavno bude iskrena?

– Mogla sam... da otpevam notu zvanu G10. To je najviši ton ikad otpevan. Zapravo, to i nije ton, više je frekvencija.

Progutala je pljuvačku i potražila njegovu reakciju. Ali lice mu je ostalo nepromenjeno. Izgledao je kao da je pažljivo sluša i ostavlja joj prostora da doda još nešto.

– To je, znaš, zapravo samo trik. Kao onaj uzbudljivi trenutak koji svi iščekuju na kraju izvođenja. Mađioničar izvede trik u kojem neko lebdi, a zatim ga pretvori u prah. Ili na kraju tvoje predstave, kad se svi plesači sruče na pod. Delić sekunde kad ljudi uzdahnu, a onda nastave da gledaju.

– A je li te iko ikad pitao možeš li da razbiješ čašu? – upitao je Akis.

– Obično pitaju mogu li da prizovem delfine.

Nasmejao se pa se istog trena uozbiljio.

– I možeš li?

– Pa – rekla je, ne menjajući izraz lica. – Nikad ga nisam otpevala blizu vode.

Skočio je na noge. – Znaš šta? Trebalo bi da uradimo to.

– Šta? – upitala je Kara.

– Trebalo bi da priđemo vodi – rekao je, mameći je. – Ponesi piće.

– Ali... Nisam ga platila. Ne mogu samo da odem.

– Mario! – uzviknuo je Akis.

Kara je videla kako se konobar okrenuo. Brzo su rekli nešto jedno drugom na grčkom i Akis joj je pružio ruku.

– Dakle, sve što treba da mi kažeš jeste da li znaš da plivaš.

– Pa, znam da plivam, ali...

– Hajde da nađemo delfine.

23.

– Molim te, reci mi da nismo ukrali piće – kazala je Kara pokušavajući da drži korak sa Akisom dok su hodali duž marine, a voda nežno zapljuskivala ponton na koji su skočili.

– Platiću Mariju kad se budemo vratili. Bez brige. A, evo nas. Ovaj.

Pre nego što je Kara uspela još nešto da kaže, Akis je skočio na motorni čamac koji je izgledao kao da bi mogao da bude zvezda u reklami za bilo koju luksuznu marku. Bio je plavo-beli, pravih linija i blistav, isti kao onaj u kojem se Margo jednom pojavila na dokovima Bristola.

– Molim te, reci mi da ne krademo čamac – rekla je, posmatrajući Akisa kako radi nešto vešto s čvorovima na konopcima.

– Hajde, Kara, gde ti je osećaj za pustolovinu? Ona širina života o kojoj smo govorili?

– Ne sećam se da sam rekla išta o velikom razbojništvu.

– Ne znam tu englesku reč. Šteta.

– Akise!

– Opusti se, Kara, možda tvoja budućnost počinje upravo ovde!

Prekrstila je ruke na grudima. – Moja budućnost neće početi hapšenjem u stranoj zemlji.

Okrenuo se da je pogleda, držeći konopce u rukama. – To baš zvuči seksi i opasno, a?

Progutala je pljuvačku. *Jeste* zvučalo seksi i opasno. Zvučalo je kao da je pripadalo životu nekog drugog. Nekom ko ne pati od anksioznosti. Nekom ko uranja u život, ne skriva se u ćošku skladišta iza kofera proveravajući Sebov instagram.

– Ne zvuči kao ponašanje jednog sveštenika – odgovorila je.

– Onda je dobro što ovde nema sveštenika. – Ispružio je ruku.

– Neću se ukrcati na taj čamac dok me ne uveriš da ga ne krademo.

– Kunem ti se da ga ne krademo – odgovorio je malo prebrzo.

– Akise!

– Govorim ti istinu, kunem se. Sad mi daj ruku.

Nije znala da li je pružila ruku, ali on ju je odjednom povukao na čamac te se prizemljila najpre na tapacirano sedište, zatim se spustila na palubu, a čamac se malo zaljuljao.

– Dobro, sačekaj samo da nađem ključ, pa idemo – rekao je Akis, otvorivši vratanca u zidu. – Aha! Evo ga!

Kara se zagledala u druge čamce i shvatila je koliko je to ludo. Bila je na gliseru – verovatno na gliseru koji će biti *ukraden* – u Grčkoj, gledala je u jahte koje su verovatno koštale više nego neka velika kuća, i prvi put posle dugo vremena Margo nije imala pojma gde je ona. Kad je motor čamca zabrujao oživevši, pogodio ju je osećaj krivice. Možda bi trebalo da proveri telefon. Možda se Margo brine, a ona to ne bi volela. Zavukla je ruku u malu tašnu koju je nosila preko ramena, ali onda se predomislila. Margo je uradila nešto neoprostivo rekavši da će ona pevati na svadbi. Možda će sat-dva neizvesnosti popločati put za ponovno postavljanje granica...

– Jesi li spremna? – doviknuo joj je Akis.

– Rekao si to kao da ćemo uzleteti! – odvratila je Kara nadjačavajući buku motora.

– Ah, pa, postoji ograničenje brzine u luci, ali posle toga...

– Akise!

– Sedi, opusti se, na Krfu nam ne treba visok ton da bismo prizvali delfine.

Akis nije daleko odvezao čamac. Zašto to uopšte radi? Bilo je to kao da to svešteničko prokletstvo visi nad njim i da, otkako je upoznao Karu, odjednom mora grčevito da se drži svega što voli da radi, kao da će u suprotnom sve to biti izgubljeno. A tu je bio i Karin stav prema životu. Taj um koji je neprekidno radio, strah koji bi je obuzeo kad bi se usudila da iskorači izvan svoje zone udobnosti. Ko zna zašto, želeo je i njoj da pokaže sve što je voleo da radi.

Sad je gledao u nju, naslonjenu na prednju ogradu, vlažan povetarac duvao joj je kroz kosu kao da jezdi kroz vodu. Bili su to luksuz i jednostavnost u jednom. Njemu nije bilo važno na kakvom su čamcu bili – taj snažni, skupi, ili najmanje plovilo na vesla – izlazak na more bio je čist beg od stvarnosti.

– Kara! – pozvao ju je.

Okrenula je glavu i dalje se držeći za ogradu.

– Hoćeš malo da voziš?

– Šta?

– Pitao sam da li hoćeš malo da voziš čamac.

– O ne, u redu je. Nemam dozvolu za upravljanje čamcem.

– Ni ja – odgovorio je, usporavajući.

– Šališ se?

Nasmejao se. – Dođi, Kara. Hajde da voziš čamac.

Gledao ju je kako se pažljivo odvaja od ograde pa mu polako prilazi dok nije stala ispred kormila.

– Dobro, dakle, sve što treba da zapamtiš jeste da to nije kao vožnja automobila – rekao je.

– Zapravo nemam ni vozačku dozvolu – odvratila je Kara.

– Uh, dobro, pa, možda je u ovom slučaju to prednost. – Povukao ju je napred, postavio je ispred kontrola. – Onda, treba da praviš samo male pokrete, kao male ispravke. Drži pogled prikovan ispred sebe i održavaj kurs malo ga podešavajući pomoću kormila.

– Tako je mračno – rekla je Kara. – More i nebo.

– Navikni oči na to. Sve ostalo je svetlije. Svetla s kopna, zvezde iznad nas.

– Ne mogu da gledam u zvezde ako treba da pazim na kurs – rekla je Kara, stežući kormilo.

– Dobro, ja ću gledati na pravac. Ti gledaj gore u zvezde.

Video ju je kako je zabacila glavu i podigla pogled.

– O, opa – uzdahnula je. – Nikad nisam videla ovako nešto. Kao da možeš da vidiš svaku zvezdu u svemiru. Izgleda kao... mapa dijamanata.

Zadržao je dah, prisećajući se kako je rekao nešto slično prve noći kad je otac izveo Kozmosa i njega na more ribarskim čamcem. Kozmos se plašio da će uhvatiti ajkulu u mrežu i odbio je da gleda u bilo šta. Akis je, s druge strane, želeo *sve* da vidi.

Akis je odjednom shvatio da i on gleda uvis i da ne pazi na pravac. Trebalo je da podese smer. Spustio je ruke na Karine i blago okrenuo kormilo za četvrt kruga pa sačekao da čamac skrene.

– *Signomi* – rekao je. – Izvini, zagledao sam se...

– Zagledao si se u zvezde – dovršila je.

I ponovo je osetio tu napetost koja je nastajala u njegovoj utrobi klizeći brzo naniže. Bez sumnje seksualna. Ali bilo je to više od toga. Bilo je to nešto u njemu što prepoznaje nešto u njoj. Nije više mogao da drži ruke na njenima, a kad ih je podigao, podigla ih je i ona. Uhvatio je kormilo, a ona je uzmakla.

– Izvini – rekla je Kara. – Loš sam kopilot.

– Prvi oficir – ispravio ju je.

– Prvi oficir – ponovila je.

Nije mu promakao ton tih reči, i znao je da to što se malo preznojava nije zbog vlažnosti. Trebao mu je hladan tuš. Ili...

– Trebalo bi da plivamo – izjavio je kao da je zadužen za izletničku turu. – Znam jedno mesto.

Nije čekao da Kara odgovori, jednostavno je malo ubrzao nadajući se da će buka motora nadjačati njegove misli.

24.

Crkva Ipapante, Guvija

Akis je spustio sidro u uvali naspram prelepe bele crkvice koja se osamljeno uzdizala na rtu. Imala je zasvođene prozore, krov pokriven crepom i zvonik, kao svaka idilična kapela na grčkom venčanju. Bila je veća od crkve u maslinjaku koja je pripadala Akisovoj porodici, ali s čamca na moru izgledala je jednako samotno.

– Dolaziš li?

Kara je odvratila pogled od crkve pa pogledala u Akisa i videla da se skinuo u gaće koje su mu isticale vrline, majicu i farmerke ostavio je na sedištu.

– Ozbiljan si u vezi s plivanjem? – upitala je Kara.

Nasmejao se. – Ne može se biti ozbiljan u vezi s plivanjem. U plivanju nema ničeg ozbiljnog. To je ulazak u vodu i rad rukama i nogama.

– Znaš šta sam htela da kažem.

– Zar ne izgledam kao neko ko bi da pliva? – upitao je, ispruživši ruke.

Ta poza je istakla njegovu gipku i blago mišićavu figuru. Nije to bio torzo nekog usredsređenog na dizanje tegova, više nekog čiji je svaki mišić zategnut... a Kara je i dalje zurila u njega.

– Jel' vruća? Ne... hoću da kažem... jel' hladna? Voda.

Bezmalo je pocrvenela.

– Zašto sama ne otkriješ?

S tim rečima, skočio je sa ivice čamca i pljusnuo u vodu.

Dok ga je gledala kako izranja, brzo je obodrila sebe – To je plivanje, nije pevanje. Biće zabavno. Možeš da kažeš mami da si se usred noći povezala s prirodom. Margo ne bi oklevala.

Odmahnula je glavom. Zašto se i dalje upoređuje s drugima i traži odobravanje? To je njena odluka! Ako želi da pliva, treba da pliva. Ako ne želi, i to je u redu.

– Imaš merdevine – doviknuo je Akis iz vode. – Ako ne želiš da skočiš.

Prestavši da razmišlja, skinula se u svoje ne baš čedno, ali ne ni providno donje rublje, pogledavši prilično male metalne lestve koje su izgledale kao da su na rasklapanje, pa se popela na sedište. Preostalo joj je samo jedno. Skočila je.

Kad ju je voda zapljusnula doživela je šok koliko je bila hladna. Izronila je da udahne i jedva da je mogla da progovori.

– Ledeno je – rekla je, radeći rukama i nogama kroz vodu.

Akis se nasmejao. – Zapravo ima oko dvadeset pet stepeni, ali znaš, napolju je skoro trideset četiri stepena. Nastavi da plivaš. Navići ćeš se.

To je zvučalo više kao životna mantra, nego kao rešenje protiv hladnoće u tom trenutku. Ali Kari zaista nije trebalo mnogo da počne da uživa u hladnoći, umesto da se oseća preplavljena njome. Pratila je Akisa, koji je plivao oko čamca, a onda se zaputio ka crkvi.

– Za nekoga ko kaže da ne želi da bude sveštenik, mnogo me vodiš po crkvama – primetila je Kara kad su otplivali toliko da su stopalima mogli da dodirnu dno.

– Misliš da je to malo šašavo? Što mi se sviđaju ovakve građevine i što sam zahvalan baki koja mi je ulila veru, ali što veri ne želim da posvetim ceo život?

– Pa...

– Mogu li nešto da te pitam, Kara?

Pogled mu je bio prilično prodoran a ona se zapitala šta sledi. Klimnula je glavom. – Možeš.

– Da li i dalje *želiš* da pevaš?

– Ne znam šta hoćeš da kažeš – odgovorila je dok joj je puls ubrzavao. Bilo je to krajnje jednostavno pitanje.

– Hoću da kažem, uprkos svemu, ako zaboraviš loše izvođenje koje si imala, staviš na stranu ono što je tvoja tetka ovde uradila... – Zastao je pa nastavio. – Da li bi i dalje želela da pevaš da ništa od toga ne zavisi? Da je to samo iz zabave? Onako za sebe.

Pevanje joj je bilo sve. Čitav njen život. Otkad zna za sebe. Uvek je htela da joj to bude karijera, budućnost. Sad pokušava drugačije da razmišlja o tome. Šta je nekad bilo. Šta je sad. Kako bi ponovo moglo da bude.

Postojao je samo jedan istinit odgovor. – Da, naravno.

Klimnuo je glavom. – To sam i mislio.

Provukla je prste kroz svoju vlažnu kosu pa duboko udahnula. – Šta hoćeš da kažeš?

– Hoću da kažem, to je kao i s crkvama, samo zato što te jedan elemenat nečega plaši, ne znači da treba da okreneš leđa celoj stvari.

Pustila je da joj njegova izjava dopre do svesti. Zapravo, bila je to tako krupna izjava da je skoro mogla da je oseti po ramenima, kao da isparava morsku vodu i hladi joj kožu.

– Kad sad pogledam crkvu, ili kad uđem u porodičnu kapelu, to je kao da *želim* da budem izazvan. – Provukao je prste kroz kosu. – Želim da pogledam pravo u oči ikone i osporim valjanost tog prokletstva. Ali takođe želim da osetim da, šta god da odlučim, to neće promeniti ono što mislim i ono što jesam. Mislim da bih se, čak i da se pridružim Crkvi, nadao da ću biti u stanju da razdvojim stvari, znaš? Da to ne mora biti sve.

– Zaista razmišljaš o tome? Da postaneš sveštenik? – upitala je Kara.

– To bi sve prekinulo – priznao je. – Kozmos bi imao jednu brigu manje. Ludilo moje majke privremeno bi uminulo. A ako bih mogao da razdvojim različite delove, onda... – Zastao je, otrevši nekoliko kapi vode s ramena. – Ne znam.

– Ali, zar ne želiš decu? – upitala je Kara. – Ili da se jednog dana oženiš? Sveštenici to ne mogu, zar ne?

– Pa, zapravo mogu da se ožene. Ali samo *pre* zaređenja, tako da, ako bih morao da se zaredim pre tridesete, morao bih da nađem ženu do oktobra, a... pa znaš, trenutno nisam u vezi ni sa kim, tako da...

Rečenica je ostala da visi u vazduhu između njih, a Kara je osetila žmarce na rukama. Bilo je to očigledno zbog temperature vode. Zato što *njoj* udaja više neće biti u planu. Nije joj bilo jasno ni zašto joj je to sad palo na pamet.

– Kozmos se brine. Sve vreme. Uvek je bio takav. Brine se i krije od života. Tek otkad je s Ren vidim nagoveštaje nečeg drugačijeg u njemu. Sad se osmehuje. Smeje se. I dalje previše razmišlja, ali nije više tako nesrećan, znaš?

Kružila je prstima po vodi. – Dobro je što nije više toliko nesrećan. Primetila sam da se baš veoma uneo u odnose glazure i ostatka torte. Hoću da kažem, znam da je to njegovo venčanje, ali...

Akis se osmehnuo. – Uvek je bio opsednut nevažnim detaljima. Mislim da ga je to sprečilo da razmišlja o onome što bi drugi klasifikovali kao mnogo važnije detalje.

– Na primer to što njegov brat razmišlja da se odrekne svog života da on ne bi morao da se brine.

Akis je klimnuo glavom. – Možda.

Videla ga je u drugačijem svetlu. Taj momak, koji voli život i smatra da bi život mogao biti najvedrije, najstrastvenije i najuzbudljivije iskustvo ako mu pristupiš svim srcem i dušom i ne brineš se zbog tuđeg mišljenja, takođe je neko ko razmišlja da odustane od svega toga samo da bi se njegov mlađi brat manje uzrujavao.

– Onda – tiho je rekla Kara – ako bih razmislila o tome da ponovo pokušam da pevam, imaš li nešto bolje na čemu bi me pratio od one drevne relikvije.

– Ti to ozbiljno? – upitao je Akis, očigledno ne mogavši da sakrije iznenađenje.

– Pa – Kara se osmehnula – pevanje ne bi trebalo da bude ozbiljno, znaš. To je zapravo samo malo talasanja glasnim žicama.

– Hej! Podsmevaš mi se zbog onog što sam rekao o plivanju! – Isprskao ju je.

Kara je vrisnula i zagnjurila. – Ko stigne poslednji moraće da vozi čamac.

Snažno je zaplivala, ali nedugo zatim on je plivao pored nje i prvi se lestvama popeo na čamac. Ona je stigla zadihana, pitajući se zašto je, dođavola, iznela tu opkladu.

– Imam klavir – rekao joj je Akis. – U svom stanu. Nije u najboljem stanju u poslednje vreme, nije kao onaj u kabareu, ali pripadao je mom dedi. – Zastao je pre nego što je nastavio. – Ako hoćeš, sutra posle blagosiljanja zmija mogli bismo, znaš, zajedno da sviramo i pevamo.

Kara je progutala pljuvačku. Ta rečenica joj je u misli vratila ne pevanje već njegove plesne pokrete na devojačkoj večeri. Ali pomisao na zabavljanje uz pevanje, bez pritiska i očekivanja, bila je uzbudljiva kao to noćno plivanje u zabačenoj uvali.

– Važi – pristala je, klimnuvši glavom.

– Važi?

– Što da ne? Ne mora da bude ozbiljno, kao što si rekao.

– I ne mora da bude Adel. Možeš da me izazoveš.

– Mogao bi da zažališ zbog toga – rekla je Kara.

– Reći ću ti na kraju – odvratio je. – Kad nas vratiš u marinu. Nadajmo se pre nego što lučke vlasti obaveste policiju o razbojništvu.

– Šta? – uzviknula je Kara. – Ali rekao si...

– Šalim se, Kara. Ovo je čamac mog prijatelja. Veruj mi. – Osmehnuo se. – Hajde, pre nego što delfini zaspe.

25.

Kukov klub Krf, Krf

Kari je kosa još malo mirisala na more kad se ujutru probudila. Bila je previše umorna protekle noći te je skliznula među čaršave, udova bolnih od plivanja, leve noge malo natučene od penjanja uz male neadekvatne lestve čamca, a oči su je pekle od premalo sna. Ali nije bilo sumnje da se danas osećala drugačije. Nije mogla tačno da kaže *kako* drugačije, ali definitivno je bilo neke lakoće u njenim mislima iako joj je u glavi obično bilo mutno. A onda je pogledala na levu stranu. Margo nije bila tu. A njena strana kreveta bila je doslovno nedirnuta.

Pogledavši na sat videla je da je skoro osam. Nije mnogo razmišljala o tome što Margo nije bila u sobi kad se vratila. Pretpostavila je da ispija mnogo koktela darujući barmenu priče, ali sad, uz nedirnute čaršave i pošto je prošlo vreme tetkine uobičajene cigarete u sedam, malo se uznemirila.

Posegnula je za telefonom na noćnom stočiću. Pet propuštenih poziva. Svi oko šest ujutru. S nepoznatog broja. Sad se Kara zabrinula. Šta ako je to bila policija? Ili bolnica?

Dok joj je um započinjao anksiozni ples, smakla je pokrivač, pitajući se šta prvo da uradi. Očigledan odgovor bio je da telefonira Margo. Pritisnula je ikonicu za pozivanje, pritisnuvši telefon uz uvo dok je tražila nešto lagano da obuče.

Sledila se kad je čula automatsku poruku na grčkom. Šta je značila? Zašto je jednostavno nije prebacio na govorne poruke? Ovako nešto bi se desilo da joj se istrošila baterija. Koje drugo objašnjenje postoji? Da je Margo izgubila telefeon? Ili da je ukraden?

Nađi moj telefon. Da, Kara će otvoriti tu aplikaciju, koja će joj dati lokaciju telefona.

Navukla je laganu haljinu preko glave dok se aplikacija učitavala. Ako to ne uspe, pozvaće broj s kojeg su je zvali pet puta. Nije želela da radi to. Sigurno postoji razumno, logično objašnjenje, svojstveno Margo, pa će ispasti da je bez razloga paničila.

Kara je poskočila kad je telefon na Margoinoj strani zazvonio. *Recepcija.* Otkotrljala se preko jorgana i zgrabila slušalicu.

– Halo?

– Kara?

Namrštila se. – Akise?

– Da, slušaj, ja...

– Akise, ne mogu trenutno da razgovaram. Pokušavam da nađem tetku i...

– Znam – prekinuo ju je. – Zato te zovem.

– Šta? – Kara se uspravila, usmerivši pažnju na njegove reči.

– Slušaj, dolazim po tebe.

– Šta? Zašto?

– Margo je okej, znaš? Ali je u bolnici.

Kari je srce potonulo kao da ga je neko bacio s vrha najviše zgrade u Londonu. – U bolnici.

Ustala je, gledajući unaokolo u potrazi za onim što će joj možda zatrebati za posetu bolnici. Šta joj treba za to? Zašto je to morala da uradi? Otišla je samo na jedno veče. I šta je značilo „okej"? Modrice i ogrebotine, ili ozbiljno ali stabilno?

– Slušaj me – rekao je Akis, odlučno ali ljubazno. – Dobro joj je. Rekli su mi da je svesna. Govori. Mrsko joj je što je u bolnici, a to je dobro, jer znači da je sve kako treba, da nema neuroloških povreda. Ja sam krenuo tamo motociklom, stići ću brzo koliko mi semafori dozvole, važi? Ne brini. Naći ćemo se ispred.

Ne brini. To je bilo potpuno nemoguće u tim okolnostima. Bila je sebična. Bila je toliko opsednuta sobom i svojim iznenađenjem na svadbi, tako ljuta što je Margo ponovo odlučila u njeno ime ne pitajući je! Ovo je udar sudbine zbog njene nezahvalnosti za sve što je tetka učinila za nju od Moldavije, otkad su njeni roditelji nestali pretvorivši se u nomade, činilo se zauvek.

– Kara – energično je rekao Akis. – Osećam da si zabrinuta. Molim te, nemoj. Sve će biti u redu.

Kari su misli letele, ali morala je da završi taj razgovor, obuje se i spremi da se suoči sa onim što se dogodilo Margo, šta god to bilo. *Dokumenta za putno osiguranje.* Margo se bavila time. Gde li ih je stavila? U svoju tašnu? Kofer?

– Kara, ja krećem. Videćemo se ispred – rekao je Akis.

– Važi – odgovorila je. – Važi.

26.

Krfska bolnica

Dok je stajala na ulazu u odeljenje, Kara se spremila za ono sa čime će se suočiti. Samo nekoliko minuta ranije, Akis je na motociklu odjurio na bolnički parking pa su oboje utrčali u zgradu, on joj je pokazivao put. Ponudio se da uđe s njom na odeljenje, ali ona se prenula pokušavajući da bude organizovana i u sebi se pitala koliko loše može da bude, ako je Margo budna i govori.

– Sestro! Želim da razgovaram s vašim glavnim! Rekla sam vam to pre sat vremena! Engleskog sata, ne grčkog! Zašto me niko ne sluša?

Kara se opustila. To je bila Margo, neučtiva Margo koja se žali. To je dobro.

Zaputila se ka izvoru ljutnje. Međutim, kad je prišla krevetu, uzdahnula je pri pogledu na tetku. Glava joj je bila previjena kao u mumije, na gornjem delu grudi bilo je tragova povrede – krvavih posekotina spojenih kopčama – a na rukama je imala ogrebotine kao da su je pogodili šrapneli. Kako je, dođavola, došlo do toga?

– Margo – rekla je Kara, plašeći se da zvuči previše zabrinuto, da ne zazvuči nedovoljno zabrinuto. – Šta se desilo?

– Ništa naročito. Zašto si uopšte došla? – upitala je Margo optužujućim tonom. – Nadala sam se da će mi skinuti ovu staromodnu glupost s kose i pustiti me da se vratim u civilizaciju pre nego što se probudiš.

– Pa – rekla je Kara, prišavši bliže krevetu. – Sinoć se nisi vratila u hotel, a nisam mogla da te dobijem preko telefona, tako da...

– Trebaće mi nov telefon – izjavila je Margo. – Moj je nepopravljivo oštećen.

– Margo – rekla je Kara. – Molim te, kaži mi šta se dogodilo. Izgleda veoma bolno.

Margo se uspravila, pogledajući ostale pacijente. – Priđi bliže – prošaputala je. – Već sam otkrila da grčki zidovi imaju više ušiju nego engleski.

Kara je prišla tetki najbliže što je mogla, pa se nagnula kao da će joj ova preneti svetske tajne.

– Došlo je do eksplozije – prošaputala je Margo.

– Šta?!

– Kara! Tiho! Ili ti više ni reč neću reći.

– Ali eksplozija! Sigurna si da nisi htela da kažeš zemljotres? – Sudeći po zavojima, Margo je očigledno pretrpela udarac u glavu.

– Mislim da znam razliku između pomeranja tla i nečeg što je eksplodiralo.

– Dobro – tiho je uzvratila Kara. – Šta je eksplodiralo? I gde si ti bila kad je eksplodiralo, šta god da je posredi? Ima li mnogo povređenih?

– Gde sam ja bila nije važno. Ali važno je *šta* je eksplodiralo. – Margo je načas zastala, pa rekla, još tiše: – Bio je to... *maksi-gou*.

Kara je uzdahnula i prinela ruke obrazima, načisto zgranuta. – Šta?

– Priberi se, Kara! Niko ne sme da zna! Baš *niko*! To bi me uništilo. Doslovno.

Kara je zastala pre nego što je odgovorila. – Znam da su rekli da postoji problem u proizvodnji, i zato je proizvodnja trajala duže nego što smo se nadali, ali nisam znala da može doći do eksplozije.

– Molim te, prestani da govoriš „eksplozija“ – naredila joj je Margo.

– Dobro, ali možeš li da zamisliš šta bi se dogodilo da se to desilo u avionu?

– Misliš da nisam razmišljala o tome? To je sve što sam zamišljala od one sekunde kad sam izvukla prvu krhotinu troslojne udobne drške iz zglavka!

– Dobro, šta ćemo da radimo? – upitala je Kara.

– Pre svega nećemo da paničimo – izjavila je Margo, počevši da odmotava prvi sloj zavoja oko čela. – Paničenje je, nažalost, možda deo tvoje prirode, ali meni nikad nije bilo svojstveno i neću mu sad dozvoliti da me obuzme.

– Imaš neki predlog? Kako da popravimo to?

– Nemam predlog – rekla je Margo, vratio joj se jedva primetan osmeh. – Imam plan. Zapravo, *sve vreme* sam imala plan. To je glavni razlog što smo došle ovamo.

Kara je bila zbunjena. – Ali mislila sam da je glavni razlog poziv na venčanje Sofijinog sina.

Margo je odmahnula glavom, tajanstvenog izraza lica. – Sofija me nikad ne bi pozvala na venčanje svog sina. Ona me mrzi. Mrzela me je sve vreme na koledžu, i to se nikad neće promeniti. A da budem iskrena, to osećanje je uzajamno. Međutim, obe smo previše mudre da bismo dozvolile takvim neukusnim osećanjima da se ispreče ispred prilika da napredujemo.

– Sad sam stvarno zbunjena. Dakle, pozvane smo samo zato što je ona nekako došla do tebe kad je Plasido Domingo otpao, a ti si joj rekla da ću ja pevati umesto njega?

– Ha! To ona priča unaokolo? Da je trebalo da peva Plasido Domingo?

– Margo! Pređi na stvar!

– Prvobitno je na svadbi trebalo da peva neko po imenu Simeon Barkastra, ali je, nažalost, baš tužno, morao da otkaže. – Margo je nastavila da odmotava zavoj, koji je izgledao kao da zmija klizi na bolnički krevet.

Sad je Kara shvatila. – Ti si mu *platila* da otkaže! Kako bi mogla Sofiji da ponudiš rešenje u poslednjem trenutku. Mene.

– A ti i ja smo dodate na spisak gostiju – rekla je Margo pobednički. – Stvarno misliš da sam želela da provodim dane isprobavajući vino kojim bih mogla da skinem lak s noktiju? – Frknula je. – Mada sam uživala na devojačkoj večeri.

– Ali šta je to toliko važno u vezi s venčanjem Sofijinog sina da si otišla tako daleko da bi se našla na spisku gostiju?

Margo je uzdahnula. – Neko koga odavno nisam videla. Neko s kim sad moram da se vidim.

Kara je čekala ne dišući.

– Maharadža. Ili, kako ga ja zovem, Radž. – Margo je uzdahnula, a taj uzdah kao da je bio prepun žaljenja. Kari je trebao minut da sabere misli. Nikad nije čula Margo da tako zvuči. Ali i dalje joj nije bilo sasvim jasno.

– On dolazi ovamo – nastavila je Margo. – Na venčanje. Naravno, previše je zauzet da bi učestvovao u tim složenim predceremonijalnim koještarijama, ali on i Sofija su, iako nikad nisu bili u romantičnoj vezi, negovali te prilično čudne odnose najboljih prijatelja, otkako je on shvatio koliko je ona dosadna u seksu.

Kara nije znala šta da kaže na to.

– U svakom slučaju, Radž može da mi pomogne, da pomogne nama. Potrebno mi je da *maksi-gou* doživi uspeh na velikoj sceni. Znam da sam uglavnom osvojila Evropu, ali želim Aziju, Ameriku, Australiju. Radž ima veze po celom svetu, ljude koji trguju zlatom i kriptovalutama kao da igraju *Monopol*. On može da doprinese toj razlici između umerenog uspeha i svetske dominacije.

Kara nije znala da li da se zapanji potezima svoje tetke, ili da se zgrozi nad celom tom nameštaljkom. Ali sad joj je na pameti bilo nešto mnogo važnije.

– Ali, Margo, zar nije *maksi-gou* upravo eksplodirao?

– Ššš! – prosiktala je Margo, napokon dovršivši odmotavanje.

– Izvini – rekla je Kara, spustivši glas. – Ali kako bilo ko da uloži sve svoje zlatne poluge ili bitkoine u nešto što može da sruši avion?

– Zato mi treba investicija, više nego ikad. Da izlečim te dečje bolesti. Znam da je to prepreka koju nisam predvidela dok sam ovo planirala, ali, znaš, pomisli na sve one velike svetske izume; većina ih je završila u krhotinama pre nego što su doživele uspeh.

Sad Kara zaista nije znala šta da kaže. Bila je zgranuta što se cela ta zavera odigravala njoj ispred nosa. Iskoristila je Sofiju da bi došla do nekog ko bi mogao mnogo da uloži u *maksi-gou*, koji je je upravo eksplodirao i povredio je. Onda joj je nešto drugo palo na pamet.

– Margo, jel' *maksi-gou* povredio još nekog?

– Šta? – upitala je Margo, okrenuvši se na bolničkom krevetu kao da pokušava da ustane.

– U eksploziji – prošaputala je Kara. – Jel' još neko povređen?

– Pojma nemam – odvratila je Margo. – Pomozi mi da ustanem iz ovog kreveta. Treba mi džin-tonik!

27.

Kafe *Maron*, Kontokali

– Horejšio, ti si lud! Trebalo bi da budeš u bolnici da te pregledaju, a ne u kafeu.

– Prestani da zuriš u to, Aki. Biću dobro – odgovorio je Horejšio pritiskajući presavijene salvete na povređenu ruku. – Moja baka uvek kaže da lekara treba zvati tek kad ne možeš da prineseš šolju kafe ustima. – Horejšio je pridržavao salvete posegnuvši za kafom, pa podigao šoljicu da nazdravi i prolio malo kafe.

– Koristiš drugu ruku – rekao mu je Akis.

– Zasad – odvratio je Horejšio. – Ali biće dobro za nekoliko dana. Srećom, nemamo predstavu nekoliko dana, zar ne?

– Pa, ja mislim da ti treba ušivanje, i ne znaš da li se nešto zavuklo tu – rekao je Akis, i dalje usredsređen na povredu svog prijatelja.

– Nema više ničeg unutra. Izvukao sam šiljatu potpeticu koja me je rasekla.

Akis je odmahnuo glavom. – I dalje ne razumem šta se desilo.

– Stvarno? – upitao je Horejšio, ponovo pritiskajući ranu. – Sve sam ti ispričao. Prolazio sam pored hotela, video sam onu ženu s devojačke večeri kako se muči s koferom, prišao sam da joj pomognem i odjednom, „bum“!

Horejšiovo prilično poletno „bum“, trglo je jednog gosta privukavši mu pažnju.

– Izvini – rekao je Horejšio, mašući u znak izvinjenja.

– Ali i dalje... – počeo je Akis.

– Znaš li da li je ta žena dobro? – upitao je Akis, ponovo prinevši šolju ustima.

– Zove se Margo – odgovorio je Akis. – A ti to znaš jer si mi rekao njeno ime kad si mi telefonirao da mi kažeš da zovem Karu u *Kukov klub*. Kao što znaš da je ona ovde s Karom.

– Stvarno? – upitao je Horejšio, odmahujući glavom. – Ne sećam se. Možda sam i ja dobio udarac u glavu. Sve se odigralo vrlo brzo. – Spustio je šolju s kafom. – Onda, jel' ona dobro?

– Pa, sudeći po onom što su mi rekli, što sam zatim preveo Kari pre nego što je otišla da vidi tetku, dobro je. Možda je malo kontuzovana, ima poderotine na grudima i rukama, ali ništa što odmor i vreme ne mogu izlečiti.

– Dobro je – rekao je Horejšio, klimajući glavom. – Zato što, znaš, ne bi bilo dobro da išta pokvari plan sedenja na venčanju tvoje majke, zar ne?

Akis je uzdahnuo. – Voleo bih da svi prestanete da ga nazivate planom sedenja moje majke, venčanjem moje majke. To nije venčanje moje majke. To je Kozmosov i Renin dan.

– Anastasija me je zvala na blagosiljanje zmija po podne – rekao je Horejšio.

– Sranje, stvarno? – upitao je Akis.

– Mislim da pokušava da pozove svakog koga poznaje a ko se *ne* plaši zmija, i spisak je veoma kratak.

– To je ionako šašav običaj. Kako će puzenje zmija na mestu održavanja venčanja doneti uspeh toj zajednici?

– Kako će to što ćeš ti postati sveštenik spasti celu porodicu Dijakos i njena buduća pokolenja? – primetio je Horejšio. – Sve je to zapisano, da. Ali ko kaže da se u drevna vremena svi filozofi i pripovedači nisu okupili, potpuno se obeznanili i napisali gomilu sranja?

– Verovatno jesu – složio se Akis, pijuckajući frape.

– U čemu je onda stvar?

– Stvar je u tome što moja majka veruje u nešto od toga, a ostatak sela veruje dovoljno da misli kako bi moja odluka mogla biti rizična za njih i njihove porodice. – Uzdahnuo je. – Jedno je kletva koja se nadvija nad imenom Dijakos, ali nešto sasvim drugo pretnja pošasti koja neće pogoditi samo nas.

– Dakle, to je najnovija taktika? – upitao je Horejšio, odmahujući glavom. – Šta je sledeće? Još jedna stara priča koja kaže da će nastati Armagedon ako ti ne postaneš sveštenik? Kraj sveta za celo čovečanstvo?

Akis je klimnuo glavom. – Moguće je.

– Pa, ti znaš koja je *moja* filozofija – izjavio je Horejšio. – Živi brzo, tako brzo da te posledice nikad ne stignu.

– Život je širok – tiho je rekao Akis, pomislivši na Karu.

– Šta?

– To je nešto o čemu sam s nekim razgovarao... sviđa mi se. – Progutao je pljuvačku pa popio još jedan gutljaj frapea.

– Aki – rekao je Horejšio ozbiljnim glasom kojim nije često govorio. – Znaš šta je ovo, zar ne? To je kao kad su se svi okupili oko Kozmosa iako je *tvoj* prst ležao na zemlji.

Akis je odmahnuo glavom.

– Samo što ti nije oduzet samo prst, oduzeti su ti svi tvoji planovi i karijera. I znao si, u tom deliću sekunde pre nego što ti je brat povređen, šta žrtvuješ.

– Zato što to radiš za ljude koje voliš – odgovorio je Akis, bez oklevanja.

– Slažem se – odgovorio je Horejšio, nagnuvši se napred na stolici. – Ali zar to nije dvosmerno? Već si učinio tu krupnu stvar. Znači treba da nastaviš da ih radiš? Da nastaviš *da odustaješ*? Ako te tvoja porodica voli, zašto ne razumeju da ne želiš to? Zašto im je prva pomisao da se drže neke sumanute priče, umesto da *tebe* zaštite?

Akis nikad nije na taj način razmišljao o tome. Bilo je mnogo istine u onome što je Horejšio rekao. Kozmos nije bio u stanju ništa ni za koga da učini, iscrpljivalo ga je samo vlastito postojanje. Anastasija je uvek bila tu za njega, kao i njegov otac i njegova baka. Ali niko od njih nije bio dovoljno odvažan da se suprotstavi Sofiji.

Telefon mu je zazujao u džepu farmerki, a on je spustio čašu s frapeom i izvadio ga.

– Pitaj šankera imaju li kutiju za prvu pomoć – rekao je Horejšiju. – Ili ću te odvesti u apoteku.

– Lepa promena teme, Dijakose.

Akis je pogledao u poruku na ekranu. Bila je od Kare. Postarao se da razmene brojeve mobilnog kako bi mogla da ga pozove ako joj zatreba prevoz.

Margo navaljuje da izađe iz bolnice. Zvaću taksi da nas vrati u hotel. Hvala na vožnji. Vidimo se kod zmija.

Na kraju je dodala emotikone dve zmije.

– Vidim da se stvar s Karom dobro odvija – primetio je Horejšio.

– Šta?

– Pa, kad smo kod toga, ozario si se na tu poruku, rekao bih da se u tvom životu događa nešto više nego što je to sa svešteničkim pozivom.

– Kutija za prvu pomoć – ponovio je Akis. – Ili ću te možda odvesti kod moje bake.

– Molim te –pozvao je Horejšio šankera, podigavši ruku. – Imaš li zavoj?

28.

Mesto održavanja Kozmosovog i Reninog venčanja, Notos

– O, bože! – uzviknula je Margo. – To je gradilište!

Taksista nije znao tačno kuda u Notos žele da idu, ali je odjednom shvatio kad su pomenule na čije će venčanje ići. Osmehnuo se, klimnuo glavom i rekao: – Kao *Uspavana lepotica*. – Sad je Kara videla zašto. Tačno ispred njih, uzdižući se iznad svega oko sebe osim iznad visokih, tananih čempresa, stajao je dvorac nalik *Diznijevom*. Međutim, izgledao je kao da je još u izgradnji. Tu je bilo radnika u farmerkama i prslucima, neki su radili, drugi su bili na pauzi za cigaretu, a veliki deo pročelja bio je pokriven ceradom. Nije izgledalo kao da je spreman da tog dana bude blagosloven, i osim ako ne urade sve što je u njihovoj moći, neće biti spreman ni za venčanje koje se bližilo.

– Pitam se da li Sofija zna da to ovako izgleda – nastavila je Margo uz priličnu dozu zadovoljstva u tonu.

– Margo, jesi li sigurna da treba da budeš ovde? – upitala je Kara. – Zar ne misliš da bi bilo bolje da se odmaraš? S obzirom na to da si jutros bila u bolnici.

Margo je bila malo nesigurna na nogama, uprkos svom stavu „ponašamo se kao obično“.

– Prestani to da me pitaš. Rekla sam ti da sam dobro. Još bolje sad kad sam videla ovo. Gde mi je telefon? Hoću da slikam.

Zaista je izgledalo vrlo nedovršeno. Od biljaka ostavljenih u saksijama, koje su očigledno bile kupljene za tu priliku, do nezavršenih kupola na vrhu. Nije baš bilo praznik za oči, ništa više od loše spakovane oskudne korpe za piknik.

– O, Kara, hvala bogu, došla si!

Bila je to Anastasija, trčala je poluzavršenom stazom.

– Zdravo – pozdravila ju je Kara. – Opa, ovo izgleda tako... veliko.

Anastasija je podrugljivo odvratila: – Ovo je prava zbrka, jebote, eto šta je. Majka je rastrzana između urlanja na Stavrosa, menadžera projekta, i plakanja ocu Spirosu. – Pažljivije se zagledala u Margo. – Šta se tebi dogodilo? Izgledaš gore od ovog dvorca.

– Veruj mi – odvratila je Margo – da si me videla jutros u osam, pomislila bi da je to kako sad izgledam ravno čudu. Sad me vodi kod svoje majke, tačno znam šta treba da uradim.

– Nisam sigurna da je to pametno – rekla je Anastasija. – Ona pokušava da spreči Renin dolazak, što znači da mora da kaže Kozmosu na šta ovo liči, on će se rasplakati, a majka, naravno, već govori da je to prokletstvo Dijakosovih i...

– Postoji prokletstvo? – upitala je Margo, njeno držanje je nagoveštavalo da se nikad bolje nije osećala, iako je izgledala kao meta u vežbanju gađanja.

– Ovaj – rekla je Kara, značajno pogledavši Margo. – Zašto se ne bismo malo prošetale. – Obratila se Anastasiji. – Možemo li negde u blizini da popijemo kafu? Ili čašu vina? Dok se sve ovo ne reši.

– Mislim da bismo morale da popijemo ceo vinograd da bismo imale vremena ovo da rešimo – primetila je Margo.

– Pa, možda ionako nema potrebe da mi budemo ovde – nastavila je Kara. – To blagosiljanje više zvuči kao porodična prilika.

– O, ne – brzo je odvratila Anastasija. – Morate da budete ovde. Svi glavni gosti na venčanju moraju da budu ovde, ili blagosiljanje neće uspeti.

Kara se namrštila. One su „glavni" gosti? Je li to titula za koju je Margo uspela da se izbori zato što Kara treba da peva na venčanju? Još nikom osim Margo nije rekla da ona to neće moći.

– Dozvoli mi da vidim tvoju majku. Mogu da razgovaram s bilo kim ko je zadužen za ovaj rusvaj i pokrenem stvari. Stručnjak sam kad ljude treba naterati da rade ono što treba da rade, zar ne, Kara?

Zar maharadža nije „glavni" gost? Čovek kraljevske krvi sigurno će sedeti odmah do uže porodice...

– Kara! – dreknula je Margo.

– Izvini, da, da, ti ćeš sasvim pouzdano biti u stanju da popraviš ovo. – Nadala se da je čula dovoljno da može da kaže ono što treba.

– Sofija!

– O ne, to je moja baka – rekla je Anastasija. – Nije trebalo da dođe! Ali izgleda da je otkrila sve ono što nije trebalo da otkrije.

Kara se okrenula da pogleda Irini, koja je pristizala putem vodeći Prase.

– Mislila sam da je ovo blagosiljanje zmija, a ne magaraca – zbunjeno je primetila Margo.

– Slušajte – rekla je Kara, preuzevši stvar u svoje ruke. – Zašto vas dve ne biste ušle u... ovaj... dvorac, a ja ću se postarati da Irini i Prase budu dobro dok se sve ne reši.

– Ne vidim nikakvo prase – primetila je Margo, uhvativši se za glavu kao da brine da je to posledica njene kontuzije.

– Dođi, Margo, možda mojoj majci sad treba neko ko će umesto nje donositi odluke – rekla je Anastasija. – A ko bi to mogao bolje od stare prijateljice.

Kara ih je gledala kako odlaze, želeći da se uveri da Margo sigurno hoda po prilično neravnom terenu, a onda je usmerila pažnju na Irini i Prase.

– *Yassas* – Irini ju je pozdravila. – Je li Akis ovde?

Prase je protrljao glavu o Karino rame i umalo je nije oborio.

– O ne, nije. Još nije stigao. Mi smo malo poranile i...

– Pogledaj ovo! – rekla je Irini podigavši ruke uvis kao da priziva nebesa. – Nikad nisam videla nešto tako ružno. Hoću da kažem, pogledaj sve te gromade sivih blokova. Šta to treba da bude? Zatvor?

– Mislim da bi to zapravo trebalo da bude dvorac – rekla je Kara. – Sigurna sam da će biti mnogo... bajkovitije mesto za venčanje kad bude završeno.

– Jedini način da to izgleda bolje jeste da ga sravne sa zemljom kuglom za rušenje i vrate sve ono posečeno drveće!

Kara je progutala pljuvačku. Posekli su drveće da bi izgradili ovo? Njena majka bi se, da je tu, lancima okovala za tu građevinu i protestovala bi. A ni Kari nije baš bilo po volji. Krf je tako zelen i divan, ima obilje maslina, smokava i badema. Taj „dvorac" je krajnje neprimeren na tom mestu.

– Sofija misli da sam za sve ja kriva – nastavila je Irini, malo se oslonivši na Prase. – Kad je bila mlada, nismo imali mnogo, a ona je žudela za svime što nismo imali. – Odmahnula je glavom. – Ali ovo... ovo je van pameti.

– Jaja, *perpátises*?

Bio je to Akis koji je upravo stigao.

– *Ne, epeidi boró* – odvratila je Irini.

– *Signomi*, Kara – rekao je Akis, okrenuvši se ka njoj. – Pitao sam baku da li je peške došla ovamo.

– A ja sam rekla „jesam, dok mogu".

– Dobro – odvratila je Kara. – Pa, postaje mi vruće ovde na suncu i nisam sigurna da smemo da budemo blizu...

– Bog te mazô! – uzviknuo je Akis, kao da je tek sad primetio građevinu ispred njih. Prase je zanjakao odobravajući.

– Da! Sva govna s nebesa su se sručila na to mesto gde smo nekad tvoj deda i ja plesali – rekla je Irini, odmahujući glavom. – Meni je uvek izgledalo tako čarobno.

Bilo je tuge u staričinom glasu, Kara ju je gledala kako posmatra čas građevinske radove, čas drveće, čije su se grane njihale na laganom vlažnom povetarcu.

– Hajde, idemo u hlad – Akis kao da je obema rekao. – Ja idem da saznam šta se dešava.

– Događa se – rekla je Irini – da neki ljudi ovde odlučuju kad da podrže bogove. Sofija je toliko opsednuta prokletstvom Dijakosovih da ne mari što gazi po Panu, bogu šuma.

Kara je spustila ruku starici na nadlakticu.

– Vratiću se – rekao je Akis, odlazeći.

29.

– Ti! Zašto jedeš šta god da je to kad bi trebalo... šta ja znam... da radiš nešto s tim čudom? – Margo je prekorevala radnika pokazujući na alat ostavljen na zemlji.

Akisu je sve bilo jasno. Unutrašnjost tog utvrđenja bila je gora od spoljašnosti. Nije bilo ničeg osim golih podova i golih zidova, skeleta zgrade, i koliko god da naporno nastave da rade, nije bilo načina da se to utegne do venčanja.

– Ovo mi je ručak – odgovorio je radnik. – A onda će biti sijesta.

– Sijesta! – prosiktala je Margo. – Nećeš imati jebenu sijestu kad ovaj dvorac izgleda kao zatvor Beng Kvan! Kaži im, Sofija!

Akis je pogledao u majku. Na sebi je imala beli kostim s pantalonama, koji je sad bio daleko od čistog. Tamni tragovi prašine s jedne strane sakoa, pantalone isprskane bojom, a njena obično elegantno začešljana frizura bila je rasturena, pramenovi kose bežali su iz nje. Ali izraz na njenom licu bio je ono što je Akisa najviše pogodilo. Izgledala je izgubljeno, očajno, van sebe...

– Mama, šta se ovde događa? – upitao je.

Sofija se okrenula ka njemu, suze su joj lile iz očiju. Gledao ju je kako ih brzo briše rukavom sakoa, dodajući maskaru mešavini mrlja. – Treba da... vidimo šta je najvažnije, rekla bih. Ja odlučujem šta je najvažnije, a Margo pomaže.

– Mama – rekao je Akis. – Ovo mesto neće biti spremno za Renino i Kozmosovo venčanje.

– Mora biti spremno! Rekli su da će biti spremno! Dolazila sam da vidim pre dve nedelje i bilo je *bolje* nego sad, a juče sam razgovarala s predradnikom koji mi je rekao da sve drži pod kontrolom!

– Mama, on drži pileći suvlaki obema rukama dok razgovara s tobom.

– Molim vas, ja sam ovde! – doviknuo je čovek sa žutom kacigom.

– I trebalo bi da radiš! Ne da slušaš o čemu ljudi razgovaraju! Iš! – Naredila mu je Margo, pljesnuvši rukama i oteravši ga ka nekim vrlo klimavim stepenicama koje su vodile na sprat.

– Bila sam tako zauzeta. Bavila sam se cvećem, tortom i vinom, Reninom haljinom, kojom još nisam sasvim zadovoljna, čokoladnom fontanom, zavetima – ni njih još nisu završili – deverušama, kojima se, kad smo kod toga, svima promenila figura. – Duboko je udahnula jer je ostala bez daha. – Osim toga, ne spavam jer stalno mislim o kletvi! A kad sam stigla ovamo, videla sam ovo i pomislila: bogovi znaju. Znaju da nećeš postati sveštenik pre tridesete i spremni su da sruče svoj gnev na ovaj događaj, kao najavu onog što dolazi.

Onda je Sofija vrisnula tako glasno da je Akis zapušio uši, dok je tiropita – pita sa sirom – koju je jedan radnik držao u ruci, pala na zemlju.

– Zaboga! – prodrala se Margo stavivši ruku Sofiji preko usta ne bi li prekinula buku. – Priberi se! Izgubila si svako dostojanstvo i pristojnost, a uvek si bila dobra u tome, moram priznati. – Margo je pogledala u Akisa. – Jel' ona često ovako?

– Nikad – odgovorio je Akis.

– Dobro, onda – rekla je Margo, okrenuvši se ka Sofiji. – Dosta je ovih budalaština. Niko nije umro, zar ne? Mada, ako radnici ne počnu da rade svoj posao, ne obećavam da će zadugo ostati tako. Posebno mislim na tebe. – Pogledala je u čoveka koji je ispustio svoju hranu. – Sad ću se skloniti, a ti ćeš, Sofija, duboko udahnuti. Važi?

Akis je posmatrao svoju majku kako isprekidano diše, suze su joj i dalje navirale na oči.

– Dobro, Margo, možeš li nas malo ostaviti nasamo?

– Naravno – odgovorila je. – Naći ću nekog na ovom mestu ko zaista zna kako se koristi ovaj alat i ko će se pokrenuti.

Čim je ona otišla, Akis je spustio ruku majci na rame. – Mama, Ren i Kozmos se ne mogu venčati ovde.

– *Moraju* se venčati ovde! Ceo događaj je planiran oko tog dvorca i...

– Mama, pogledaj ovo. Vreme potrebno da se postigne ono što želiš...

– Ponovo ću se rasplakati – rekla je Sofija.

– Niko više neće plakati danas. Važi? – Spustio joj je drugu ruku na rame.

– Aki, tvoj prst – zavapila je Sofija. – Htela sam da kažem, zašto je...

– U redu je – odgovorio je Akis, znajući da ona govori o pocrveneloj koži. – Pocrveni kad predugo vozim motocikl.

Sofija je odmahnula glavom. – Zašto Kozmos mora *sad* da se ženi? Hoću da kažem, ove godine, u ovo doba, kad kletva visi nad nama.

– Zato što je zaljubljen. Zato što želi da bude najbolji muž Ren. Zato što želi da zasnuje porodicu. Zato što pomisao na tu kletvu ne sme da određuje šta i kad porodica radi. Mnogo je razloga.

– Ali... – počela je Sofija, prišavši lučnom prozoru s kojeg je kapao nekakav rastvor. – Važno mi je da bude savršeno. A sad ne može biti savršeno.

– Mama, biće savršeno zato što je najvažnije što se Ren i Kozmos venčavaju. Gde god da bude venčanje – rekao je Akis. – Sećaš li se da je u početku Ren želela da se uda na plaži?

Sofija je podrugljivo rekla: – Sećam se i da je htela da se uda okružena pticama, ali nisam želela da se svi, elegantno obučeni, vuku uz obalu jezera Korision.

– Ali zar to – pitao je Akis, stojeći pored nje, zagledan u šumu – mora da bude razmetljivi dvorac?

– Imam ugled koji moram da sačuvam – rekla je Sofija plačnim glasom. – Ja imam najbolje. Od svega. Uvek.

– Ali, mama, to nije tvoje venčanje. Kozmosovo i Renino je. – Ponovo joj je umirio ramena, gledajući je u oči. – Mislim da se usredsređuješ na ono što je najmanje važno.

Sačekao je malo da ono što je rekao dopre do nje, nadajući se da će to nešto promeniti.

– Dobro – rekla je Sofija jedva čujnim šapatom.

– Dobro?

– Pretpostavljam da moram da nađem kompromis. Razgovaraću sa Stavrosom. Videću šta može da se obaveže da će završiti i, ako se dogovorimo s fotografom da slika iz određenih uglova, onda...

– Mama. Ne. Treba da odustaneš od ovog mesta. Zaboravi ga. Razgovaraj s Kozmosom i Ren o tome šta oni žele.

– Ne mogu to – rekla je Sofija, preplašeno razrogačivši oči. – Zato što je venčanje blizu! Gde bismo drugde mogli da nađemo nešto slično što...

– To nije *moje* venčanje, mama – prekinuo ju je Akis. – Treba da razgovaraš s Ren i Kozmosom.

Duboko je udahnula, kao da i dalje razmišlja o tome da li je on u pravu. Naposletku je klimnula glavom.

– Dobro – rekao je Akis, uzmakavši za korak.

– Ali, ako budem razgovarala s Ren i Kozmosom – nastavila je Sofija – hoćeš li ti meni nešto da učiniš? Hoćeš li da razgovaraš sa ocem Spirosom? Samo mu dozvoli da ti malo priča o životu sveštenika. Sigurna sam da nije kao što ti misliš i...

Postojao je samo jedan odgovor koji je Akis mogao da joj pruži. Duboko je udahnuo. – Ako ti budeš razgovarala s Ren i Kozmosom o tome šta oni *zaista* žele za svoje venčanje, onda hoću, razgovaraću sa ocem Spirosom.

– O, Aki! – uzviknula je, obavivši ruke oko njega i čvrsto ga zagrlivši.

Odvojio je trenutak da se priseti kako to izgleda kad je njegova majka ponovo ponosna na njega, ujedno se zapitavši koliko će još moći da izdrži u središtu te nedoumice u pogledu kletve.

30.

Akisov stan, grad Krf

Tog dana je bilo tako vruće u gradu da su svi potražili hlad velikih nadstrešnica oko kvarta Liston, gde su Kara i Margo sedele svog prvog dana na ostrvu. Činilo se da je i golubovima vrućina dok su se ona i Akis vozili tuda na njegovom motociklu, jureći uskim uličicama koje kao da su bile deo neke čarobne igre s lavirintom. Igre koja je uključivala i saginjanje ispod prostrtog rublja i izbegavanje uličnih mačaka. A onda su se zaustavili na kraju jedne uličice, ispred zgrade boje terakote sa zelenim kapcima. Kad su sišli s motocikla, Akis je gurnuo odškrinuta stara drvena vrata, i zakoračili su u ulaz popločan mermerom.

– Ja sam na poslednjem spratu, a bojim se da je lift u kvaru – objavio je Akis, zaputivši se ka mermernom stepeništu.

– Koliko ima spratova? – upitala ga je Kara, već osećajući kako joj znoj curi niz leđa.

– Pet – rekao je. – Ali možemo polako.

Počeli su da se penju.

– Htela sam da te pitam, tamo u Notosu, da li ti je baka dobro – rekla je Kara. – Gadno je kašljala.

Uzdahnuo je. – Ona je od onih koji ne priznaju da im nešto fali. Pati od grudobolje, ali, znaš, neće ništa da preduzme, samo pije čaj zaslađen medom, a kad bih joj predložio da ode kod lekara, gađala bi me papučom.

– U jednom trenutku sam pomislila da će tvoja majka gađati predradnika nečim gorim od papuče – rekla je kad su stigli na prvi sprat.

– Majka će zapravo razgovarati s Kozmosom i Ren o tome šta oni žele za svoje venčanje. Možda je to nešto što je trebalo da uradi na samom početku priprema, ali s mojom majkom ti je kao s brzim vozom koji juri ka odredištu.

– Kao i s mojom tetkom – složila se Kara.

– Šta se dogodilo tvojoj tetki? Hoću da kažem, znaš li šta je izazvalo nesreću?

– O – izustila je Kara. – Zapravo... ne znam. Nije baš bila u stanju da mi opiše detalje.

Progutala je ogroman osećaj krivice što mu nije rekla istinu. Akis je bio tu, vodio je u svoj stan da bi joj pomogao da oslobodi glas, a ona ga je slagala. Ali znala je da *niko* ne sme da sazna za *maksi-gou*. Bile su to okolnosti koje su mogle da im unište posao.

Duboko je udahnula jer je penjanje uza stepenice počelo da uzima danak. – Ima li još mnogo stepenica?

Nasmejao se. – Skoro smo stigli. I samo da znaš, lift nikad nije ni radio.

Trebalo im je još nekoliko minuta da stignu do vrha, ali onda su se napokon zaustavili ispred prilično skromnih vrata. Na zvonu je bila nalepnica na kojoj je pisalo Spirodula.

– To je prethodni stanar – rekao je Akis, uperivši prst u to ime. – Sve sam pokušao da ga skinem, čak da uklonim celu tu stvar, ali neće da ode.

Kara se nasmejala. A kad je gurnuo ključ u bravu i otvorio vrata, dah joj je zastao od onog što je bilo unutra.

Svetlo je dopiralo kroz četiri velika prozorska krila preplavljujući prostor od zida do zida, stare drvene podne daske i vrlo malo nameštaja – sofu i glomaznu fotelju, stočić i urednu čajnu kuhinju s jedne strane. Na drugom kraju sobe stajao je crni pijanino s kojeg se pomalo ljuštila boja.

– Dođavola! Jutros sam zaboravio da navučem kapke. Ovde je kao u pećnici. – Pošao je ka prozorima.

– Ne, ne zatvaraj kapke – rekla je Kara, zakoračivši u taj prostor. – Možemo li umesto toga da otvorimo prozore? O, ovo su vrata i... o, imaš balkon.

– Možemo da otvorimo vrata i prozore – složio se Akis. – Ali kakvo je ovde vreme, verovatno će biti još toplije nego što je sad.

– Ne smeta mi – odvratila je Kara. – Želim sve da vidim.

Akis je otvorio vrata, a Kara je istog trena izašla na balkon. Pogodila ju je vlažnost u vazduhu, ali pogled je bio zadivljujući. Bio je to pogled odozgo na ono kroza šta su se provezli, na taj divan grad i svu njegovu slavu. Videla je krovove i zvonike crkava, ljude kako idu za svojim poslom noseći frapee, grupe tinejdžera oko klupa s rancima koji su im poskakivali na leđima, svuda je bilo boja, od jarkozelenog drveća, narandžastih i ružičastih cvetova, do plavog neba bez oblačka. Duboko je udahnula i jednostavno se divila svemu tome.

– Mnogo je turista – primetio je Akis kad je stao pored nje i naslonio se na gvozdenu ogradu.

– Divno je ovde – rekla je Kara. – Nimalo nalik Londonu. Ovde vidiš užurbanost, čuješ užurbanost, a ipak osećaš spokoj.

– Ah – odvratio je Akis – to je zato što ne živiš ovde. Svi se osećaju spokojnije kad su negde privremeno.

– Ne – rekla je Kara. – Ne bih rekla da je to. Mislim da je posredi energija mesta. Ovde je jednostavno opuštajuća.

– Znaš – uzvratio je Akis – ako ostavimo otvorene sva vrata i prozore, drugi će lakše čuti muziku.

– Znam – odgovorila je Kara. – Ali niko ne može da nas vidi ovde.

Posmatrao ju je kako gleda dole u grad koji je tako dobro poznavao, mesto na koje je odlučio da se preseli da bi se sklonio iz klaustrofobičnog Notosa i života u porodičnom domu. Bilo je to svega nekoliko kilometara, ali on se osećao kao da je na drugoj planeti.

A ono što je Kara upravo rekla o tom gradu kao da niko nije primećivao. Upravo tako je bilo njemu posle nesreće. Kad je shvatio da sviranje na klaviru nije potpuno nemoguće, nije želeo da ljudi vide, samo je želeo da čuju. Kad bi ga samo čuli, ne bi znali da je on drugačiji, niti bi pravili pretpostavke, sve bi se svelo samo na muziku.

– Jel' te to najviše brine u ponovnom pevanju? – upitao ju je, pogledavši je.

Klimnula je glavom. – Misliš da je to šašavo, zar ne?

– Ne – odmah je rekao. – Mislim da i te kako ima smisla. – Ćušnuo je po ruci. – Hoćeš frape?

– Volela bih, ali s malo mleka, nije dobro za glas.

Osmehnuo se. – Ah, ali sviraćemo i pevaćemo iz zabave, ne pridržavajući se pravila.

– Dobro – odvratila je.

Nije mu dugo trebalo da napravi napitke, a onda je podigao poklopac na starom klaviru, dirki malo požutelih od godina. I dalje je mirisao na dve stvari: na maslinovo drvo, jer je godinama stajao u Irininoj šupi pored ogreva za zimu, i na pepermint bombone. Najsnažnije sećanje bilo mu je na dedin omiljeni slatkiš, koji je uvek imao pri ruci, vadio ga iz džepova ili kredenca i nesebično delio.

– Sjajan je – rekla je Kara, prišavši klaviru i prešavši rukom preko njega.

Odsvirao je nekoliko akorda. – A i dalje vrlo dobro zvuči.

– O bože, da. Taj ton.

– Onda – rekao je. – Od čega želiš da počneš?

Popila je gutljaj frapea kao da se duboko zamislila. – Možda od početka. Bila je ta pesma koju mi je mama pevala kad sam bila mala. Nana ju je naučila, ujedno i jedna od prvih pesama koje sam ja naučila napamet.

– Da čujem – rekao je Akis, izvukavši stoličicu i spustivši se na nju.

– To je „Son of a Preacher Man“ od Dasti Springfild.

– Ha! – uzviknuo je Akis. – Sad me zavitlavaš! Hoćeš da lažni đakon, čovek čija porodica želi da on postane sveštenik, svira pesmu o propovedniku.

Gledao je Karu kako prinosi ruke licu, užasnuta. – O bože! Nisam razmišljala! Mnogo mi je žao.

Tad se nasmejao i odmahnuo glavom. – U redu je, stvarno. Ali ne znam tu pesmu. Daj mi trenutak. – Izvadio je telefon, otključao ga pa joj ga pružio. – Imam *Spotifaj*.

– I tako možeš da je naučiš? – zazvučala je iznenađeno.

– Šta da ti kažem? Imam dara za to.

Posle drugog slušanja, odsvirao ju je besprekorno.

Pogledao ju je. – Onda, kad god budeš spremna?

– Da – uzdahnula je Kara. – U tome je problem. Ne znam da li ću ikad biti spremna.

– Dobro, nema problema – rekao je Akis. – Ja ću pevati s tobom.

– Stvarno? Umeš i da pevaš?

– Ne kao ti – odgovorio je. – Nimalo kao ti. Ali, znaš, biće zabavno. Ne toliko za moje susede, ali Stamatis je prestao da radi noćnu smenu, što znači da ne spava i... – Pogledao je na sat. – Sijesta je skoro završena.

– V-važi – rekla je Kara.

– Samo iz zabave, a? – Široko se osmehnuo. – I mnogo zabavnije nego što bi bilo ono sa zmijama da se dvorac ne raspada.

Osmehnula mu se. – Važi.

– Važi, idemo.

31.

Kara je zažmurila držeći poslednji ton, osećajući kako joj svako vlakno u telu treperi. Taj osećaj je bio prirodan koliko i neobičan, kao da je to divna rutina koju je zaboravila i kojoj treba da se vrati. Otvorila je oči... a onda je čula tapšanje.

Akis je ustao sa stoličice i izašao na balkon.

– Mnogo je ljudi, Kara – objavio je. – Na drugim balkonima i dole na ulici, gledaju uvis.

Progutala je pljuvačku. *Njen najgori strah.* Ljudi žele da je gledaju. Pokušala je da ublaži prazninu u stomaku, talase straha koji su joj pretili. Ali tu je bila bezbedna. Niko nije mogao da je vidi. A ljudi su uživali u njenom glasu. To je bilo dovoljno.

– Hej – rekao je Akis vraćajući se u sobu. – Znaš, niko ne može da te vidi iako mogu da te vide.

– Šta? – uzvratila je Kara. – To nije istina.

– Istina je. Misliš li da sam kad plešem na sceni baš na sceni, da razmišljam o publici?

– Zar nisi?

Odmahnuo je glavom. – Ne, naravno da nisam. I ne verujem da si ti uvek ti kad pevaš. Zato što te muzika pokreće, zar ne? To je najvažnije u muzici. Podiže te s mesta na kojem se nalaziš i nosi te u drugo vreme, na drugo mesto, kad si bila srećnija, kad si bila tužnija, kad si se osećala pomalo seksi.

Progutala je pljuvačku. Što je više vremena provodila s tim smešno zgodnim momkom koji je imao drugačije poglede na život, izgledao joj je sve zavodljivije.

– Dobro – rekao je Akis. – Mislim da moram da ti pokažem šta sam hteo da kažem. – Uzeo je telefon s klavira, stavio ga u džep farmerki, pa s police uzeo nešto što je ličilo na zvučnik. – Dođi.

* * *

– Dobro, treba mi klupa, rekao je Akis kad su izašli u grad, nedaleko od Trga Spijanada. – Moped, da, ovaj je dobar. Svetiljka. Dobro, ovamo.

– Nemam pojma šta radiš – rekla je Kara.

– Dozvoljavam ljudima da me vide, a da me ne vide – izjavio je. – Ali trebaju nam ljudi. – Iznenada je skočio na klupu savivši šake oko usta i uzvikujući nešto na grčkom, a onda na engleskom.

– Dođite! Pogledajte delić nove seksi predstave u Kafe-teatru *Iskejp* u petak! Potpuno besplatno! Upravo sad!

Da je uradio tako nešto u Londonu, Kara zna kakve bi mu poglede upućivali, ali tu su ljudi izgledali zainteresovano, usporavali su, zastajali i čekali.

– Dobro – rekao je Aksi. – Prošao sam samo pet puta kroz ovo, i nijednom nije bilo sasvim kako treba, ali nije to poenta vežbe. Sad sedi tu pa... da proverimo da li ti ili bilo ko drugi možete da me vidite.

Nekoliko trenutaka kasnije začula se muzika, pulsirajući bas dopirao je iz zvučnika koji je postavio ispod drveta. Kara je odmah prepoznala pesmu. „Under the Influence" od Krisa Brauna, a kad je Akis počeo da se kreće bila je potpuno opčinjena. Publika se uvećavala dok je on pravio špage, izvijao se i puzao po tlu, s lakoćom se podižući sa zemlje, dočekujući se na ruke i vraćajući se na tlo. Nije mogla da odvoji pogled od njega, bio je zadivljujući na svaki način i bilo je očigledno da svaka osoba u toj slučajno okupljenoj publici misli isto.

Odbacivši se o klupu, Akis je napravio salto u vazduhu pre nego što je preskočio moped pa se uhvatio za stub svetiljke kao da je scenska šipka, a onda se snažno zavrteo oko nje. Ponovo je stopalima dodirnuo zemlju, klizeći tamo-amo, njišući kukovima, sa svim detaljima koje je pokazao u predstavi povodom devojačke večeri. Ali ovo je bilo nekako drugačije. Bilo je autentičnije, manje je ličilo na isplaniranu rutinu, i dok je i dalje gledala, primetila je da koliko god je publika zanesena, on ima oči samo za nju. Uzdrhtala je uprkos vrelini, srce joj je tuklo pod grlom.

I uz poslednje „pop i lok" reperske pokrete, ples je bio gotov.

Karin osećaj mogao se opisati samo kao ushićenje nakon najboljeg seksa u životu. Malo se ispravila, pokušavši da se pribere. Progutala je pljuvačku dok je gledala kako Akisu tapšu, a zatim kako on skida majicu, briše se njome i prilazi joj.

– Onda, ovo bi bilo te vide, ali zapravo ne vide – rekao je, malo zadihan.

– Nisam sigurna da mi je iole jasnije – priznala je. – Hoću da kažem, bilo je neverovatno, naravno, i bilo je ljudi koji su te gledali i nisu mogli da misle ni na šta drugo osim na ono što vide.

– Da – rekao joj je. – Ali... to nije stvarno bilo tu.

Namrštila se. – Ne razumem.

Osmehnuo se. – U svojoj glavi – rekao je, dodirnuvši obrvu – i dalje sam bio u svom stanu, razmišljao sam kakav je osećaj slušati te kako pevaš. – Duboko je udahnuo. – Jedina osoba koja je mogla da me vidi bila si ti.

Plimni talas strasti snažno je zapljusnuo Karu, utroba joj se uvila kao da će uskoro blagosiljanje zmija. Ona ga *jeste* videla. I uprkos svima koji su stajali unaokolo, ona je bila jedina koju je pustio da mu se približi.

Stavio je ruke na njene, taj dodir je bio tako vreo i silan da je pomalo očekivala da vidi varnice u vazduhu.

– Ljudi mogu istinski da te vide samo ako im to dopustiš – prošaputao je Akis.

Progutala je pljuvačku dok se utapala u tim očima, a onda joj je pogled pao na njegove usne. Te usne koje su jednom već umalo oprljile njene. Šta je to među njima? Okolnosti, ili možda sudbina koja ih je spojila, njihova povezanost ih drži tu. Zapravo se nikad ranije nije tako osećala.

Ustao je, pustivši njenu ruku.

– Dobro, trebalo bi da odnesem taj zvučnik da ga neko ne uzme – rekao je, odmakavši se jedan korak od klupe.

– O da, da, trebalo bi.

Gledala ga je kako odlazi, imala je osećaj da ne odlazi na samo jedan način.

32.

Kukov klub Krf

– Kasni – rekla je Margo pogledavši na sat.

Kara i Margo su sedele na tremu ispred glavne hotelske zgrade, ispred njih je stajao bokal belog vina. Čekale su Sofiju, zbog nečeg što je Kara saznala da je njena tetka organizovala tek kad ju je Akis vratio u hotel. Izgleda da je u tom poverljivom razgovoru trebalo da sakupi više informacija o maharadži sad kad su okolnosti s *maksi-gou* koferom postale „zapaljivije".

– Pa – rekla je Kara – ona planira venčanje, a propast s dvorcem zaista je bila previše.

Margo se zakikotala. – Bilo je strašno, zar ne? Šta li je mislila?

Kari se nije svidelo Margoino očigledno likovanje nad događajima. Na kraju krajeva, to je Renin i Kozmosov poseban dan, i teškoće nikome ne bi trebalo da budu zabavne.

– Jesu li odlučili šta će umesto toga? – upitala je Kara, pa popila malo vina, zavalivši se na stolici.

– Da, ti si ponovo otišla, zar ne? S plesačem? – rekla je Margo znalački je pogledavši.

– On je zapravo pijanista – ispravila ju je.

– Kladim se da jeste. – Usledio je sarkastičan smeh. – Pa, još ne znaju šta će da rade, ali izgleda da nevesta i mladoženja imaju neke predloge. Budući da sam ih oboje upoznala, pretpostavljam da će, ako *ona* bude poželela da se venča u polju punom cveća, *on* uraditi sve što ona želi pod uslovom da ne mora da razmišlja.

– Margo! – uzviknula je Kara.

– Iskreno, kad Radž bude video onu seosku žabokrečinu u kojoj ona živi, rezervisaće sobu ovde u *Kukovom klubu.*

– Stigla je – rekla je Kara, ispravivši se na stolici i zadenuvši kosu za uši. Videla je Sofiju kako se u holu približava vratima koja vode na terasu.

– Dobro – rekla je Margo. – Kao i u svim pregovorima koje smo zajedno vodile, ti ćeš biti ona tiša, naklonjenija, a ja ću biti...

– Zlica – odgovorila je Kara.

– Sofija – rekla je Margo, ustajući.

– Margo – pozdravila ju je Sofija. – Bože! Šta ti se dogodilo? Jesi li bila takva i ranije kad sam te videla?

– Zapravo jesam, mala nezgoda s klima-uređajem, nisam htela da dižem frku jer je hotel divan. U svakom slučaju, ti si ranije morala da misliš na druge stvari.

– Da – rekla je Sofija uz uzdah, utonuvši u praznu stolicu. – Zdravo, Kara.

– Zdravo, Sofija. Daj da ti sipam vina.

– *Efharisto poli* – zahvalila joj je Sofija.

– Onda – rekla je Margo. – Jesi li uspela da nađeš drugo mesto za venčanje?

Sofija je odmahnula glavom. – Ne baš. Pokušala sam da razgovaram s Ren, ali njena majka je tu, kao što si videla, a ona hoće da se uključi kao da ovo nije zemlja mog sina i venčanje mog sina.

– Potpuno te razumem – izjavila je Margo, klimajući glavom kao najumniji mudrac.

– Ovako kasno nećemo moći da obezbedimo nijedan od najboljih hotela, iako sam pokušala da privolim ljude koje poznajem da razgovaraju s ljudima koje poznaju i rezervišu nam nešto što i nije baš tako sigurno.

– Hmmm – odvratila je Margo. – Para vrti gde burgija neće, ako ih imaš dovoljno da se rasipaš.

– Pa, nažalost – rekla je Sofija ljuljuškajući vinsku čašu – moj muž kaže da nema više trošenja. Kad bi samo znao koliko sam *stvarno* potrošila.

Margo se nasmejala. Sofija se nasmejala. A Kara se zapitala kako je njen život stigao dotle.

Onda je pomislila na Akisa. Kad su se posle plesa vratili u njegov stan, ponovo su pevali. Počeo je s njom kao prvi put, ali onda je ona preuzela vođstvo, a on je samo svirao. Sa svakom pesmom koju su zajedno izveli njeno samopouzdanje je raslo. I nije se osećala kao ranije, kad se borila za ugovor za snimanje, kad je znala da će se noću buditi zabrinuta da nije uradila dovoljno vokalnih vežbi, moleći se da bude dovoljno dobra da uspe. Osećala je toplinu, bilo je divno, razigrano i zabavno, kao da nije važno šta peva, jedino je važna bila radost koju joj je pružao svaki ton.

– Može li Radž da pomogne? – upitala je Margo, držeći se za ivicu stola. – Radž kojeg se ja sećam imao je svega u izobilju, od testosterona do *gučija*. Sigurno bi mogao da pomogne s malo... – Margo je spustila glas – „narukvica“, da se tako izrazim.

– Nisam sigurna da bi to bilo prikladno – odgovorila je Sofija.

– Mogla bi da nazoveš to predvenčanim poklonom.

– O pa, Radž je već poslao veoma velikodušan poklon. Zlatnog majmuna.

Kara je morala brzo da proguta gutljaj vina da se ne bi zagrcnula.

– U njegovoj regiji zlatni majmun simbolizuje zdravlje, bogatstvo i plodnost – objasnila je Sofija.

– Opa – rekla je Margo. – Trostruka dobit. Ali zašto je unapred poslao poklon? Zar je pretežak da bi ga nosio u prtljagu? Koliko se sećam, uvek je leteo privatnim avionom.

– Šta? – uzvratila je Sofija.

Kara je imala veoma loš predosećaj u vezi s tim.

– Pa zašto Radž ne bi doneo svog zlatnog majmuna sa sobom, kad dođe na venčanje? – upitala je Margo.

– O, Radž ne može da dođe na venčanje – rekla je Sofija, kružeći prstom po rubu svoje vinske čaše.

Kara je videla kako je Margo nestala sva krv iz lica. Izgledala je lošije sad nego neposredno nakon nesreće. A Margo nikad tako ne otkriva raspoloženje. Nešto nije bilo kako treba. A dok ne sazna šta je posredi, Kara će morati da uskoči, ako ništa drugo, bar da pokrije Margoino ćutanje.

– O, baš šteta – rekla je Kara, uzevši bokal i dopunivši Margoinu, zatim i Sofijinu čašu – što vas troje ne možete da se okupite i razgovarate o koledžu.

– Pa – uzvratila je Sofija – mislim da smo otad svi u velikoj meri napredovali. Koledž je bio tako davno, kao da je u nekoj drugoj stvarnosti.

– Je li Radž zauzet svojim... kraljevskim... obavezama? – upitala je Kara. – Nemam pojma šta maharadže rade. – Nasmejala se, taman koliko treba.

– Zapravo je trenutno u Grčkoj zbog posla – odgovorila je Sofija. – Na Santoriniju. Ali pre venčanja će otputovati u Dubai.

– O, opa, Santorini – rekla je Kara. – Oduvek želim da ga posetim. Izgleda tako divno na *Instagramu*. Kako se zove ono mesto s kojeg svi posmatraju suton? Znaš, mesto sa svim onim belo okrečenim hotelima u kojima iz spavaće sobe ulaziš u bazen?

– Misliš na Oju – odvratila je Sofija. – Da, Radž je sad tamo.

– Blago Radžu – rekla je Kara. – Nego, Margo, da pokažemo Sofiji jelovnik preko aplikacije, pa da naručimo neku hranu?

– Da – zakreštala je Margo, oživevši dovoljno da može da progovori. – Da, to je dobra ideja. Ali dok Sofija gleda jelovnik, mi moramo da proverimo s Mariosom da li je stigla ona specijalna isporuka.

– Bože, da – odvratila je Kara ustajući. – Da, u pravu si. Sofija, evo aplikacije na mom telefonu. Ako možeš da nas izviniš, samo na sekund.

Brzo su ušle u hotel zamakavši izvan vidokruga svoje gošće.

– On ne dolazi, jebote – Margo je ogorčeno prasnula. – Posle svega što sam uradila.

– Ali znaš gde je – rekla je Kara. – Sigurna sam da ti ne treba mnogo da otkriješ u kojoj je vili odseo.

– I dalje imam svoje veze u MI5 – složila se Margo, klimajući glavom.

Bilo bi čudno da nije bilo potpuno istinito da je Kara nikad nije ništa pitala u vezi s tim.

Margo je nastavila. – Pozvaću Tonija da vidim šta možemo da saznamo. U međuvremenu ću da nam rezervišem let.

– Šta? – uzviknula je Kara.

– Moram da vidim Radža, Kara! A ako je on na Santoriniju, onda i mi moramo da budemo tamo! – Margo je već kuckala po telefonu.

– Ali...

– A moram i da kupim nov kofer. – Zacoktala je. – Lošiji, grčki, kao što je, pretpostavljam, i ovaj telefon ispod standarda.

– Ali ne možemo tek tako da odemo – rekla je Kara, u stomaku joj se komešalo. – Šta je s venčanjem? I... znaš... mojim pevanjem na njemu.

– Kara, dušo, to nam je samo bio način da uđemo, zar ne? Da dobijemo pozivnicu. Sad to više ne moraš da radiš. Kakvo olakšanje za tebe! Možemo da se izvinimo i nikad se više ne pojavimo ovde.

Kara je progutala pljuvačku. Sve na šta je mogla da misli bio je Akis. Kako ju je tog dana pratio na klaviru, pre toga na staroj klavijaturi, mislila je na njihov izlet gliserom i plivanje, kako je jeo ribu prstima... Nije mogla zamisliti da ode na drugo grčko ostrvo i da ga nikad više ne vidi. A ranije tog dana je pevala, kako treba, prvi put posle dugo vremena, i bilo je tako drugačije nego nekad, čak bolje. Ulilo joj je nadu da će ponovo uživati u muzici, čak i ako se ne vrati pevačkoj karijeri.

– Margo... ne možemo. Obavezala si se u moje ime da ću pevati, upoznala sam sve njih, išle smo na devojačko veče, na probu vina i torti i...

– O, Kara, nije valjda da *mariš* za te ljude? – upitala je Margo. – Za Sofiju svu doteranu kao Melanija Tramp, njenu majku obučenu kao skitnica...

– Margo! – uzviknula je Kara, zgranuta tetkinom izjavom.

– Kad počneš da se vezuješ za ljude, tad počneš da praviš greške i pogled ti se zamagljuje. Mislila sam da sam te naučila tome.

– Idemo na venčanje – odlučno je rekla Kara. – Ne želim da izneverim te ljude.

– Pa, ja...

– Ne! – rekla je Kara. – Ako zaista moramo da idemo na Santorini, onda ćemo se vratiti na venčanje. U suprotnom neću ići s tobom. – Prekrstila je ruke na grudima pokazavši neprikosnoveni autoritet koji nikad ranije nije primenila na Margo.

Hrabro je izdržavala čelični pogled svoje tetke željne da sklopi dogovor, sve dok joj oči nisu zasuzile.

– Dobro, u redu. Sad kad je to rešeno, idemo na brzinu da jedemo, kao da smo olimpijske sprinterke. Onda ćemo da ispratimo Sofiju, nek ide u svoje ruševine u kojima ni Šreku ne bi bilo zabavno da živi.

33.

Irinina kuća, Notos

– Aki, opusti se, to je otac Spiros, nije grizli.

Tek kad je video baku kako zaobilazi Prase da bi otvorila vrata, Akis je shvatio da toliko steže šolju s kafom da su mu jagodice prstiju pobelele. Nije želeo to da radi, ali obećao je majci, a nije imao običaj da prekrši obećanje. Saslušaće. To je sve na šta je pristao. Pružiće mu pravu priliku.

Duboko je udahnuo kad je grdosija od oca Spirosa ušla, sav u crnom, u crno ofarbane kose i brade. Zacelo je bio u šezdesetima, ali imao je snažan karakter i prirodu sklonu naređivanju.

– Aki – obratio mu se.

Akis je ustao te su se poljubili u obraz. – Oče.

– Molim te, oče, sedi na najbolju stolicu – rekla je Irini, sklonivši hrpu novina s jedine bogato tapacirane stolice. Prase je nezadovoljno zanjakao kao da se nadao da će on sesti na najbolju stolicu.

– Mogu li da te ponudim nečim? Kafom? Uzom? – upitao je Akis.

– Ne treba – odgovorio je sveštenik. – Upravo sam popio piće s tvojim ocem u *Panorami*.

– Dobro – rekao je Akis. Bio je malo iznenađen što je njegov otac uspeo da pobegne iz kuće dok su pripreme za venčanje u punom jeku.

– Majka ti je izašla – rekao je otac Spiros, kao da to sve objašnjava.

Akis se osmehnuo.

Irini je sela na drugu stolicu, odmahujući glavom. – Tanasis u poslednje vreme odustaje od pokušaja da kaže svoje mišljenje o bilo čemu. Mislim da mu je poslednji put bilo dozvoljeno da ima mišljenje 1998.

Prase je počeo da gricka ivicu novina.

– A kad je reč o odlukama – nadovezao se otac Spiros, usmerivši pažnju na Akisa – čujem da želiš da ti kažem kakav bi ti bio sveštenički život.

Akis je popio gutljaj kafe, nadajući se da će mu kofein pomoći. – Znaš kakav je moj položaj?

– Govoriš o prokletstvu Dijakosovih – rekao je otac Spiros, načinivši znak krsta u vazduhu.

Akis je uzdahnuo. – Onda, je li to stvarno?

– Postoji li nepobitan dokaz koji omogućava da donosimo zaključke? Svakako ne znamo, samo možemo da iznosimo izvesne pretpostavke zasnovane na događajima iz prošlosti.

– Onda, šta da radim? – upitao je Akis. – Jer ako u tome nema istine, zašto da odustajem od života koji sam izgradio zarad života koji nisam izabrao?

– A upravo u tome leži problem – složio se otac Spiros.

– Otac Spiros kaže da tvoje opredeljenje za Crkvu ne bi trebalo da bude uslovljeno prokletstvom Dijakosovih – dodala je Irini.

Prase se zakašljao.

– Ali sveštenički poziv mi nikad nije bio u planu – priznao je Akis. – Bez uvrede.

– Ipak, mogao bi biti nešto što si ti izabrao, a ne nešto na šta su te naterali. To je dobar život, važan život, podržavaš ne samo veru zajednice već i samu zajednicu.

Akis je progutao pljuvačku. Da izabere da bude sveštenik. Zato što želi to. Ne zato što je primoran. On to svakako ne želi. To mu je uvek bilo na pameti kad se sukobljavao sa svojom neumoljivom majkom.

– Veliki deo posla svodi se na slušanje, Aki. Ti si uho koje sluša brige seljana, prenosi njihove nemire Bogu i usmerava ih.

– Ali ja nemam iskustva u tome.

– Ni ja nisam imao u početku – rekao je otac Spiros. – Ali *Sveto pismo* će te uvek voditi.

– Da – rekao je Akis. – Ali *Sveto pismo* takođe govori mojoj porodici da će je snaći svakojaki užasi ako ne postanem sveštenik pre tridesetog rođendana.

– Jesi li pročitao neku priču o prokletstvu Dijakosovih? – upitao je otac Spiros.

Akis je odmahnuo glavom.

– Možda bi trebalo da pogledaš. Kao sve priče u *Svetom pismu*, i one se mogu tumačiti na različite načine. S godinama, filozofi i klerici su dodavali različita objašnjenja tih pripovesti. Možda će ti stvari postati mnogo jasnije ako ih pročitaš. Nego, da te sad provedem kroz svoj uobičajen dan? Možda neće biti tako zastrašujuće kao što misliš.

Više od sat vremena kasnije, Akisu se vrtelo u glavi i skoro da je znao dovoljno od liturgije da bi u slučaju potrebe mogao da je drži nedeljom. Stajao je u vrtu gledajući preko maslinjaka u suton koji je nebo pretvorio u praznik rumeni, dok je Prase pored njega žvakao vlati suve trave.

– Šta misliš, Aki?

To je bila njegova baka, prošla je kroz vrt s bocom uza u jednoj ruci i dvema čašicama u drugoj. Požurio je da ih uzme od nje pa brzo prišao zarđalom metalnom stolu i dvema jednako starim stolicama.

– Mislim da možda ne bi trebalo da pijemo uzo – primetio je, sačekavši da se ona smesti na stolicu pre nego što je i sâm seo. – Vozim motocikl.

– Uskoro će ti majka uzeti meru za svešteničku odoru bez čičak-trake kao što je ona u tvojoj predstavi – rekla je Irini. Smejala se dok se nije zakašljala.

– Doneću ti vode – rekao je Aki, ustavši.

– Ne – rekla je Irini. – Uzo je sve što mi treba. Bog mi je jutros šapnuo na uvo.

Akis je odmahnuo glavom dok im je oboma sipao malo providne tečnosti. – Otac Spiros mi ništa nije rekao o Božjem šaputanju.

– Ali jeste ti rekao o ponovnom tumačenju. O načinu na koji se priče iz prošlosti mogu prilagoditi.

– Nisam siguran da postoje priče koje treba prilagoditi – naglas je razmišljao Akis. – Mislim da je to možda zato što je to gledište moje majke. I načina na koji svoje nesigurnosti projektuje na Kozmosa.

– Zato što je on najslabija karika – rekla je Irini, pijuckajući uzo, dok se Prase pomerao na drugo mesto. – Tvoja majka je uvek to radila. Nađe nekog ko će najduže slušati njene planove, pa mu nametne *svoje* mišljenje. Kozmosu, jadnoj Ren i tvom ocu, koji najduže pati zbog toga.

– Šta misliš da bi trebalo da uradim? – upitao ju je Akis, zavalivši se u stolici.

– Mene pitaš! Tražiš još jedno mišljenje pored svih ostalih koja ti nameću? Ti si lud!

Da, lud je. A rekao je Kari da je sopstveno mišljenje jedino važno. Već gubi konce.

– Samo želim da postupim ispravno – priznao je.

– Zbog koga? – upitala je Irini.

– Zbog svakog.

– Ha! To je nemoguće. Nedostižno. To bi već trebalo da znaš.

– Onda najbolje moguće – rekao je Akis. – Ono što će biti najbliže najboljem ishodu za sve do kojih mi je stalo.

Irini se nagnula napred. – Hoćeš li nešto da mi kažeš?

– Naravno.

– Zašto ljudi kad pominju dan kad si izgubio prst zovu to „Kozmosova nezgoda“?

Akis nije odgovorio. Šta je mogao da kaže?

– Jer Kozmos je dobro. Nema vidljivih ožiljaka, ne pominje nikakve traume. Zapravo, kad ga pitaju za taj događaj, kaže da se ne seća najbolje. Ali ti... Vidim u tebi kroza šta si prošao. Žrtvu koju si podneo. Žrtve koje si i dalje spreman da podneseš za ovu porodicu.

Akis je ostao bez reči, ali osećanja su bila tu, izjedala mu utrobu.

– A šta je s devojkom? – rekla je Irini. – Karom.

Na sâm pomen njenog imena, Akis je bio odbačen ranije u taj dan, kad je Karin glas ispunjavao svaki ćošak njegovog stana. Kad je povratila samopouzdanje, pokazala mu zašto je tačno pevanje bilo njen poziv. Glas joj je bio izvrstan. Sve je kod nje bilo izvrsno...

– Sestričinom majčine prijateljice? – čuo je sebe kako izgovara.

Irini je zacoktala. – Tačno znaš na koga mislim i ne iznoseći mi njeno porodično stablo. Sviđa ti se.

– Pa, mi smo jedine dve razumne osobe usred ove propasti s venčanjem, te je prirodno da se slažemo.

– Misliš da sam ja od juče? – upitala ga je Irini. – Poznajem te, Aki. Vidim te. I kako će ti to što ćeš postati sveštenik pomoći u tome? Znaš da se moraš oženiti *pre* nego što postaneš sveštenik da bi uopšte mogao da imaš ženu.

Odmahnuo je glavom. – Svestan sam toga.

– Onda treba o mnogo čemu da razmisliš. Ili mnogo toga da pitaš Karu.

– Jaja, ako verujemo u tu legendu, onda moram postati sveštenik pre tridesete. To nije dovoljno da upoznaš nekoga dovoljno da ga zaprosiš.

– To ti kažeš – odvratila je Irini, oteravši komarca iz vidnog polja. – Tri sata sam poznavala tvog dedu kad sam shvatila da ću se udati za njega. A šest nedelja kasnije, i to tek tad zato što je moja majka navalila da mi sašije venčanicu, bili smo venčani.

Akis je odmahnuo glavom. – Danas je drugačije.

– I upravo u tome leže nevolje ovog sveta. Sve je brže, novo, svakih nekoliko nedelja pojavljuju se bolje stvari, ali to je zapravo korak unazad. To je razbacivanje. Ono čemu ljudi hrle nema nikakvu važnost. – Uzdahnula je. – Onda gnjave na drugim poljima koja bi trebalo da budu važnija, tako da na kraju nemaju vremena da ih učine važnim.

Reči njegove bake bile su tako važne za mnoge okolnosti u njegovom životu. Iskapio je čašicu sa uzom.

– Zašto ne razgovaraš sa ocem? – predložila je.

– Sa ocem? – odvratio je Akis, pomalo iznenađen tim predlogom.

– On je najstariji Dijakos ovde – podsetila ga je. – Njegov stariji brat, tvoj stric, doneo je svoju odluku u pogledu svešteničkog poziva pre nego što je umro. Sigurno je razgovarao s Tanasisom o tome.

Stric Dimitri. Niko nije mnogo pričao o njemu. Sve što je Akis znao bilo je da je postao sveštenik, a onda umro pre svoje prve nedeljne liturgije.

Načas se zamislio. Šta je to govorilo o prokletstvu? Čak ni onaj ko se pridržavao „pravila" nije izbegao zlu kob.

– Pitaj oca – ponovila je Irini. – I... – posegnula je za čašom – sipaj mi još jedan uzo.

34.

Aerodrom na Krfu, grad Krf

– Ovaj kofer je smešan! Jedva se pomera na tim točkićima, a patent-zatvarač se već raspada kad god ga pipnem!

Narednog jutra na aerodromu je bila gužva. Ali njih dve su uspešno zaobišle red na šalteru *TUI*-a i prošle kroz sigurnosnu proveru. Nije bilo potrebe za pasoškom kontrolom jer nisu napuštale Grčku. Kara jedva da je spavala, a sad su se, neočekivano, spremale da se ukrcaju na let za Atinu a zatim na drugi za Santorini.

– Bar ne može da eksplodira – rekla je Kara, tražeći neko slobodno mesto blizu gejta.

– Ššš! Šta sam ti ja rekla za to? I svakako ne možeš tako nešto da govoriš usred aerodroma. Ah, eno dva sedišta, pored kante, ali nema veze, što se mora nije teško.

Kara je pošla za tetkom, sela pa izvadila telefon iz zatvorenog džepa na svom koferu. Prethodne večeri je ostavila napola napisanu poruku. Sad je sastavljala četvrtu ili petu verziju, jer šta god bi napisala, bilo je ili previše jednostavno ili nedovoljno jednostavno.

Idem na Santorini. Samo nekoliko dana. Vratićemo se na venčanje. Ali neću moći da vežbam s tobom.

Izbrisala je poslednju rečenicu. Oni nisu vežbali. Vežbanje bi značilo da će sigurno nastupiti na svadbi, a ta pomisao joj je i dalje izazivala mučninu. Uzdahnula je.

– Šta radiš? – upitala ju je Margo, iznenada obrativši pažnju na Karu.

– Ništa. – Kara je sakrila ekran svog telefona.

– To je Seb, zar ne? Pokušava da dopuzi nazad kao prošli put – planula je Margo. – Ljigava, izdajnička lasica.

Kara se trgla. – Šta je bilo prošli put?

– Pa... to je samo pretpostavka. To muškarci rade, zar ne? Uzmu šta im treba, ne ostaju uz tebe da se bore sa svakodnevicom, misle sve će zauvek biti med i mleko. – Margo je udahnula. – Mnogo je bolje imati samo nešto privremeno; oboje znaju gde im je mesto i ničija osećanja neće biti povređena.

Kara se dugo zagledala u tetku. Nije joj bilo poznato da je ona ikad imala nekog posebnog u svom životu. Uvek je bila posvećena poslu, zgrtanju novca i trošenju gotovo jednakom brzinom. Uz veoma male izuzetke, Margo je sebe stavljala na prvo mesto. Ali sad je bila krhka, kao oparani porub na *šanel* suknji; sve je bilo na svom mestu, ali postojao je taj prvi mali znak raspadanja.

– Kao ti i plesač – nastavila je Margo pre nego što je Kara stigla bilo šta da kaže.

– Akis – ispravila ju je Kara, postaravši se da Margo nipošto ne vidi ekran njenog telefona.

– Da. Ja sam skroz za to da ih poželiš, a onda ih ostaviš. Trebalo bi to češće da radiš. Možda će Radž na Santoriniju imati zgodnog telohranitelja na kojeg možeš da se baciš.

– Mislila sam da je putovanje na Santorini poslovne prirode – uzvratila je Kara. – Nećemo imati vremena da se bacamo ni na šta osim na ubeđivanje Radža da investira, zar ne?

Margo je nehajno odmahnula. – Ponekad moraš da muljaš da ne bi izgubila, zapamti. To može zahtevati malo vremena i taktike.

– Imamo dva dana. Ja se vraćam na venčanje.

– Da pevaš? Zato što se sećam da ta objava nije dobro prošla.

– Još ne znam – rekla je Kara.

– Dobro, ne prihvataj nikakav životni savet od svoje majke, ako bude telefonirala. Otpisala te je kao sklonu... kako ona to kaže? Kao, da, sklonu „klasičnom izbegavanju stvarnosti“.

– Šta? – upitala je Kara, živci su joj zatreperili.

– O, ne primaj to k srcu, ta žena ne bi prepoznala stvarnost ni da joj maše tablom s njenim imenom. Ona je ta koja živi u nekoj fantaziji izmišljajući da pokušava da spase planetu, a zapravo samo živi svoj mladalački san nekoliko decenija prekasno. Verovatno i dalje nosi haljine od kudelje.

Kara je progutala pljuvačku. Njena majka je rekla za nju da izbegava stvarnost. To je mislila u početku, kad je Kara započela pevačku karijeru? Da je to nešto u čemu ona nikad neće biti dovoljno dobra da bi postigla uspeh?

– Nas dve ćemo se za to vreme – nastavila je Margo – postarati da ime *maksi-gou* postane poznato širom sveta. I idemo na Santorini! Kome još treba Krf? – nasmejala se Margo. – Malo ću zaviriti u djutifri-šop.

Kad je Margo ustala sa svog sedišta, Kara je ponovo pogledala u telefon. U nekoliko poteza, poruka je bila izbrisana.

35.

Luka Petriti, Krf

Akis je gledao Kozmosa na ribarskom čamcu, a nekoliko mačaka već je čekalo da vidi čega mogu da se dočepaju – da dobiju ili ukradu. Plovilo je kao svakog dana pristalo u tu prometnu luku, donoseći ulov. Tu je često dolazio kad je bio mali, da peca, da pomogne ocu da radi upravo ono što sad radi Kozmos i da jede u krčmama na doku. Tu je bilo mirno, puno brodova, ali i dalje se moglo dostići spokojstvo.

– Aki! – pozvao ga je Kozmos, mašući.

– Kaži mi zašto ovo ponovo radimo? – upitala je Anastasija kroz stisnute zube.

– Radimo ovo – rekao je Akis, odmahnuvši bratu – kako bi Kozmos stvarno mogao da kaže gde će se on i Ren venčati. Pre nego što naša majka odluči gde će biti ponovno blagosiljanje zmija i dok ne ostane više zmija za blagosiljanje na drugom mestu.

– Jesi li stvarno sinoć razgovarao sa ocem Spirosom? – upitala je Anastasija dok su se probijali ka čamcu s kojeg se njihov brat iskrcavao.

– Otkud ti to znaš? – uzvratio je Akis.

– Hajde, Aki. Na ovom ostrvu ne možeš ni da se isereš a da neko to ne sazna.

Uzdahnuo je. – Da, jesam.

– Zašto? Hoću da kažem, znam da je ta zamisao sa svešteničkim pozivom sumanuta, zar ne? Nije me briga ako jednog dana buknem i pretvorim se u gomilu prašine. Odustaješ od sebe da bi obukao crnu mantiju, i potpuno je sumanuto da je *ne* strgneš sa sebe zbog neke napaljene žene.

– E pa ja ne želim da bukneš i pretvoriš se u prašinu. – Uzdahnuo je. – I ne želim da se Kozmos brine da li će iko buknuti. U svakom slučaju, sinoć sam razgovarao s bakom. Prikupljam svačija mišljenja.

– Aki! Anastasija! Danas sam ulovio najbolju ribu! – dovikivao je Kozmos.

– Pogledaj ga – rekla je Anastasija, odmahujući glavom. – I dalje se ponaša kao da mu je deset godina.

– A uskoro će biti oženjen čovek – podsetio ju je Akis.

– Da je u pitanju bilo ko drugi osim Ren, pomislila bih da je to ludost. Ali ona je dobra za njega. I sama je nespremna za život, ali na drugi način. Uravnotežuju jedno drugo.

– Da – rekao je Akis. – U pravu si.

– Zato hajde da ga urazumimo da bi se to venčanje održalo negde gde on i Ren žele.

– Zar ovo nije najbolja riba? – upitao je Kozmos kad su ih poslužili u krčmi na doku.

– Dobra je – složio se Akis, posisavši svaki prst.

– Stvarno, zašto vas dvojica, odrasli ljudi, i dalje jedete prstima, odvratno je – rekla je Anastasija, natakavši račića na viljušku. – Onda, Kozmose, sad imamo uži izbor, zar ne?

– Uži izbor? Za momačko veče?

– Ne! Ne za momačko veče! Za venčanje! – istakla je Anastasija. – Znaš, najvažniji dan u tvom životu koji se neće održati u preskupom, prevelikom Pepeljuginom dvorcu s kulama na koji će majka godinama plaćati porez, osim ako ne uzme malj i ne razvali ga.

– Ne znam – rekao je Kozmos. – Ren je mnogo razgovarala sa svojom majkom i plakala. Ne bih da kažem nešto pogrešno. Brine me da možda neće ni biti venčanja.

– Šta?! – Bio je to horski uzvik Akisa i Anastasije.

– Previše je stresno za nju. Ne nosi se dobro sa stresom. *Ja* se ne nosim dobro sa stresom. A uz Dijakosovo prokletstvo...

– Ne, ne, ne – skočila je Anastasija. – Ne pričamo o *tome* sad. Sad razgovaramo o tvojim i Reninim idejama za venčanje iduće nedelje. Zato što je to tvoja sudbina. Dug, srećan bračni život s jedinom ženom koja će te toliko voleti.

Akis se malo uzvrpoljio na sestrinu otvorenost. – Kozmo, najvažniji ste ti i Ren, vaša veza. Venčanje je samo jedan dan, poseban dan, ali *jedan* dan od svih dana koje ćete provesti zajedno.

– Zašto onda mora da bude toliko *veliko*? – upitao je Kozmos, podigavši ruke.

Bila je to najživotnija i najstrastvenija reakcija koju je Akis doživeo od Kozmosa, i bilo je očigledno da ga to pritiska.

– Ne mora da bude veliko – rekao je Akis. – Zar ne, Anastasija?

– Ali, jesi li video šta je sve mama naručila? – nastavio je Kozmos. – Balone u obliku pauna... vatromet i ostalu pirotehniku.

– Stvarno? – uzviknula je Anastasija. – Kad je to naručila?

Akis joj je uputio pogled koji joj je rekao da bi trebalo da se usredsredi na stvarni problem. – Kozmo, može da bude samo kako *ti hoćeš*. Ozbiljno.

Kozmos ga je pogledao pravo u oči, kao da mu je odjednom sinulo. – Stvarno?

– Da! – rekla je Anastasija. – Akis i ja možemo da ti pomognemo da rasturiš *sve* što je majka ili neko drugi pripremio. *Sve*, bilo da je u obliku pauna ili u nekom drugom obliku.

– Ali ona će biti razočarana – uzdahnuo je Kozmos.

– Mama je stalno razočarana! Ustane ujutru i razočara se pre nego što otvori kapke. Njoj nikad ništa nije dobro, Kozmo. Znaš da zato i nije u ljudskim odnosima s *jajom*.

– Anastasija hoće da kaže da će se mama osećati isto bez obzira na tvoj i Renin izbor – rekao je Akis, umirujući ga.

– Onda, ako kažem... da želim da se venčam na svom ribarskom čamcu, to će biti u redu? – upitao je Kozmos, pogled mu je odlutao ka velikom plavo-belom plovilu s kojeg se ranije iskrcao.

– Uh! Kozmo, ne! Svi bi smrdeli na ribu, *ja* bih smrdela na ribu! – prasnula je Anastasija.

– Ja volim ribu – tužno je odgovorio Kozmos.

– Kozmo – rekao je Akis, premestivši se na stolicu pored bratovljeve i spustivši mu ruku na mišicu. – Ako želiš da se venčaš na tom čamcu, razgovaraj s Ren o tome. Ako ona želi da se venča u polju, razgovaraj s njom o tome. Možda možete da uradite nešto što će uključiti oboje.

– Ren želi da se uda u polju? – upitao je Kozmos, zinuvši.

– Ne – rekao je Akis. – Hoću da kažem, ne znam. To je bio...

Prestao je da govori kad je osetio da mu je telefon zavibrirao u džepu farmerki. Izvukao ga je i pogledao u ekran. *Horejšio.*

– Samo sekund – rekao je ustajući. – Horejšio je, trebalo je da imamo probu po podne, pa moram da...

– Javi se – odvratila je Anastasija.

– Hej – rekao je Akis, odmakavši se od stola i preuzevši poziv. – Kako ruka?

– Ah, dobro je. Bolje. Onda, novi kostimi su stigli na vreme za popodnevnu probu.

– To je dobro – rekao je Akis. – Zapravo sam juče isprobao novu tačku. Na Trgu Spjanada. Kara misli...

– Razgovarao si s Karom? – prekinuo ga je Horejšio.

– Juče – odvratio je Akis. – Ostavio sam je u hotelu.

– Oh... Dobro.

– Oh, dobro, šta?

– Morao sam da izvršim isporuku u *Kukov klub*, znaš da ponekad radim za kompaniju koja proizvodi sredstva za čišćenje, a jedna od devojaka na recepciji, kojoj se sviđam, slučajno mi je rekla da su se Kara i njena tetka jutros odjavile.

Odjavile. Srce mu je ubrzalo na tu reč. Kara je otišla iz hotela. Kuda je otišla? Negde drugde na Krfu? Vratila se u Veliku Britaniju? Nije mu bilo jasno. Trebalo mu je razjašnjenje.

– Šta?

– Otišle su na Santorini – rekao je Horejšio.

– Šta?

– Jel' nešto nije u redu s vezom? – upitao je Horejšio. – Kao da me ne čuješ. Rekao sam da su otišle na Santorini.

– Da – napokon je odvratio Akis. – Pomislio sam da si to rekao.

Ali nije mu bilo jasno. I kako to da je tu novost čuo od Horejšija, a ne od Kare? Progutao je pljuvačku. Možda je ono kroza šta su prošli zajedno njemu značilo više nego njoj.

– Vratiće se za venčanje – rekao je Horejšio. – Hoću da kažem, tako mi je rekla devojka s recepcije. Vraćaju se. Ponovo će tamo odsesti.

– Dobro – odvratio je Akis.

– Onda, videćemo se po podne?

– Da, naravno – potvrdio je Akis, klimnuvši glavom, iako Horejšio nije mogao da ga vidi.

– *Yassas.*

Akis je prekinuo vezu i duboko udahnuo. Ionako mu se toliko toga događalo, da je možda i bolje ovako.

– Aki! – pozvala ga je Anastasija. – Molim te, dođi i kaži Kozmosu da šta god da bude, Prase neće doći na ceremoniju!

Akis je odmahnuo glavom. Sad je morao da se usredsredi na porodicu.

36.

Butik hotel *Kananves Oja*, Oja, Santorini

Kari je zastao dah onog sekunda kad je videla pogled koji se pružao iz njihovog apartmana. Bilo je baš kao na svakoj objavi na *Instagramu* koju je dobila u potrazi za grčkim mestom iz snova. Bele četvrtaste kuće nalik kockama šećera, koje se stepenasto spuštaju s visina te vulkanske stene do širokog prostranstva mora nalik plavičastom staklu. Zadivljujuća, luksuzna, raskošna lepota koja gleda na pejzaž oblikovan vremenom.

– To je bio Toni – rekla je Margo, prešavši preko terase u bademantilu od belog pamuka, koji je bio savijen kao jastuk na krevetu, s ružičastom orhidejom na vrhu. – Znaš, iz Tajne službe. – Margo je prošaputala poslednje dve reči skoro jednako tiho kao što je šaputala o nezgodi s *maksi-gouom*.

– Zna li gde je odseo Radž?

– Zna – odgovorila je Margo, uzevši veliko parče mesnate lubenice iz činije dobrodošlice pune voća.

– Gde, onda?

– To zapravo nije ni važno, zato što mi je Toni dao nešto još bolje. A ne govorim o gala-večeri u devedesetpetici.

– Molim te, Margo, pređi na stvar.

– Radž je počasni gost na ekskluzivnom događaju sutra uveče. A mi smo na spisku! Iskreno, skoro da je bolje što je on ovde, na Santoriniju, mnogo je ekskluzivnije, sve vrvi od bogatih i slavnih, dekadencija izvire iz svake pore ovog mesta. Pogledaj bazen!

Kara *jeste* pogledala bazen. Ne možeš da ne pogledaš bazen, zato što se pružao iz spavaće sobe pravo na trem. Bio je to još jedan detalj među biserima Santorinija prikazanim na društvenim mrežama. Staza od plutajućeg kamenja pružala se preko vode u sobi nalik pećini, vodeći na terasu i ostatak infiniti bazena koji se nadnosio nad pogledom na kalderu. Bilo je očaravajuće.

– Margo – rekla je Kara, misli su joj letele kao da jure punom brzom na kraju maratona. – Zar ne misliš da je sve ovo poprilično naporno? Dospeti na spisak gostiju za venčanje, platiti pevaču na svadbi da se povuče, odleteti na drugo grčko ostrvo. Hoću da kažem, koliko si sigurna da će Radž hteti da investira, ili da ima veze s ljudima spremnim na to? I zar ne bi bilo lakše da si ugovorila sastanak s njim u njegovoj... palati ili gde god, nego da ga pratiš preko pola Evrope?

– Lakše? – Margo je izgovorila tu reč kao da će od nje dobiti herpes. – O, da, svakako bi bilo lakše da pozovem nasumice neki broj, da ne znam šta se događa ili da budem preusmerena na nekog potčinjenog.

– Ali ti poznaješ Radža – rekla je Kara. – Išla si na koledž s njim.

– Tačno – potvrdila je Margo. – I nismo se videli od one sudbonosne noći na Bora Bori. Ne, mora da postoji element iznenađenja. To mora da bude isplanirano tako da izgleda potpuno neplanirano. Sećaš li se onog s gušterima?

Kara se stresla. Sprovela je opsežnu istragu jednog klijenta kojeg su pokušale da privuku, i ispostavilo se da je slab na guštere. Rezervisala im je ekskluzivan pristup kući reptila posle njenog zatvaranja, kako bi njihov klijent mogao da drži životinje i slika se s njima iza scene. Takođe je organizovala bife sa šampanjcem. Nikad nisu otkrile da su saznale za njegovu opsesiju, rekle su samo da je to srećna slučajnost. To je do danas ostala jedna od najvećih porudžbina koju su dobile.

– Onda, idemo u kupovinu, naći ćemo neke ubistvene krpice, videla sam divan butik kad smo stigle, posle toga idemo na zabavu, a ti nastupaš u ponoć – rekla je Margo.

Nastupaš. Nije joj se svidelo kako to zvuči.

– Šta? – odvratila je dok je Margo zavlačila ruku u činiju s voćem da bi uzela malo grožđa.

– Element iznenađenja, Kara. Faktor šoka, razlika između osrednjosti i zvezda. Pevaćeš na tom događaju. Zapravo, savršeno se uklopilo. Prvo izvođenje posle Evrovizije. Veliki povratak. Iskombinuj to s *maksi-gouom* i neće biti nijednog živog inevestitora koji neće poželeti da bude deo tima Džouns.

Sad je vrelina Santorinija puzala Kari uz leđa i nije bila prijatna.

– Šta? – ponovo je rekla.

– Ne mora to da bude, znaš, „besprekorno“, da tako kažem, ali, znaš, ne bi škodilo da otpevaš G10.

– Ne – rekla je Kara, odmarširavši od stola ka samom rubu trema i onog pogleda.

– Kara – rekla je Margo, prateći je. – I sama si rekla da ćeš pevati na tom smešnom venčanju. Ovo je daleko veći događaj od toga! Pomisli samo ko će biti na tom *ekskluzivnom* događaju! Ljudi s vezama! Ljudi koji te mogu vratiti u posao s muzikom.

– Ne – ponovila je Kara. – Neću da uradim to. Neću pevati. I nikad nisam ni pomenula da bih da se vratim u posao s muzikom.

– Dobro, u redu, ali ako želiš i dalje da jedeš za mojim stolom, treba da razmisliš o tom „ne“ i pretvoriš ga u „da“.

Kara je zinula na Margoinu grubost. Šta je, zapravo, htela da joj kaže? Da Kara nije dala sve od sebe u tom poslu? Da je predugo živela od Margoine velikodušnosti? Šta god da je bilo posredi, više to nije mogla da sluša.

– Izlazim – rekla je, pošavši preko terase ka kamenoj stazi koja je vodila u spavaću sobu.

– Izlaziš? – upitala je Margo. – Ali tek smo stigle. Kara, sačekaj, samo me saslušaj...

U tom trenutku nije joj ostalo ništa više što bi mogla da kaže.

37.

Bar *Hasapiko*, Oja, Santorini

Jedva da je bilo popodne, ali Kara je izabrala taj tradicionalni bar i naručila čašu belog vina. Unutra je bilo sveže, činilo se da je to nekadašnja mesara. Šta da radi? Šta će uopšte tu, na Santoriniju, gde izigrava svojevrsnog potrčka Margo, šta god da je ona smislila? Tetka ju je ponovo uvukla u nešto za šta je znala da je užasava, nešto što je tek počela oprezno da isprobava.

Popila je malo vina prepuštajući se umirujućem delovanju svežeg voćnog ukusa. Tad joj je zazvonio telefon.

Pogledala je ime na ekranu. *Lujka*. To je bila njena mama. I da, žalosno, promenila je kontakt, ali ne u ime kojim je njena majka tražila da je zove... Gledala je kako zvoni dok nije prestao. Nije sad mogla da razgovara s njom. Njena majka ni ranije nije bila osoba kojoj se poveravala kad bi nešto pošlo naopako. Čim se dogodilo ono u Moldaviji, Glici i Koprivić Jutarnja Rumen seli su u avion za Boliviju.

Zažmurila je i duboko udahnula. Možda su njeni roditelji tad pretpostavili da će Seb biti uz nju. Čovek bi pomislio da će verenik tako postupiti, zar ne? Da će on biti taj koji će joj brisati suze, lizati rane i podsticati samopouzdanje. A kad se dogodilo suprotno, oni su se već povezali sa istomišljenicima zanesenim spasavanjem planete i bilo je prekasno da se vrate. A Margo je pokupila njene ostatke. Mnogo ostataka. No da li je to značilo da će joj zauvek biti dužna? Uvek spremna da uradi nešto što joj ne prija zato što joj duguje?

Kao da joj je naslutio misli, telefon je ponovo zazvonuo. Ovog puta je bila Margo. Bez sumnje spremna da joj održi ohrabrujući govor. Ni njoj se neće javiti. Bila je sama u tom baru, na Santoriniju, i nije želela ni sa kim da razgovara.

Ali onda se setila Akisa.

Nije mu poslala onu poruku. Ali ni on nije njoj poslao poruku. Kad ju je ostavio ispred hotela posle zajedničkog pevanja, nisu se dogovorili ništa određeno kad će se ponovo videti. Pretpostavila je da to nije nešto kratkog daha, no da li je i on? I zašto toliko misli na Akisa kad joj preti koncert? Osim ako se otvoreno ne sukobi s Margo.

Uzela je telefon listajući kontakte. Možda bi mogla...

Iznenada joj se krv zaledila u žilama kad je zvuk koji ju je proganjao prodro u laganu atmosferu bara. Lavež. Glasan. Čak okrutan. Skliznula je, možda pala s barske stolice i za nekoliko sekundi se pribila uz kameni zid. Pas nije bio na povocu. Bio je u baru. Gledajući koga će da napadne. A ona se tresla. Prestravljena. Polovina nje morala je da prati njegovo kretanje, druga polovina želela je da se okrene ka zidu, zažmuri i moli se.

– Kara!

Neko ju je dozivao. Zvučalo je kao... Kad se lavež ponovo probio kroz vazduh, sručila se na pod, pluća su joj gorela, dah joj je zastao.

– Kara!

Kad je drugi put čula svoje ime shvatila je da glas dopire iz telefona u njenoj ruci. Akis je nekako bio na vezi, a ona nije znala šta da radi osim da privuče kolena grudima i pokuša da se smanji koliko god može.

– Kara, stavi me na spikerfon.

Pas je skakao unaokolo, uzbuđeno se propinjao na stolove za kojima su ga ljudi naoko smatrali dragim, mazili su ga po glavi, ohrabrivali njegovo prisustvo...

Palcem je pritisla ikonicu na ekranu.

– Akise...

– Kara, slušaj me, gde si na Santoriniju? Na kom mestu?

– Tu je... pas. Pravi. Čuješ li ga?

– Da, čujem ga. Sad me slušaj. Sećaš se šta sam ti rekao o tome da te ljudi vide samo ako im dozvoliš?

Mozak joj je bio kao da ga je neko stavio u tiganj i ispržio kao jaja. Nije mogla da se usredsredi.

– Slušaj moj glas – nastavio je Akis. – Slušaj *samo* moj glas. Diši. Misli na nešto drugo, neko sigurno mesto.

Sigurno mesto? Pokušala je da dođe do daha, da se osloni na razum. Gde se osećala sigurno? Zažmurila je i posegla u sećanje.

– Sve je u redu – rekao joj je Akis. – Bezbedna si. Niko te ne vidi. Niko ne može da te povredi.

Oslanjala se iz sve snage na sećanje, pustila ga da kovitla oko nje, da je polako otvara, uvodeći je u njenu svest, brišući reakciju bori se ili beži. Ponovo je osetila ritam svog srca kako usporava, više nije mahnito pumpalo krv u vrat. Sve je ponovo bilo mirnije.

– Dobro si – nežno je rekao Akis.

– Dobro sam – promrmljala je Kara. Brujanje motocikla ispunilo joj je uvo.

– Mesto, Kara, na Santoriniju, na kojem se nalaziš.

– Oja – Kara je uz uzdah odgovorila skoro nagonski.

– Naći ću te – odlučno je rekao Akis. – Stižem.

38.

Aerodrom na Krfu

Akis se preznojavio koliko od žurbe u kojoj je bio od Karinog poziva, toliko i od vlage. Zgrabio je ranac, potrpao unutra ono osnovno što mu treba za putovanje, pa rezervisao let kompanije *Egean*. Nije baš bio pri novcu, ali za njega to nije bio izbor već nužda.

– Aki, to je sumanuto, jebote – rekla je Anastasija, uzevši od njega kacigu dok su stajali pred prometnim terminalom. – Znaš to, zar ne?

– Idem na put, to je sve – odgovorio je, opušten koliko je mogao da bude.

– Na Santorini, samo nekoliko dana pre Kozmosove momačke večeri za koju si *ti* zadužen. Neposredno pred venčanje za koje se još ne zna gde će se održati. I... propustićeš blagosiljanje zmija!

– Anastasija, uzdam se u tebe da ćeš to srediti, važi? – Spustio joj je ruku na rame. – Niko bolje od tebe ne izlazi na kraj s mamom. Niko bolje od tebe ne izlazi na kraj s Kozmosom.

– To je obična laž. S Kozmosom bih se izborila tako što bih ga uhvatila za gležnjeve, izvrnula ga naglavačke pa protresla kao slanik.

– A poslednji put kad si to pokušala, imao je oko sedam godina...

– Znam, znam i upišao se u gaće jer je mislio da će mu glava otpasti. Dobro, shvatila sam. Ovoga puta ću biti nežnija.

– Nemoj uopšte da ga protresaš – naredio je Akis.

– Nimalo? – upitala je Anastasija, razočarana.

– Dođi ovamo – rekao je Akis, šireći ruke.

– Ne, ne pokušavaj da me zagrliš. Ljuta sam na tebe.

Ipak ju je zagrlio čvrsto obavivši ruke oko nje, prvo je stegavši, a onda je zagolicavši oko rebara, nešto što je mrzela otkad su bili mali.

– Grrr! Sklanjaj se! Ti si psiho!

Nasmejao se, pustivši je. A onda je pogledao na sat. Morao je da krene.

– Slušaj – rekao je, ozbiljnijim tonom. – Osim što ćeš paziti na Kozmosa i postarati se da mama ne ubije tatu zbog njegove bezvoljnosti, hoćeš li da pripaziš i na *jaju*?

– S koje udaljenosti? Zato što u toj kući ima toliko stvari da skoro nema mesta za Prase, a kamoli za mene.

– Anastasija – rekao je Akis. – Sad zvučiš kao mama.

Video je sestru kako uzdiše. – Dobro. Izvini.

– Brinem se zbog njenih pluća. Pije samo uzo kao lek. Ako se pogorša, moraš se postarati da ode kod lekara.

– O, bože, Aki – rekla je Anastasija, lupnuvši stopalom. – To ne znači paziti na nekog. To znači pokušaj da nateraš jaju da uradi nešto što ne želi! To je teže nego... naterati mamu da prestane da čisti.

– Znam – složio se Akis. – Ali imam vere u tebe.

– Vere, a? – rekla je Anastasija, odmahujući glavom. – Da li to govori Razigrani Đakon ili otac Akis?

– Dobro, sad stvarno moram da idem – odvratio je, želeći da izbegne odgovor. – Molim te, nemoj da mi slupaš motocikl.

– Molim te, vrati se pre nego što zmije izađu.

Podigao je ranac sa zemlje, ali pre nego što se okrenuo da pođe, tamni taksi mercedes zaškripao je kočnicama zaustavivši se pored njega. Zadnja vrata su se otvorila i Horejšio je iskočio napolje.

– Zdravo – pozdravio ga je, zabacivši malu putnu torbu na leđa i ujedno spustivši naočare na nos.

– Horejšio, šta ćeš ti ovde?

– Isto što i ti – odgovorio mu je. – Idem na Santorini. Zdravo, Anastasija.

– Vas dvojica ste dva najluđa lika koja sam ikad videla! Rekao si mi da je to zbog klavira, a sad je i tvoj glupi prijatelj tu! – uzviknula je Anastasija, uzrujana. – To je ništa drugo nego ortačko putovanje!

Zaboravi na svoje odgovornosti i ostavi me s magarcima, zmijama i manijakom za venčanja.

– Horejšio, ne razumem – rekao je Akis. – Nemaš keša za ovo.

– Šta? Ja nemam keša da živim život? To je nešto najtužnije što sam ikad čuo. – Slegnuo je ramenima, spustivši torbu na zemlju. – Prodao sam nešto što mi ne treba da bih uradio nešto što mi svakako treba.

– Prodao si nešto za koliko, jedan sat? – upitao je Akis.

– Poznajem mnogo ljudi.

– I nikog nije briga šta ja pričam – uzviknula je Anastasija.

– Treba da idemo, Aki – izjavio je Horejšio. – Ja sam u prvom redu.

– Rezervisao si biznis klasu? – uzviknuo je Akis.

– Doviđenja, Anastasija – rekao je Horejšio ponovo podigavši svoju torbu i zaputivši se ka odlascima.

Akis se okrenuo ka Anastasiji. – Dužan sam ti, važi? – iskreno je rekao. – I obećavam da ću se vratiti pre Kozmosove velike večeri.

Tad ga je zagrlila, obavivši ruke oko njega i čvrsto ga stegavši. – Bolje bi ti bilo.

– Dajem ti reč.

Anastasija ga je pustila. – Dobro, idi, idi pre nego što *tebe* zgrabim za gležnjeve i protresem te ne bih li ti ulila malo razuma.

– *Ya* – rekao je Akis, mahnuvši joj i zaputivši se za Horejšijom.

39.

Oja, Santorini

– Šta kažeš na ovu? Ooo, stvarno ti ističe oči.

Margo je prislonila maslinastozelenu svilenu haljinu uz Karu i pogledala je. Bilo je rano veče, a njih dve su bile u malom butiku, besprekorno belom, s lukovima ispod kojih je odeća visila na krajnje jednostavnim šinama. Nije bilo mnogo toga – ni na koji način puno koječega kao u *Prajmarku* – ali ono što se našlo tu bilo je zadivljujuće. Samo što Kara zaista nije bila raspoložena za kupovinu. Nije bila raspoložena ni za šta osim da leži u svežini njihove čarobne hotelske sobe i pije vodu.

– Hajde, probaj ovu – nastavila je Margo, prebacivši haljinu preko ruke i uzevši još jednu, koralnocrvenu, sa zida.

Kara se nije najbolje sećala odlaska iz bara posle nezgode s psom. Sećala se da je razgovarala sa Akisom, znala je da se u velikoj meri smirila, a znala je i da je, kad je otvorila oči, jedna ljubazna gospođa bila ispred nje i pomogla joj da ustane s poda. Isteturala se na santorinsko sunce, izgubljena i troma, povodeći se, ne od vina već zbog prisustva one crne zveri. To je bilo nešto što još nije otkrila Margo. Jer, čemu? Margo nije razumela zašto ona nije pevala od Evrovizije. Neće razumeti ni da još oseća veoma stvaran i očajnički strah od pasa koji ni terapija nije uspela da odagna.

– Zvala me je tvoja majka – izjavila je Margo jednako nehajno kao što je uzela prilično malu srebrnu tašnu u koju kao da nije moglo da stane ništa osim možda paketića žvakaćih guma.

– Molim?

– Znam! Nametljiva je, zar ne? Zato što se uvek sve vrti oko nje i tvog oca.

– Zvala me je ranije, ali ja... nisam stigla da se javim.

– Da, rekla mi je – uzdahnula je Margo. – Kunem se da ona misli kako te skoro sve vreme držim zatočenu u skladištu.

– Dobro, šta je rekla? – upitala je Kara.

– Zapravo ništa. Znaš svoju majku. Sve te kampanje za spasavanje otrovnih žaba-bikova i šiblja. Tvoj otac ima neku koprivnjaču. Verovatno od žaba-bikova ili od šiblja. To je sve. Rekla mi je da će te ponovo zvati kad bude mogla. Ali znaš kakva veza može da bude usred gustog rastinja. Skoro jednako loša kao na nekoj od onih bučnih, odvratno jeftinih ceremonija dodele nagrada koju moramo da istrpimo.

– Tata se izgleda tetovirao kanom – istakla je Kara.

– Htela si da kažeš Koprivić Jutarnja Rumen? Posle toga će da uradi dredove. Klasični eko-ratnik u krizi srednjih godina. Onda, hajde, šta misliš o ovoj za mene?

Margo je prislonila uza se haljinu koja je bila daleko od njenog uobičajenog stila, te se Kara upitala da li je to zamka. Haljina je bila lagana, bela i vazdušasta, divno ukoso krojena, sasvim suprotna od Margoinih klasičnih, profesionalnih, strogih krojeva. A što je duže Kari trebalo da odgovori, veći su bili izgledi da to pogrešno razume.

– Malo je... – Zašto nije mogla da smislu jednu jednostavnu sjajnu reč? Hajde, mozgu. – Malo je...

– Pomoći ću ti – rekla je Margo. – Smešna je. Uh, neprijatno! Ne mogu podneti da je dodirnem! Sklanjaj je od mene! Uzmi je i vrati je!

Tutnula je Kari u ruke belu haljinu dok je marširala ka kabini. Kara je gledala u haljinu i u svoju tetku, koja je bila brža od prometa na dan rasprodaje na *Amazon prajmu*, i pokušala je da poveže tačkice. Da li se za taj devojački, romantični model zanima zbog Radža? Koliko je Kara znala, u Margoinom ljubavnom životu nije bilo nikog čak ni polutrajnog. Zapravo, jedini polutrajni ljudi bili su Rendalf, koji joj je parkirao kola u retkim prilikama kad bi ih Margo koristila, i njen frizer Lesli, kojem je bilo najmanje sedamdeset pet godina. Muškarce je birala, poigrala bi se njima i jednako brzo ih vratila u bilo koju poslovnu kutiju za igračke u kojoj ih je našla. Ali šta ako je maharadža više od nekog s kim želi da posluje? Šta ako je on neko koga je Margo *volela*?

– Margo, sačekaj – rekla je Kara, požurivši kamenim podom, držeći u ruci vešalicu s belom haljinom.

Njena tetka je već unela maslinastozelenu haljinu i srebrnu torbicu u kabinu.

– Zašto još držiš te rite? – upitala je Margo, zaškiljivši u belu haljinu kao da nije dobra ni za glancanje staklene kutije u butiku u kojoj su stajale divne srebrne narukvice.

Kara je pogledala haljinu. – Sviđa mi se i malo je drugačija. Možda bi, ako ja probam tu zelenu, ti mogla da probaš belu – predložila je, ispruživši haljinu ispred sebe.

– Zašto?

– Zato što će biti zabavno. Znaš, kao kad smo išle u *Liberti* pred putovanje u Grčku.

– U *Libertiju* nisam probala ništa nalik tom belom čudu. Zapravo, jedino što u *Libertiju* liči na to jeste toalet-papir.

– Molim te, Margo – rekla je Kara, zatresavši haljinu.

Margo je prevrnula očima. – Ako je probam, hoćeš li ti prestati da kukaš zbog tog događaja kojem ćemo prisustvovati i bar pokušati da izvučeš nekoliko dobrih tonova? Ili možda treba da razmislimo o plejbeku? Svi to danas rade, zar ne?

Postojao je jedan odgovor koji je mogla da dâ ako je želela da Margo obuče tu haljinu i možda se otvori u vezi s Radžom. To da se Margo otvori u pogledu bilo čega osim poslovne strategije bilo je retko kao kiša na Santoriniju. Njena tetka je možda delila previše informacija o svojim seksualnim iskustvima, ali kad je reč o emocionalnoj strani ličnog života, bez sumnje je postojala praznina. Možda je ovo njena prilika da otkrije delić toga.

– Prestaću da kukam – rekla je Kara, zapravo se ne obavezujući ni na šta.

– Dobro – odvratila je Margo, istrgavši vešalicu Kari iz ruke i navukavši zavesu.

Kara je čekala, slušala nezadovoljnu Margo kako se oblači, cipele kako zveckaju o pod, a onda... tišina. Koju je remetilo samo još više tišine dok Kara nije pomislila da možda nešto nije u redu i nije više mogla da izdrži.

– Margo, jesi li dobro?

Ništa.

– Margo – ponovila je Kara. – Ako nešto ne kažeš, povući ću zavesu.

I dalje ništa.

Kara je povukla komad platna otkrivši tetku kakvu nikad ranije videla. Bela haljina joj je savršeno stajala. Otvor oko vrata elegantno se usecao dok je tkanina klizila preko Margoinih zaobljenih bokova spuštajući se malo iznad kolena. Bila je jednostavna, ali savršena, jedinstvena, nalik zavodljivoj venčanici.

– O, Margo! – uzviknula je Kara. – Divna je.

Margo je zurila u svoj odraz u dugačkom ogledalu male kabine kao da prvi put vidi drugačiju sebe. Zurila je pravo u svoj odraz, očiju razrogačenih i, Kara je primetila, pomalo suznih.

– Ne sviđam se sebi – naposletku je rekla, stojeći nekako čudnjikavo kao da ne zna šta će s rukama.

– Izgledaš zanosno – rekla je Kara. – Iskreno, treba da uzmeš tu haljinu.

– Ne znam. Osećam se malo... slabo.

Kara je progutala pljuvačku, gledajući promenu na svojoj tetki. Odjednom je izgledala razotkriveno, ranjivo, kao da se njena glazura čvrste poslovne žene okrnjila.

– Stvarno je divna – tiho je rekla Kara. – U njoj izgledaš, ne znam, nekako nežno.

– Nežno! – uzviknula je Margo, užasnuta, već prebirajući prstima ne bi li našla patent-zatvarač. – Uh! Ne! Niko ne želi da bude nežan, Kara. Nežan je samo još jedna reč za „tugaljiv“. Snažno je navukla zavesu. – Što pre skinem ovo, pre ću moći da nađem nešto prikladno.

Kad je to rekla, Kara je znala da se bela haljina bez pogovora vraća na vešalicu.

40.

Oja, Santorini

– Izgledaš napeto. Zašto izgledaš napeto? – upitao je Horejšio prinevši bocu *jelou donkija* ustima. – Došli smo na Santorini, ostrvo na kojem nikad nisam bio i možemo da se opustimo.

Akis je odvratio pogled s telefona. Bili su u baru sa savršenim pogledom na tri velika kruzera usidrena daleko ispod njih na moru ultramarin boje, tako mirnom da je izgledalo kao da je naslikano. Šta će on tu? Zašto je doneo tako prenagljenu odluku da se jednostavno ukrca u jedan, pa drugi avion i dođe tu? To je iz nekoliko razloga bilo nešto najluđe što je ikad uradio. Prvo, ostavio je porodicu u krizi pred Kozmosovo venčanje. Drugo, zaista je trebalo da probaju pre sledećih plesnih predstava. I treće, poslao je Kari poruku kad su stigli u Oju, a nije dobio odgovor.

– Onda – rekao je Horejšio. – Rekao si nešto o tome da Kari treba pomoć. U čemu joj pomažeš? – Pripalio je cigaretu i otpuhnuo dim u vazduh.

Akis je odmahnuo glavom. – Znaš šta, nemam pojma. Mozak mi je trenutno pečen, kao da je neko uzeo sve komadiće, napravio suvlaki od njih i natakao ih na ražnjić.

– Nije ti rekla u čemu joj treba pomoć? – upitao je Horejšio, zbunjen.

Akis je uzdahnuo. – Mislim da postoji neka priča. Ali još mi nije sve ispričala.

Horejšio je odmahnuo glavom. – Sad mi je jasno. Slojevi. Propast svake veze.

– Kako to?

– Žene, ili žele da saznaju *sve* o tebi ili ne žele ništa da znaju. Ne postoji između. A kad nađeš onu koja te navede da postavljaš više pitanja nego što bi to inače radio, ispostavi su da je to ona koje pokušava da zatvori vrata.

Akis ga je pomnije slušao. – Postoji neko ko ti se sad sviđa? Čije slojeve želiš da otkriješ?

– Govorio sam uopšteno – odvratio je Horejšio, možda malo prebrzo.

– Dobro – rekao je Akis. – Onda, gde ćemo odsesti? Došli smo bez plana i smeštaja, a ona koju sam došao da vidim ne odgovara mi.

– To je, prijatelju, priča mog života – rekao je Horejšio, povukavši dim iz cigarete.

– Onda, šta ćemo? Da li znaš koliko košta smeštaj u jednom ovakvom mestu?

– Nadam se ne više nego što možemo da zaradimo u napojnicama posle ovog pića – odgovorio je Horejšio.

– Šta?

– Pa, treba da radimo ono što uvek radimo kad nam treba malo dodatnog keša, a nemamo više šta da prodamo – objasnio je Horejšio, spustivši cigaretu u pepeljaru.

Akis je znao šta sledi te je odmahnuo glavom. – Ne. Ne možemo to ovde da radimo.

– Zašto?

– Zato što ovo nije kao Krf.

– Nije – složio se Horejšio. – Ima više bogataša. Ljudi s viškom keša da ga stave pred noge izvrsnih plesača.

– Horejšio.

– Šta? Treba da platimo smeštaj, zar ne?

– Ja imam *nešto* keša.

– A ja imam svoj blutut zvučnik – odvratio je Horejšio, izvadivši ga iz torbe.

– Jesi li znala – upitala je Margo – da je Santorini poznat po paradajzu? I bobu. O, i po magarcima koji su i dan-danas prisiljeni da vuku teške putnike s kruzera uz stotine stepenika.

Obukle su se. U navodno „sporednu" odeću koju je Margo ranije kupila u drugom očaravajućem butiku. To je bilo u slučaju da te večeri nalete na maharadžu i treba da ga zadive dizajnerskom odećom. Jednom je Margoina strategija „ostavljanja utiska" uključivala čoveka na unicikli i kapkejkove u obliku Rua Pola.

– To zvuči kao da čitaš vodič – primetila je Kara dok su hodale popločanim ulicama, prolazeći pored čopora turista koji su kupovali, tražili hlad, slikali se s pogledom u pozadini.

– Ovo je crkva – rekla je Margo, mahnuvši. – Pojma nemam kako se zove, ali trebalo bi da saznam. Poznavanje mesta na kojem se nalaziš, Kara, uvek je korisno. Uh, kakva je to grozna buka. – Margo se zaustavila ispred jedne bele kuće.

Sad su bile na trgu, gde je tu i tamo bilo zasađeno drveće, okruženo belo iscrtanim krugovima. Muzika kao da je dopirala odatle. Nije bila tradicionalna, nije to bio lagani buzuki ili gitara, više je to bilo udaranje, pumpanje, tutnjava bubnjeva i basa koje... kao da je prepoznala.

Tu je bila veća gužva, kao da je prolaz ispred njih zakrčen, te su Kara i Margo morale znatno da uspore, prilagode se struji i kontrastruji ostalih dok na kraju nisu uspele da vide šta se događa. Ili bolje reći ko.

– O bože! Kara, to je tvoj plesač! – uzviknula je Margo. – Ponovo se skida.

Da bi bolje videla, Kara se provukla između dečjih kolica i dvoje turista sa starinskim foto-aparatima. *Akis.* On je stvarno tu? Progutala je pljuvačku gledajući ga kako guta plesni prostor baš kao što je to radio kad je prvi put videla njegovo izvođenje. A onda se setila bara. Psa. Akisovog glasa u mislima. Nejasno se sećala nečeg što je rekao. Da li je rekao da dolazi? I *sad* je tu?

– Tu je i onaj tupavi – primetila je Margo, odmahujući glavom. – Onaj s blago primaknutim očima.

Nastup se završio, obojica su stajali na rukama, među okupljenima se prolomio aplauz. Potom je Horejšio krenuo unaokolo skupljajući napojnice u kačket. Dobili su veliku sumu novca.

– Trebalo bi da odemo u restoran – rekla je Margo. – Morala sam da pomenem Kameron Dijaz da bih dobila rezervaciju.

– Ti ne poznaješ Kameron Dijaz – odvratila je Kara.

– Ali u restoranu to ne znaju.

Kara nije htela nikud da ide dok ne razgovara sa Akisom i ne otkrije zašto je na Santoriniju. Zakoračila je među mnoštvo koje se razilazilo dok nije naišla na njega, oblačio je majicu na zategnuto telo.

– Akise – rekla je.

– Zdravo, Kara.

– Otkud ti ovde?

– Zar nisi dobila moju poruku?

– Poslao si mi poruku?

Već je preturala po tašni u potrazi za telefonom. – Izgleda da mi se... istrošila baterija. – Ponovo je pogledala u njega. – Došao si čak ovamo. Da li je venčanje prebačeno na drugo ostrvo?

– Nije – odgovorio je. – Sećaš se... da smo razgovarali? Da si se... uplašila.

Klimnula je glavom, osećajući peckanje u ramenima. – Donekle.

– Dobro, pa, rekao sam da ću doći. I došao sam... a onda je i Horejšio pošao sa mnom.

– Zdravo – pozdravio ju je Horejšio dok je trpao šaku keša u džepove.

– Bože! Šta ti je s rukom? – upitala je Kara, primetivši da je povređen.

– To je vrlo duga i složena priča – odvratio je Horejšio.

– O – izustila je Kara.

– Šalim se. One žene u lancima i konopcima, znaš – odgovorio je sa iskrom u očima.

– Ne slušaj ga – Akis je odmahnuo glavom.

– Šta ćete vi ovde? – Margo je upitala obojicu i ujedno nikoga.

– *Yassas*, Margo – pozdravio ju je Horejšio, naklonivši se.

– Ne gledaj me – brecnula se Margo. – Ko god da si. – Odvratila je pogled, hladeći se rukom.

– Upravo smo krenule na večeru – rekla je Kara. – Hoćete li da nam se pridužite?

– Kara, jesi li ti skrenula? Rekla sam ti koliko je to ekskluzivan restoran. Ne možeš tek tako da pozoveš nekog.

– Molim vas, u redu je – rekao je Akis.

– Da – dodao je Horejšio. – Mi možemo da jedemo s trećerazrednim ljudima.

– Dobro – odvratila je Margo. – To je sređeno.

– Ne – rekla je Kara, iznervirana tetkinom nepristojnošću. – Idete s nama. Ili ćemo naći drugo mesto koje *može* da primi četvoro ljudi.

– Kara...

– Ovuda, zar ne? – upitala je Kara, povevši ih.

41.

Restoran *Ambrozija*, Oja, Santorini

– Molim te, za ime boga, hoćeš li prestati tako da gutaš vino? – naglas je rekla Margo.

Nije bilo stola za četvoro. Margo je u tom pogledu bila u pravu. Ali bila su dva stola za dvoje jedan pored drugog. Činilo se nepristojnim da Kara i Margo sednu za isti pošto je Kara pozvala Akisa i Horejšija da im se pridruže, tako da je ona sedela sa Akisom, a na Margoino očigledno nezadovoljstvo, koje je uključivalo mnogo coktanja i gunđanja dok joj je Horejšio primicao stolicu, njih dvoje su bili drugi par.

– Ponekad u stvarima treba brzo uživati, Margo – odgovorio je Horejšio, progutavši još jedan gutljaj belog vina.

I odatle se pružao „ubistven" pogled na dramatično morsko prostranstvo, na celu liticu naspram belih kuća raspoređenih na vrhu kao posut šećer u prahu. Bilo je kao da lebde u vazduhu, da su samo drugi beli hoteli, apartmani i barovi ispod njih bili spremni da ih uhvate. Kara se usredsredila na Akisa, koji je sedeo napram nje. Bio je ćutljiv otkako im je stiglo piće, čeprkao je po telefonu.

– Jel' sve u redu? – upitala je.

Isključio je ekran i spustio telefon na sto. – Jeste. – Uzdahnuo je. – Hoću da kažem, osim imejla od Crkve koja prima k znanju moje zanimanje da postanem sveštenik. I imejla – da, imejla – od moje majke koja kaže da ja neću sedeti za porodičnim stolom gde god da se venčanje održi, zato što joj treba mesto za arhiepiskopa. I poruke od moje sestre, koja kaže da će Kozmosa, ako ne prestane da gnjavi, uhvatiti za jaja umesto za gležnjeve i okrenuti ga naglavačke.

– Uh – odvratila je Kara. – To zvuči bolno.

– Koji deo? – upitao je Akis.

– Sve to, da budem iskrena – rekla je. – I pored svega toga što se događa, ti si došao ovamo.

– Da. Zato što... Mislim da pas nije jedino čega se plašiš.

Kara je uzela čašu s vinom i polako otpila. Koliko bi trebalo da mu kaže o tome zašto su na Santoriniju. Bila je to Margoina stvar, ne njena, a i dalje joj nije bila sasvim jasna. Ali on je zbog nje doputovao s Krfa do Atine, pa na ovo ostrvo. Duguje mu nekakvo objašnjenje.

– Pa, došle smo ovamo zbog te Margoine stvari – počela je, nagnuvši se napred.

– Stvari?

– Posao je u pitanju. Bar ja mislim da jeste. Neko s kim mora da se vidi.

– Do-bro – odvratio je Akis kao da ništa ne razume.

– A ona se nada da će se sutra uveče sastati s njim. I... rekla je... da ću ja pevati – dodala je, već ju je obuzela nervoza, u grudima je stezalo. – Na nekom događaju. Na brodu.

– Dobro – rekao je Akis, malo hladnije.

– Ali nije dobro, zar ne? Zato što sam mislila da je dovoljno loše što ću pevati na Kozmosovoj i Reninoj svadbi. Sad smo ovde na Santoriniju, i takva je gužva, toliko je ljudi, a tu je i taj važan događaj s važnim ljudima i... i... nisam spremna.

I Akis se nagnuo napred. – Sad znam zašto sam se ukrcao na avion.

– Znaš? Zato što je to prilično ludo.

– Pevaćeš na tom događaju – rekao je Akis i otpio malo vina.

– O... ne... hoću da kažem, još nisam smislila izgovor, ali Margo i MI5 su morali da me stave na spisak izvođača da bismo mogle da uđemo na zabavu, tako da... – Pustila je da kraj rečenice iščezne kao da je kraj pesme.

– Tako da? Ne želiš da vežbaš uz klavir? Da te svi čuju, ali da te ne vide?

Usiljeno se osmehnula. – Znam šta radiš i zahvalna sam ti na tome. Ali nisam sigurna da ću ikad biti spremna.

– Šta ako ti kažem da sam poneo svoju klavijaturu sa sobom?

Zašto je Kari pogled odmah pao na njegov torzo, nije znala. Brzo se prenula. – Nisam sigurna da bi obezbeđenje to dozvolilo.

– Ne bi – odgovorio je Akis. – U pravu si. Ali to ne znači da ne možemo nekako da probamo. Ako ti to želiš.

Ponovo je podigla pogled. Bila je tu, na predivnom Santoriniju, još jednom mestu na kojem nije očekivala da će se naći, s tim muškarcem koji je malo-pomalo izgrađivao njeno samopouzdanje, iako i sâm prolazi kroz teškoće. Već joj je pomogao da postigne više nego što se ikad mogla nadati da će postići za tako kratko vreme. No hoće li ikad dokučiti za šta je sposobna ako ne uroni u nesigurne vode? A sa Akisom pored sebe, skoro neprekidno je osećala da je sve moguće.

– Ti se ničega ne bojiš, zar ne? – primetila je Kara kad joj je stiglo predjelo.

– Strah nije jednostavna emocija.

– Nije?

– Ljudi se plaše iz različitih razloga. Moj brat ima iracionalne strahove. Sve ga plaši, a nema razloga za većinu briga koje ga muče. Šta ako sunce padne s neba? Šta ako jednog dana ne bude više riba u moru? Šta ako lokalna taverna prestane da služi *pastićo*?

– Pa, to s ribama je u izvesnom smislu moguće – rekla je Kara.

– Mislim da je tvoj strah posledica traume, jesam li u pravu?

Progutala je pljuvačku, uspevši da klimne glavom.

– Tako da to nije iracionalan strah. To je nešto što ti se dogodilo. Nešto stvarno.

Bilo je stvarno. Gledali su milioni. A posle te jezive, ponižavajuće večeri, njeni roditelji su otišli, verenik joj je nestao, a Margoin jedini način da se izbori s tim bio je da joj zakaže terapiju.

– Ono što me plaši – rekao je Akis proučavajući je tim čarobnim pogledom – jeste da ću se jednog dana osvrnuti na svoj život i shvatiti da sam deo njega protraćio previše razmišljajući pre nego što bih nešto uradio.

To je malo iznenadilo Karu. Akis kojeg je poznavala bio je čovek od akcije, ali sad je otkrila i da je duboko promišljen. Susrela je njegov pogled, čekajući da joj razjasni.

– Ali strah te može ojačati, znaš – nastavio je.

– Ne znam za to – rekla je, uzevši viljušku.

– Šta god da osećaš potvrda je nečeg što te je pogodilo. – Načas se zamislio. – Razgovor. Nešto što si videla ili pročitala. Isto je sa strahom.

– Ne razumem.

– Strah te može pogoditi, ali od tebe zavisi koliko će te pogoditi i da li ćeš mu dozvoliti da ostane, ili ćeš ga prepoznati a onda samo pustiti.

Progutala je pljuvačku. To što je rekao bilo je tako oštroumno.

– Sve što se događa u životu treba da bude lekcija. Tako se meni sviđa da gledam na to. Jer ako ne gledaš pozitivno na to, kao na nauk, druga mogućnost nije privlačna.

Kara je u svom umu proletela kroz sve teške periode kao da su mini-serije, kao da gleda kako je odlučila da se prepusti teškoćama, dozvoli im da je preplave, skoro je sasvim obuzmu. Uz terapiju je pokušala da krene dalje, ali to nije zaista pokrenulo pitanje izbora koje je u to vreme načinila, kao ni zašto su „skrivanje" i „bežanje" bili njen način suočavanja, umesto da to budu reakcije „bori se ili beži".

– Hej – rekao je Akis, pokrivši njenu ruku svojom. – Nisam hteo da te rastužim.

– Ne – uzdahnula je Kara. – Nisam tužna. Samo... mislim da sam protraćila mnogo vremena.

Stegao ju je za ruku. – Dobro, hajde da ga više ne traćimo. Kao ni hranu. – Uzeo je viljušku.

– Ovde ćeš koristiti pribor za jelo? – upitala je, osmehujući se.

– Ne bih da nas izbace – odgovorio je. – Horejšio, s druge strane...

Kara je pogledala u sto za kojim su sedeli Margo i Horejšio, on je držao u ruci veliko parče tarta sa sirom, dok ga je Margo opominjala u očajanju odmahujući glavom.

Ponovo je pogledala Akisa. – Posle večere – rekla je – možemo li da nađemo klavir?

42.

Bar restoran *Keč*, Oja, Santorini

Klavir je bio beo, u uglu divnog dvorišta s velikim barom u sredini, koji je sijao pod ambijentalnim svetlom, unaokolo su bile postavljene stolice, a niz rustične kamene zidove spuštale su se jarkocrvene bugenvilije. Udobne sofe s modernim jastučićima, stolovi i klupe od maslinovog drveta, izgledali su prikladno u restoranu s Mišlenovom zvezdicom. Ljudi su uživali u koktelima privlačnog izgleda, laganom razgovoru, i Kara je već pomislila da je to loša zamisao.

– Dobro si? – upitao ju je Akis.

– Ne – odgovorila je. – Predomišljam se.

– *Ohi*. Nema više razmišljanja – odvratio je Akis. – Osim ako je pozitivno. *Ela*. Dođi.

Zaputio se ka klaviru, seo na stolicu i počeo da prebira po dirkama. Kara je posmatrala goste; niko nije zaista obraćao pažnju na to što je neko zasvirao. Svi su se bili prepustili sopstvenom opuštenom raspoloženju svojstvenom letovanju. Možda će biti dobro. Prišla je Akisu i klaviru.

– Znaš li – pitao ju je, postavljajući prste iznad dirki koje su proizvodile divnu melodiju – šta bi volela da pevaš?

– Možda onu koju smo ranije vežbali? – predložila je Kara, dok su joj noge lagano klecale.

– Koju?

– „Show Me Heaven“ – izustila je Kara. – O... ne znam. Ja...

– Pogledaj me – ohrabrio ju je Akis. – Ne mogu da te vide, sećaš se?

Zasvirao je i pre nego što je Kara i shvatila, počeli su, a ona je zapevala.

* * *

Gledao ju je dok je svirao a ona pevala. Gledala je u njega, ne u ljude u baru. Ali on je krajičkom oka video kako gosti prestaju da rade u čemu god da su se zatekli, i da obraćaju pažnju na njih. Kao što je i trebalo. Njen glas je bio *sve*, i znao je da ona to ne razume u potpunosti. Otkad ju je prvi put čuo, dirnuo ga je, i bio je u opasnosti da poželi još, toliko da ne želi više ništa drugo.

Progutao je pljuvačku, načas se zaboravivši.

Sad je pevala drugačije nego u stanu. Još je to bilo nesigurno, ali bilo je snažnije, svesnije, prožeto željom da uradi to kako treba, nije nastalo iz potrebe za vežbanjem pre nastupa, već možda iz potrebe da prođe kroz to, da uspe.

Spustila je ruke na klavir i zažmurila, dostigavši onaj snažan, moćan ton i zapevavši ga silno. Akis se tad udubio u muziku, slušajući je, svirajući za nju dok nisu stigli do kraja.

Kad je prestala da drži završni ton a on završio sa sviranjem, pogledala ga je s prepoznatljivom radošću na licu. Videla je da ga je dirnula tako duboko da skoro nije znao šta da radi sa sobom. Ustao je, zakoračio prema njoj...

Ali onda se prolomio aplauz.

Gledao ju je zgranutu pred iznenadnom bukom, izraz lica promenio joj se od ozarenosti u paniku. Te večeri se hrabro suočila s dovoljno straha. Prebacivši joj ruku preko ramena, primakao ju je sebi mahnuvši gostima, sve vreme je štiteći od pažnje, sprovodeći je ka izlazu.

– U redu je – prošaputao joj je uz uho. – Bila si sjajna. – Udahnuo je. – Sjajna si.

Kad su izašli na ulicu, osetio je kako njena napetost malo popušta, čujno je uzdahnula, kao da je čvrsto zadržavala dah. Nije to bio očajnički poriv da se oslobodi, ali bilo je dovoljno da je udalji od njega, kao da joj je načas trebao sopstveni prostor. Naslonila se na nizak zid, bele četvrtaste kuće sijale su osvetljene, spuštajući se naniže ka moru.

– Tresem se – rekla je Kara, ispruživši ruke da mu pokaže.

– Adrenalin – odgovorio je Akis. – Nemoj misliti da je bilo šta drugo.

– Nisam ni mislila – nastavila je. – Samo osećam to, znaš.

I on je osećao. Na trenutak je osetio njenu strast. Njenu sposobnost da peva u javnosti, pred ljudima. To je bilo zarazno i širilo se, zavlačilo mu se pod kožu.

– Znam – uzdahnuo je. – Video sam.

– Ne bih mogla to bez tebe, Akise.

– Uradila bi to sa mnom ili bez mene. Ja sam samo... svirao klavir.

– Ne – rekla je, odmahujući glavom. – Za mene nije bilo samo to.

– Nije? – Krv u njegovim žilama doslovno je zamenila lava.

– Nije – uverila ga je. – Ti si... prešao toliki put, a otkad smo se upoznali slušao si me i... nisi me osuđivao, nisi me pitao za to veče i... ne znaš koliko mi to znači.

Poželeo je da je ponovo poljubi. Ali za razliku od prošlog puta, kad je reagovao nagonski, sad je hteo da ona zna da je to želeo svim svojim bićem.

– Kara – prošaputao je, pruživši ruku i uhvativši je za bradu.

– Sklanjaj se od mene, ti smešni čoveče!

Margoin glas je zaparao noć a Akis ju je krajičkom oka video kako nailazi odgurujući Horejšija. Trenutak je prošao i Akis je spustio ruku, uzmakavši kad su se pojavili Margo i njegov prijatelj.

– Hej! – rekao je Horejšio. – Našao sam gde ćemo da odsednemo. Čak ima i pogled. Klima-uređaj ne radi, ali zato imamo vazdušno hlađenje.

– Dođi – rekla je Margo, uhvativši Karu podruku. – Treba da se naspavamo da bismo bile lepe. Jedine kese s kojima sutra treba da se pojavimo na zabavi jesu one sa uzorcima *Kerid avej* proizvoda.

– O, pa... – zaustila je Kara i dalje gledajući u Akisa.

Horejšio ga je pljesnuo po ramenu. – Još jedno piće?

– Naravno – složio se ovaj, pogledavši u Karu.

– Doviđenja, Horore – Margo je rekla Horejšiju.

Akis je pogledao kako se Kara koju je tetka odvodila osvrnula ka njemu i znao je da je, zasad, trenutak propušten.

43.

Oja, Santorini

– Budi se, ortak, sunce je izašlo, klima-uređaj ne radi i moramo da izađemo među svet.

Narednog jutra, Horejšio je skočio na uznožje vrlo kratkog kreveta za jednu osobu na kojem se Akis stisnuo, od čega je dušek odskočio. Bilo je tako vruće u tom majušnom apartmanu koji je Horejšio obezbedio uglavnom zahvaljujući šarmu, a zbog nepouzdanog upravljanja temperaturom, komarci su im celu noć zujali oko glava.

– Koliko je sati? – upitao je Akis, oslobodivši ruku ispod jastuka i pokušavši da pogleda na sat.

– Vreme da nađemo doručak. Ustaj! – rekao je Horejšio, još malo skačući. – Onda možemo da nađemo bazen i da se opustimo.

Horejšio je i dalje na to putovanje gledao kao na svojevrsno letovanje, ne kao na pružanje podrške, što se od njega očekivalo.

– Ne mogu ja to – rekao je Akis. – Kara večeras ide na neki događaj. Mora da vežba.

– Šta da vežba? – upitao je Horejšio, skočivši s kreveta. – Margo kaže da ona nikad više neće pevati u javnosti.

– Šta? – odvratio je Akis, uspravivši se u sedeći položaj i trljajući snene oči.

Horejšio je slegnuo ramenima. – To je ona sinoć rekla. A onda je rekla onim svojim znalačkim glasom: „Jedine odluke koje Kara donosi jesu one koje joj ja kažem da donese".

Akis je sad ustao. – Izmišljaš, Horejšio? Stvarno je to rekla?

– Da – uzdahnuo je Horejšio. – Hoću da kažem, nekako je moćno, zar ne?

Akis nije mislio da je to moćno. Mislio je da je to narcisoidno i okrutno. Počeo je da se oblači, ne mareći za to šta uzima, jer je morao da se skloni s tog mesta i od tog ružnog razgovora.

– Hoćemo li da doručkujemo? – upitao je Horejšio.

– Nije me briga šta ćeš ti da radiš. Ja idem da nađem Karu – rekao je Akis, zaputivši se ka vratima.

– Ima slika na internetu – rekla je Margo dok su ona i Kara doručkovale na terasi. – Radžova, u Firi od sinoć. Trebalo je da uzmemo taksi i odemo tamo.

– Pa – odvratila je Kara, mešajući kafu. – Nije važno gde je bio sinoć, večeras će biti na tom brodu, zar ne?

– Da – potvrdila je Margo, uzdahnuvši. – Da, pretpostavljam. Samo što...

– Šta? – upitala je Kara. – Nešto nije u redu?

– Ne znam. – Margo je prinela ruku jednoj povredi na grudima koja joj je zaceljivala. – Osećam da, nekako, možda... Počinjem da gubim oštrinu.

– O, Margo, ne. Zašto to misliš? Hoću da kažem, na stranu taj verovatno manji problem s *maksi-gouom*, posao sjajno ide. Imaš toliko slavnih kupaca, na pragu si da se probiješ u Americi i...

– I sve je to *Kerid avej*, a ne ja.

Kara je načas proučavala tetku, videla je istinsku potištenost u njenom pogledu. To je bilo nešto novo. – Ali uvek si govorila da ste ti i posao vezani jedno za drugo kao Kristijan Grej i Anastasija Stil,[11] da nema jednog bez drugog.

– I to je istina – složila se Margo. – Ali šta će biti ako se posao iznenada raspadne kao jebeni kofer? Šta će mi ostati? Skladište puno kofera na točkiće, nekoliko poziva na zabave i moja sestričina koja misli da čivava može svakog trenutka da je rastrgne.

Kara se zaledila. Žaoka je pogodila u metu i postigla svoj cilj. Ustala je od stola i krenula kamenom stazom.

– Kara, stani. Čekaj. Nisam tako mislila. Kara! – Margo ju je molila. Nije bilo govora da se zaustavi.

---

[11] Likovi iz knjige/filma *Pedeset nijansi sive.* (Prim. prev.)

44.

Zaliv Amudi, Santorini

– Ja sam joj to dozvolila, znaš – rekla je Kara, sišavši niz sledeći stepenik od otprilike pedeset preostalih. Bilo je stotine stepenica niz liticu do zaliva Amudi. – Povukla sam se i zatvorila, dopustila sam Margo da upravlja mojim životom zato što mi je u to vreme to zaista bilo potrebno.

– Kara, uspori malo – rekao je Akis. – Stepenice su strme i mislim da će biti klizave.

– Ne bi trebalo da budem ovde. A ne bi trebalo ni ti da budeš ovde. Jurimo nekog princa zato što Margo misli da je on ključ za narednu fazu njenog poslovanja, a ipak mi je rekla da možda više i ne zna ko je.

– Kara – rekao je Akis. – Molim te, stepenište.

– Trebalo bi da odem. Trebalo bi *oboje* da odemo. Da se ukrcamo na sledeći avion za Krf – nastavila je. – Ti imaš venčanje kojem moraš da prisustvuješ, a ja treba da vežbam za to venčanje, a ne za neki događaj za bogataše koje je baš briga ko ih zabavlja sve dok šampanjac teče u potocima.

– Kara...

Odjednom se okliznula, sandala joj je spala, a Akis ju je zgrabio za nadlakticu, sprečivši je da padne. Držala se za njega, pokušavajući da se pribere. *Jeste* bilo strmo. Neki su se pridržavali za zid, drugi su se peli vraćajući se, karavan privezanih magaraca žalosno je posrtao...

– Zastani malo – rekao je Akis, držeći je uspravno. – Razbistri misli i upij pogled.

Kara se pribrala, ponovo čvrsto stala. Pogled je bio sjajan, dramatične crvene vulkanske stene uokvirivale su Egejsko more s brodovima daleko ispod njih.

– Izvini – rekla je Kara posle nekog vremena. – Ne bi trebalo da slušaš ovo.

– Ne izvinjavaj se – rekao je Akis. – S porodicama nije jednostavno. Upoznala si moju.

Osmehnula se. – Čekaj da upoznaš moje roditelje. Nisu toliko zapetljani, ali su bez sumnje ekscentrični.

Akis joj je uzvratio osmeh. – Upoznaću tvoje roditelje?

– O, oh, ne, ne, naravno da nećeš. Smešno je što sam to rekla, zapravo se samo tako kaže. Ni ja ih nisam dugo videla.

Nasmejao se. – Šalim se. Opusti se. Važi? Diši.

Ruke su mu bile na njenim ramenima, dodir mu je bio zaista umirujući i vrlo, *vrlo* seksi.

– Hoćemo li nastaviti da silazimo? – upitao je. – Nema još mnogo.

– Važi – složila se Kara. – Ali sad ću usporiti.

Zaliv Amudi je bio divan. Mala uvala s nekoliko taverni, čamci privezani uz dok, talasi koji se razbijaju uz njihove trupove.

Litica niz koju su sišli izgledala je nesavladivo s tog mesta, kao i vrletne crvene stene svuda oko zaliva, strogi podsetnik da je to ostrvo nastalo od mnogih vulkanskih erupcija.

– Ovo je bilo vredno stepenica, zar ne? – rekao je Akis, hodajući dokom pored nje.

– O, nesumnjivo je vredno stepenica – složila se Kara. Gledao ju je kako pije vodu u tom okruženju. *Ona* je bila lepša od bilo čega unaokolo. A protekle večeri, dok je pevala snažnije i silovitije nego ikad, samo je želeo da oseti njenu energiju u svom naručju. Ali to se nije dogodilo. Oklevao je i trenutak je prošao kad su naišli Margo i Horejšio. Možda je postojao razlog što ga je sudbina sprečila.

Krivudali su duž doka, sklanjajući se uza zid kad bi se staza suzila i ljudi prolazili, i napokon su stigli do taverne *Amudi fiš* na jednom kraju doka.

– Jel' rano za ručak, šta misliš? – Akis ju je upitao.

– Nije ako nisi doručkovao – rekla je Kara. – Zapravo, kad pogledam te hobotnice, mislim da ne bi bilo rano u bilo koje vreme.

Hobotnice su bile okačene o konopac ispred taverne kao odeća s pipcima, tela su im upijala sunčev sjaj, ružičastonarandžaste izbočine bile su skoro providne. Priroda je tu sve darovala, ribu iz vode, sunce koje je prožimalo sve što dodirne, stene koje su davale na dramatičnosti.

– Dođi – rekao je Akis, povevši je.

Nedugo zatim sedeli su za stolom uz samu vodu, vršci talasa svetlucali su na sunčevom svetlu i sijali kao ukrašeni dijamantima. Doneli su im vodu, pa su oboje naručili salatu od rukole i spanaća i hobotnicu sušenu na suncu.

– Znaš – počeo je Akis – mislim da postoji razlog što si ti ovde na Santoriniju.

– Da – složila se Kara. – Rekla sam ti. Zbog maharadže i tog glupog Margoinog plana.

– Ne – odvratio je Akis, odmahujući glavom. – Ne mislim da si zbog toga ovde.

– Ne?

– Ne – rekao je. – Možda je *Margo* zbog toga ovde. Možda misliš da si ovde samo da bi nju pratila, ali šta ako je pravi razlog to da možeš ponovo da pevaš? Ako je ono što Margo radi, šta znam, sporedan zaplet, a ti imaš glavnu ulogu u glavnoj priči.

Gledao je kako joj se izraz lica neznatno promenio, kao da razmišlja o toj mogućnosti. Prešla je prstom preko ivice svoje čaše. A onda je odgovorila.

– Nikad me nisi pitao za moje loše izvođenje – tiho je rekla.

– Šta?

– Rekla sam ti, kad smo se upoznali, da sam imala loše izvođenje pred milionima ljudi, a ti me nikad nisi pitao za to.

Klimnuo je glavom. – Nisam.

– Zašto?

Duboko je udahnuo. – Valjda iz istog razloga iz kojeg ti mene nisi pitala za detalje Kozmosove nezgode.

– *Tvoje* nezgode, Akise – ispravila ga je Kara.

– Da – priznao je, prstom dodirnuvši prazninu na drugoj ruci. – Moja nezgoda. – Ponovo ju je pogledao. – Pretpostavljam da već znam da te je, šta god da se dogodilo tokom tog izvođenja, to promenilo. I ne samo mali deo tebe. Potpuno te je promenilo. – Udahnuo je. – I mislim da znam da je to najvažnije.

Klimnula je glavom. – Ali možda sad želim da ti ispričam. – Udahnula je. – Možda sad osećam *potrebu* da ti ispričam.

Video je da joj ruke drhte i poželeo je samo da ih drži u svojima, ali uzdržao se. Ona to mora sama da uradi.

– Bila sam na evrovizijskom takmičenju, ako znaš za to – rekla je Kara. – To je veliki spektakl koji se prenosi širom sveta, a zemlje se takmiče jedna protiv druge za pobedu. Ja sam bila jedan od favorita. Ja i takmičari iz Švedske i Danske. – Ponovo je udahnula. – Trebalo je to da bude moj veliki prodor. Mesecima sam se se pripremala i nikad se ni za šta nisam osećala tako spremno. Ništa nije moglo poći po zlu. Čak i ako ne pobedim, bilo bi to izvođenje mog života i mogla bih da biram ugovore za snimanje ploče. – Popila je gutljaj vode pa drhtavom rukom spustila čašu na sto. – Dok sam se spremala da izađem na scenu, čekajući da me najave u areni, nikad nisam bila samouverenija. Sve je trebalo da teče glatko baš kao na probi, a onda...

Reči su joj zamrle a Akis je video uzbuđenje na njenom licu, izdajničku grimasu njenog obraza. Mogao je da je zaustavi. Mogao je da kaže da je u redu, da ne mora ponovo da proživljava sve to.

– Onda se – nastavila je – dogodio Jodi.

– Jodi?

– To je... pas – rekla je Kara. – Pojavio se niotkuda. Skočio je na pozornicu. Potrčao je pravo ka meni. Tako brzo da nisam znala šta da radim. Sledeće čega se sećam jeste da sam bila na podu, bila sam potpuno izgubljena, muzika je počela bez mene, publika je ostala zatečena između šoka i smeha, a ja sam se samo zaledila.

– Kara...

– Ne sećam se kako sam sišla s pozornice. Ali sećam se kako me je verenik pogledao kad sam se vratila u *green room*. – Sad su joj suze navirale iz očiju. – Bilo je to nalik neverici. I ne na dobroćudan način. Više kao da me vidi prvi put i shvata da ja nisam ono što on želi da budem.

Akis je tad posegnuo za njenim rukama, ali ona ih je povukla, prekrstivši ih na grudima.

– Moji roditelji nisu znali šta da kažu. Moj otac je, zaboga, tačno ispred mene razgovarao o globalnom zagrevanju s takmičarem iz Nemačke. Samo se Margo pitala kako je *meni*, kroza šta *ja* prolazim, umesto da se brine o tome što će se celoj Velikoj Britaniji podsmevati narednih dvanaest meseci. – Umirila je disanje. – Za nekoliko nedelja moja karijera je bila okončana, moja veza je bila okončana, a moji roditelji su otišli da čuvaju prašume ne osvrnuvši se za sobom. Margo je bila jedina koja je nešto preduzela. Znam da me ponekad koristi i da greši, ali ona je bila *jedina* koja je bila uz mene kad mi je neko bio potreban.

Akis ništa nije rekao, samo ju je gledao, obrađujući sve emocije koje je njeno lice otkrivalo. A onda je, kad je prošlo nekoliko trenutaka, odgovorio.

– Rekla si, za svog dečka, kako misliš da je shvatio da nisi ono što je on želeo da budeš – kazao je. – Ali šta je sa onim što ti jesi? Sa onim što *ti* želiš da postaneš? Ne po bilo čijem mišljenju, sećaš se?

Gledao ju je kako upija ono što je upravo rekao kao da je najnovija vest. Zapitao se da li se uhvatio za pogrešan deo informacije koju mu je dala.

– Da, a ja sam krivila *sebe* što on to oseća prema meni. – Uzdahnula je. – A onda sam krenula na terapiju. Onoj u kojoj te hospitalizuju. Pretvorili su to u moju potragu za razlozima u meni zbog kojih nisam mogla ni u ogledalo da se pogledam. – Odmahnula je glavom. – Kako sam se osećala zavisilo je samo od mene i niko drugi nije mogao biti ni za šta odgovoran. – Zastala je. – Izvini, ovo je malo previše s obzirom na to da nismo ni ručali.

– Ne – Akis je rekao, sipavši joj još malo vode u čašu. – Dobro je odvojiti vreme za razmišljanje. I ja sam razmišljao posle nezgode. – Udahnuo je. – Shvatio sam da bih sve učinio za svoju porodicu. Kad se Kozmos zaglavio u mašini, mogao sam mnogo toga da uradim. Mogao sam da posegnem za nečim, za alatom, kako bih mu pomogao da se izvuče. Mogao sam da pozovem pomoć i čekam. Ali nisam uradio ništa od toga. Brzo sam reagovao, uprkos svemu. A ta ljubav prema mojoj porodici, ta želja da učinim sve da bih je zaštitio... zbog toga ću postati sveštenik.

Kari je zastao dah kad je shvatila u tom trenutku šta je on zapravo rekao. Klimnuo je glavom kao da je to odlučeno.

– Nisam mogao da rizikujem Kozmosov život. Ne mogu rizikovati zbog prokletstva Dijakosovih.

45.

Kari je pripalo muka. – Ali ne možeš.

Ustala je, ne znajući zaista zašto stoji. Odjednom se osetila zatvorenom i bilo joj je vruće, *veoma* vruće.

– Nije u redu – nastavila je. – Hoću da kažem... ne možeš to tek tako da uradiš. Zato što ti porodica kaže da uradiš. Šta je sa onim da ne marimo o onome šta drugi misle?

Sad je kršila ruke pa zgrabila salvetu sa stola da bi nešto držala, cepala.

– Nije stvar u tome da se brinem šta drugi misle – odgovorio je Akis. – Brine me šta bi moglo da se dogodi ako to ne uradim. Kara, zašto se ne odmakneš od ivice? Sedi.

– *Moglo* da se dogodi – rekla je Kara. – Postoje doslovno stotine scenarija do kojih bi *moglo* doći bilo kad. Saobraćajna nesreća! Brodolom! Loša genetika! A ti ćeš zameniti ceo svoj život zbog neznatnih izgleda da je neka pradavna priča istinita? I... šta je s tvojim plesanjem? S klavirom? Hoću da kažem, navući će ti odoru, pustićeš bradu i pojaćeš, nećeš imati vremena za... za bilo koji od zadivljujućih talenata kojima si nadaren!

– Kara, molim te, skloni se od ivice – rekao je Akis, i sâm ustavši.

– Upravo sam ti ispričala svoju traumu s psom, koji je sad verovatno bogat kao onaj maharadža, a ti ćeš dozvoliti da ti strahovi upravljaju odlukama i postaćeš svojevrstan mučenik našeg doba! E pa, znaš šta ja mislim? Mislim da je to sumanuto, jebote!

Uperila je salvetu u njega, a onda je osetila da gubi ravnotežu. Zgranuto je razrogačila oči i pokušala malo da se ispravi, ali nije vredelo. Pre nego što je stigla i da razmisli, upala je u more.

* * *

Akis se sagnuo ispod konopca i skočio u vodu. Nije bila duboka, ali bilo je stenja, a Kara je pala, nije skočila svojom voljom. Plivala je, nedaleko od njega, prskajući, očigledno natopljena i još zapanjena.

– Kara – rekao je, plivajući ka njoj.

– Zašto si to uradio? – doviknula je Kara. – Znam da plivam! Nisi morao na meni da primeniš celo *Spasavanje života na moru*![12]

– Jesi li dobro? – upitao je Akis, ne hajući za njenu reakciju. – Nisi se udarila o neku stenu.

– Samo me pusti! – doviknula je Kara, pokušavši da dopliva nazad do ivice, gde je napokon mogla da dodirne dno. – Ostavi me samu s mojom sramotom!

– Kara – rekao je Akis, prislonivši joj ruku na nadlakticu. – Nema razloga da te bude sramota.

– Ne? Zato što svi koji su tamo u miru pili svoje piće sad gledaju u tu bezumnicu koja je upravo upala u more! A ako nešto mrzim, to je da me gledaju. – Otresla je njegovu ruku.

Kao da hoće da istakne to, uhvatila je malo mokre kose i prebacila je preko lica kao štit od gostiju koji su im *zaista* poklonili malo pažnje.

– Dođi ovamo – rekao je Akis. – Niko te neće gledati, u redu? – Zagrlio ju je, zaklanjajući je od posmatrača dok nisu došli do obale. – Dođi, sedi ovde.

Pomogao joj je da se popne uza stene, a zatim seo pored nje.

– Ja sam budala – izjavila je Kara, kosa joj je i dalje visila preko lica. – I nije trebalo to da ti kažem. Samo sam... Ne znam... bio je to šok.

Ćušnuo ju je po ruci. – Ali kad smo se prvi put videli mislila si da sam sveštenik.

– Zbog tvoje odeće!

– Ah, a ja mislio zbog moje mudrosti i razumevanja.

Frknula je. – Dobro, imaš i to.

– Da?

– Zbog čega ćeš verovatno biti vrlo dobar sveštenik.

– Misliš?

Učinilo mu se da je nerado to izjavila, skrivala je pogled. Nikad nije više želeo da je gleda u oči.

---

[12] Aluzija na dokumentarni serijal *BBC*-ja *Saving Lives at Sea*. (Prim. prev.)

– Samo sam... sebično reagovala. Zato što ću, znaš, kad se budem vratila u Veliku Britaniju razmišljati o svemu što smo zajedno radili – o odlasku u riblji restoran, nedovršenom dvorcu – kao i o svemu što smo jedno drugo rekli o smislu života.

– O širini stvari – tiho je rekao.

– Razmišljaću o tebi kao o toj osobi. Ne kao o svešteničkoj osobi.

– Svešteničkoj osobi?

– I dobro, priznajem da bih čak mogla da se ispružim na onoj pozornici i pustim te da plešeš nada mnom.

– Stvarno?

– Možda. – Izvila je uglove usana u osmeh.

– To je sve? – upitao je Akis. Osetio je njenu toplotu dok je sedela tik pored njega, vrelija od sunca koje im je brzo sušilo natopljenu kožu.

– Pa... ne znam.

Znao je šta će najsnažnije pamtiti.

Tad je posegnuo za njom, nežno joj dodirnuvši bradu palcem i kažiprstom, podigavši joj glavu, sklonivši joj kosu.

– Sećam se kad sam te poljubio – rekao joj je. – I pravio se da sam te poljubio da bi prestala da paničiš. Ali, u stvari, *ja* sam paničio. U sebi. Zato što je postojao samo jedan razlog da te poljubim. – Udahnuo je, gledajući je u oči. – Jednostavno zato što sam želeo da te poljubim. Zato što nikad ni sa kim nisam osetio takvu povezanost, a sad je ona još snažnija.

Drhtala je. Osetio je kako je protresa drhtavica dok joj je držao bradu. Oklevao je, uzdržavao se, ne želeći da je uplaši.

A onda je ona prislonila dlan uz njegov obraz i lagano ga stegla za bradu. – I ja to isto osećam.

Nije čekao ni sekund duže. Pritisnuo je usne na njene, a ona se pokrenula u njegovom zagrljaju, približivši se, silovitije ga ljubeći. Vlažna kosa, vlažne usne, srce mu je mahnito tuklo dok ju je držao u naručju. Sunce mu je peckalo potiljak, unutrašnja temperatura i dalje je rasla dok naposletku oboje nisu morali da udahnu.

– Jesam li upravo poljubila sveštenika? – upitala je Kara, obrazi su joj se malo zacrveneli.

Osmehnuo se. – Zasad lažnog. – Zastao je. – Ali, znaš, proveo sam dosta vremena u tom kostimu.

– O, Akise, sve ovo je ludo – uzdahnula je Kara.

Slažem se. – Kad dođe dotle da blagosiljanje zmija nije nešto najluđe u životu.

– A ja večeras moram da pevam na brodu – rekla je Kara. Osetio je kako je uzdrhtala, kao da ju je ponovo pogodilo to saznanje.

– Uspećeš – rekao je Akis, uhvativši je za ruku i čvrsto je držeći. – Ali samo ako ti to želiš.

– Da – rekla je Kara, klimajući glavom. – Sad to znam.

– Pesma – rekao je Akis. – Ona koju si pevala na takmičenju. Koja je bila?

Kara je uzdahnula. – To je još nešto što me je povredilo. – Zadenula je kosu iza ušiju. – Zato što nisam samo pevala tu pesmu. Napisala sam je.

Akis je klimnuo glavom. – Dobro.

– Dobro? – odvratila je Kara.

Ponovo ju je stegao za ruku. – Dobro, to je pesma koju ćeš večeras pevati.

46.

Fira

– Nisam sigurna u ovo.

Bile su to Margoine reči rano te večeri. Uzeli su taksi od Oje do Fire, i sad su stajali u redu spremni da se žičarom spuste u staru luku gde će ih čamac odvesti sa obale do luksuzne jahte. S mesta na kojem su stajali moglo se videti koliko je strma litica s koje se pružao dramatičan pogled. Sunce je šaralo po plavim kupolama, svetloružičaste bugenvilije spuštale su se niz bele zidove, a infiniti bazeni su odražavali krajolik.

– To je kao mala kuća na kablovima – rekao je Horejšio, široko se osmehujući. – Kad uđemo skakaću, a kabina će se ljuljati kao prostitutkin krevet.

– Horejšio! – Akis ga je opomenuo.

– Odvratan si – rekla je Margo, sevajući pogledom ka Horejšiju.

Kara je bila veoma nervozna. I preznojavala se, uprkos pokušajima da uđe u komadić hlada.

– Dobro si – prošaputao joj je Akis, glas mu je bio topao u njenom uhu.

– Nisam tako sigurna u to – odgovorila je, nagnuvši se malo ka njemu.

– Pa – rekao je Akis – ako želiš istinu, ja sam taj koji bi trebalo da bude nervozan. Tek sam naučio pesmu, a ne želim da te izneverim.

Zavukla je ruku u njegovu, isprepleli su prste. – Ti me nikad ne možeš izneveriti, šta god da se večeras dogodi.

Zaista je to osećala od sveg srca. To veče jeste započelo kao jedan od Margoinih ludih planova, ali ona se sad osećala drugačije. Prvi put posle dugo vremena oseća da donekle ima kontrolu. Jeste da je i dalje prestravljena zbog pevanja, zbog pesme koju će pevati, ali odlučila je da ne razmišlja o onom što je bilo. Možda je to prilika da istera svoje demone. A to je zvučalo stvarno čudno dok je stajala pored nekog ko će odabrati sveštenički život. Nekog ko ju je poljubio kad su bili mokri od mora i ponovo je poljubio pored velikog klavira. A lagala bi kad bi rekla da nije razmišljala o stotinu drugih mesta gde je želela da je poljubi.

– Kara, imaš li spremnu *Pauer point* prezentaciju? – Margo ju je upitala kad se red malo pomerio.

– Imam – rekla je Kara, vrativši se u stvarnost. Pokazala je na torbu preko svog ramena u kojoj je nosila laptop, kao i malo šminke u slučaju da se ova na njoj istopi pre nego što stignu na brod, dezodorans iz istog razloga, malo bombonica da ih sisa pre pevanja jer joj se od previše vode uvek pripiški i minijaturnu vernu kopiju *maksi-gou* kofera.

– Onda, da razjasnimo – rekao je Horejšio. – Idemo na ekskluzivnu zabavu na brod nekog milionera a ti ćeš održati poslovnu prezentaciju? Hoću da kažem, moramo li svi da gledamo? Hoću li morati da budem pažljiv i hvatam beleške? Zato što to ne liči ni na koju zabavu na kojoj sam ranije bio.

– Ne – samouvereno je rekla Margo. – Naravno da to nimalo na liči ni na jednu zabavu na kojoj si ti bio! Obično te ne pozivaju na jahte milionera!

– Hmm, jesi li sigurna u to? – upitao je Horejšio.

– O čemu pričaš, glupane?

– Mislim da sad možemo da se ukrcamo – rekao je Akis, pokazavši da je na njih red da uđu u kabinu žičare.

Kara je videla da Margo okleva, a nije joj bilo sasvim jasno zašto. Njena tetka se ne plaši visine, zapravo se ničega ne plaši.

Margo je zakoračila napred. – Akise, povedi Horejšija. Mi ćemo za sekund.

Kad su momci ušli u kabinu žičare, a Horejšio počeo da lupa nogama kako bi proverio stabilnost, Kara se približila Margo.

– Jel' sve u redu? – tiho ju je upitala.

– Da, naravno – odmah je odgovorila Margo, ne pomerajući ukrućenu gornju usnu. – Zašto, zar ne bi trebalo da bude?

– Pa, znam da ovo treba da nam pomogne u prodoru na druga tržišta, da od *Kerid aveja* napravimo globalni brend i da ti je to zaista važno. A mislim i da je to što ćeš ponovo videti Radža... možda nešto takođe važno.

– Naravno da je važno, Kara. On je jedini muškarac kojeg znam a da ima onoliko novca koliko nam treba. Dobro, da, teoretski mogla bih pokušati da ubedim onog vojvodu kojeg smo upoznale u Oksfordu, ali da budem iskrena, mislim da je on bogat samo u zemlji, ne i u kešu, a to nije dobro za nas.

– Dobro – rekla je Kara. – Onda, to je sve?

– Šta?

– Između tebe i Radža.

– Ne znam o čemu govoriš.

– Pa... – nastavila je Kara – bela haljina. U onom butiku. Ona koju si gledala zamagljenim pogledom. Mislila sam...

– Sad si stvarno smešna. A ako ne uđemo u ovo čudo, zakasnićemo.

Ne rekavši ništa više, Margo je zakoračila u kabinu žičare.

Činilo se da je prošlo svega nekoliko sekundi pre nego što je mašinerija zazujala i kabina se pokrenula.

– O, Margo – rekao je Horejšio. – Ovo stvarno prilično poskakuje.

– Kao što ćeš i ti – odvratila je Margo. – Kad te šutnem odavde ako nastaviš.

Horejšio se nasmejao. – Sviđa mi se kad mi se tako obraćaš. Tako moćno.

Kara je slušala njihov razgovor. Bilo je to bezmalo ono što je Margo opisivala kao „razigrano sparingovanje“. Horejšio bi pogledao u Margo, Margo bi pogledala u Horejšija, pa bi odvratila pogled. *Prekidanje pogleda.* Kad malo bolje razmisli, Margo je to često radila kad je Horejšio bio u blizini... Kara se zatim usredsredila na veličanstven pogled. Da, možda je malo zastrašujuće spuštati se s vrha Santorinija u prilično klimavoj strukturi, ali ono što je mogla da vidi spuštajući se potpuno je nadoknadilo malo opasnosti dok su visili o kablovima. Bili su okruženi stenama koje su se raspadale, odvajali su se od vrha i spuštali duboko kao da se na konopcu spuštaju niza stenje.

– Neverovatno je, zar ne? – upitao je Akis.

– Zaista jeste – složila se Kara.

– To je nešto što nisam ni pomislio da ću videti ovog leta.

– Mnogo toga nisam mislila da ću videti ovog leta – rekla je, odvojivši pogled od panorame i zagledavši se u njega.

– Da – uzdahnuo je. – *Simfono.* Slažem se. – Obgrlio ju je oko ramena i privukao je k sebi.

Samo što je tu bilo pitanje njegove odluke da postane sveštenik. A ona je znala kako stoje stvari. Morao je da se oženi pre nego što postane sveštenik ili neće moći nikad da se oženi. Imali su tako malo zajedničkog vremena.

– Vidim brod! – uzviknula je Margo, pokazujući prstom, pri čemu je noktom udarila u staklo. – Pogledajte! To jest, ako možete na sekund da se odvojite jedno od drugog.

– Šta? Mali brod koji će nas odvesti na veliki brod? – upitao je Horejšio.

– Ne budi glup! Veliki brod! Tamo! Onaj! S helikopterom na vrhu.

– Ima helikopter na vrhu? Da vidim – odvratio je Horejšio, priljubivši lice uz staklo.

Kari se uskomešalo u stomaku kad je shvatila šta se sprema da uradi. Biće sve u redu, zar ne?

47.

Luka Fira

– Ne vidim ga – procedila je Margo kroz stisnute usne. – Proteklih pola sata nehajno sam kružila po ovom brodu i nisam ga videla.

Kara je shvatila da je Margo obuzela panika. Nosila ju je na ramenima kao kašmirsku ešarpu. U poređenju s njom, Kara je bila opuštena. Možda ne baš smirena, ali malo više kao što se nekad osećala pred nastup. Osećala je leptiriće, ali bili su mirni, ne van kontrole, a um joj je bio razumno bistar, usredsređen.

Spustila je ruku Margo na nadlakticu. – Smiri se. Sve je u redu. On je počasni gost, zar ne? Ne znamo ni da li je već stigao.

– Da, pretpostavljamo da je tako – rekla je Margo s dubokim uzdahom. – I, znaš, ovde ima mnogo ljudi s novcem i vezama. Nisam videla toliko *vivijen vestvud* od njene revije 2019, pokoj joj duši.

– Velika zabava – primetila je Kara. – Imam utisak da se nisam prikladno obukla. – Nosila je maslonastozelenu svetlucavu haljinu od svile koju su izabrale u butiku. Izvrsno joj je stajala i sviđala joj se, ali svi unaokolo nosili su istaknute modne marke, bisere i dijamante, lubutenke i *luj vitona*.

– Mi nosimo kreatore koji obećavaju, nove na sceni – podsetila ju je Margo. – Svako želi da bude onaj ko je nekog otkrio. Pomenućemo ime kreatora i samo gledaj kako ga ti ljudi beleže u svoje *samsunge*. – Zatim je iskrivila lice. – Uh, gledaj onog čoveka, pojma nema kako se jedu ostrige. Verovatno i ne zna šta je to. I s kim razgovara?

Kara je pratila Margoin pogled ka Horejšiju i Akisu koji su stajali na jednom kraju broda blizu divnog blistavocrvenog koncertnog klavira i razgovarali s grupom dama u srebru i zlatu.

– Ne znam ni šta će on ovde – nastavila je Margo. – Nisam sigurna ni da sasvim razumem zašto je plesač doleteo, ali nije me briga kad pomislim da se Sofija verovatno puši zbog toga. Ipak, Horor nema razloga da bude ovde.

– Horor?

– Zar se ne zove tako? – upitala je Margo, pogleda i dalje prikovanog za drugu stranu broda dok su konobari prolazili između zvanica noseći srebrne poslužavnike sa čašama šampanjca. – Horejšio. Tako je uobražen. Nimalo ne liči na Grka. Mislim da je to izmislio. I pogledaj ga, pokušava da šarmira sve te žene svojim iskrivljenim osmehom i svom tom... kosom.

Kara se tad pomnije zagledala u tetku, primetivši neprepoznatljivu stisnutost vilice, pogled u daljinu. Nikad ništa nije jasnije videla. Bela haljina i uzbuđenje u kabini butika nisu bili zbog maharadže koji je nestao, nego zbog momka kojeg Margo ne prestaje da vređa?

– O bože – rekla je Kara kad joj je sinulo. – *Sviđa* ti se Horejšio!

– O čemu ti to, Kara? – prosiktala je Margo. – Jesi li popila malo tog šampanjca, znaš kakva budeš od njega. Sećaš se onda na Temzi kad smo razgovarale sa onim čovekom žabom?

– Menjaš temu, Margo – rekla je Kara. – Radiš to samo kad te protivnik raskrinka. A ja nisam protivnik, kad smo kod toga, ja sam ti sestričina, ali...

– O bože! Eno ga! Eno ga! – Margo je zakoračila u stranu, sagnuvši se iza ledene skulpture u ko zna kakvom obliku koja se brzo topila, pa povukla Karu sa sobom. – Upravo ulazi s palube.

Kara je pogledala ka vratima i videla petoricu muškaraca u crnim odelima kako stupaju u dvoranu. A među njima je bio čovek sav u belom. Bilo je to kao da se odelo Džona Travolte iz *Groznice subotnje večeri* ukrstilo s velikom lasicom.

– Zašto se krijemo? – upitala je Kara.

– Zato što treba da budemo viđene kad mi poželimo da budemo viđene. I ni sekund ranije.

Aplauz se prolomio kao da se dogodilo nešto sjajno, samo što se ništa nije dogodilo. Samo su se telohranitelji razmakli iz formacije čvršće od Crvenih strela,[13] te je Radž sad stajao na svetlu svojevrsne svetlucave disko kugle.

– Divno je ostario, zar ne? – primetila je Margo.

– Pa – zaustila je Kara – ja ga nisam videla ranije, ali ta brada deluje negovano.

– Nije to jedino na njemu što je negovano, mogu da ti kažem – odvratila je Margo.

– Fuuj, to nisam morala da znam.

– Dobro – rekla je Margo. – Pustićemo ga da se smesti. Verovatno u onaj VIP deo tamo, pa kad dođe vreme, udarićemo.

– Ovo je odvratno – rekao je Horejšio, obrisavši usta nadlanicom i bacivši ljušturu u činiju sa indijskim orasima.

– Zašto si ih onda pojeo pet? – upitao je Akis.

– Zato što sam gladan, a bile su tu. – Odmahnuo je glavom. – Ali ne sviđa mi se ishrana bogataša.

– Pretpostavljam da je ovo počasni gost – primetio je Akis dok je gledao čoveka u belom kako hoda preko tepiha i rukuje se.

– Ne izgleda mnogo bogato – rekao je Horejšio. – Sve mu se svodi na bradu.

Akis je pogledao na sat, a onda mu je pogled susreo Karin. Za sat vremena će pevati, a on je znao da joj to zaokuplja misli. Protrljao je tačku gde mu je nekad bio mali prst, vukući kožu, želeći da se uveri da neće biti zategnuta kako bi mogao da raširi prste nad dirkama. Pogledao je prijatelja, koji je bio u svom elementu, uživao u svemu što je ta zabava nudila iako je negodovao zbog hrane. Horejšio ništa nije voleo onoliko koliko je voleo nova iskustva, i dalje se hvatao ukoštac sa životom; tako se ponaša neko ko nema odgovornosti. Možda je vreme da otkrije prijatelju svoje planove u pogledu karijere...

– Horejšio... odlučio sam da... postanem sveštenik – rekao je Akis.

Horejšio se umalo zagrcnuo gutljajem šampanjca koji mu je skrenuo u dušnik. – Jebem ti! Šališ se?

Akis je odmahnuo glavom. – Ne.

---

[13] Akrobatski tim Britanske kraljevske avijacije. (Prim. prev.)

– Ali, Aki, daj! To bi bila jebena tragedija za čovečanstvo. Znaš to, zar ne?

– Znam da volim svoju porodicu, a oni su zabrinuti zbog prokletstva.

– *Tvoja majka* je zabrinuta! Zato što je opsednuta kontrolom, Aki! Znaš to.

– Da, znam to.

– Onda, jesi li razgovarao sa ocem o tome?

Akis je odmahnuo glavom. – Još nisam.

– Zašto? – upitao je Horejšio, uzevši još jednu čašu sa šampanjcem od konobara u prolazu. – Zar on nije Dijakos? Njegov stariji brat je postao sveštenik. Dugo je živeo, zar ne?

– Umro je. Pre svoje prve službe. I nije imao dece, tako da sam ja najstariji Dijakos, potomak mlađeg sina.

– Dobro, znači umro je iako je postao sveštenik. To zvuči kao maler. A šta je s prethodnom generacijom? Tvog dede?

– Spiros Dijakos. Umro je na dan kad je postao sveštenik. Imao je trideset jednu. Lekar je otkrio da su posredi komplikacije sa žučnom kesom, ali pričalo se da mu je telo bilo puno retkih crva.

– Mislim da će mi pozliti – rekao je Horejšio, uzevši sa stola kofu s ledom za hlađenje vina.

– Onda je moja baka dobila rak i uginulo joj je svih sedam mačaka. Kad se vratim unazad, manje je razloga za kategoričku tvrdnju da će se desiti nešto strašno ako jedan Dijakos ne postane sveštenik, ali kako da budem siguran?

– Dvojica koju si mi upravo pomenuo pridružili su se Crkvi, a ipak su umrli! I, Aki, šta je s Karom? Vidim kako vas dvoje izgledate zajedno.

Akis je uzdahnuo, ponovo je pogledao ženu za koju je mislio da je neverovatna. Te večeri je bila još lepša, maslinastozelena haljina klizila joj je niz svaku oblinu, kosa joj je nehajno padala u rićkastosmeđim talasima...

– Pretpostavljam da ćemo samo uživati u vremenu koje nam je preostalo – uzdahnuo je.

– Izgovorio si to kao da je smrtna presuda. Čuješ li ti kako je to tragično?

– Ne mogu svima udovoljiti. To je zaključak do kojeg sam došao.

– U pravu si – složio se Horejšio. – Ali izabrao si pogrešnu osobu kojoj ćeš udovoljiti, Aki.

– Tebe samo brine predstava – rekao je Akis.

– Šta? Mora da se šališ? Rekao si mi da ćeš postati sveštenik, i misliš da je predstava prvo što mi je palo na pamet? – Sad je vikao. – Ako misliš da sam takav prijatelj, onda... jebi se!

S tim rečima, Horejšio je protutnjao preko odaje.

48.

Kara je pogledala na svoj sat. Ostalo je samo dvadeset minuta do njenog nastupa, a Margo je i dalje izbegavala da priđe Radžu. Zapravo, mrmljala je sebi u bradu, između gutljaja šampanjca, kao da izgovara unapred pripremljen scenario. Margo je pokazivala neke strane svoje prirode koje Kara ranije nije videla, što je bilo koliko prosvetljujuće toliko i zabrinjavajuće. Nešto je duboko uznemiravalo Margo kad je o njemu reč, bilo da ju je opčinila njegova titula – nešto što je obično ne obeshrabruje – ili je to možda bilo nešto iz njihove prošlosti. Šta god da je posredi, ako Margo treba prilika da priđe maharadži, onda mora da je ugrabi.

– Dobro – rekla je Kara. – Trebalo bi da mu priđeš. Sad je najmanje ljudi oko njega.

– Da – složila se Margo, klimajući glavom, ali se ne pomerajući.

– Margo, u čemu je problem?

– Ni u čemu. – Nije zvučalo uverljivo.

– Margo, došle smo čak ovamo da bi ti iznenadila tog čoveka i zadivila ga. A on je upravo tu.

– Znam, ali sad se pitam da li je to možda bila greška.

Glas joj je nesumnjivo treperio. To se ne dešava često. Iznenada je Karu preplavila prava mešavina emocija, kao da je stigla da prelomne tačke i više nije mogla nazad.

– Ne – odlučno je rekla. – Nećemo tako. Ti si Margo Džouns, izvršna direktorka *Kerid aveja*, opaka šefica koja kida svakog dana. Taj momak je samo neko ko po mom mišljenju ima previše belog na sebi. Ali ako je on nešto što ti treba da posao približiš svojim snovima, onda moraš otići da razgovaraš s njim!

Margo je sad stajala nepomičnije od statue. Bilo je vreme da Kara preuzme stvari u svoje ruke. Uhvatila je Margo ispod ruke i povela je preko odaje dok nisu stigle na sâm rub odeljka u kojem je sedeo Radž.

– Briga me što je jedan od *Forbsovih* milijardera ili šta god da je, on je samo poslovna ponuda kao bilo koja – Kara je rekla tetki. – Sad se trgni iz *toga* šta god da je to i vrati se u igru.

– Margo Džouns? Jesi li to ti?

Kara je okrenula glavu i ugledala Radža, tik pored njih, kako se obraća Margo.

– Bože, Radže – uzvratila je Margo, konačno se pribravši. – Šta ćeš ti ovde, dođavola? Kakva slučajnost!

Kara se samo osmehnula, nadajući se da njena tetka nije preglumila.

– Ja bih tebe mogao isto to da pitam. Rekli su mi da je spisak gostiju veoma ekskluzivan – odvratio je Radž uz ironičan osmeh.

– O, dušo, i dalje imaš taj smisao za humor koji obožavam – zagugutala je Margo.

– Trebalo bi da se ispričamo – rekao je Radž. – Zapravo, nedavno sam čuo Sofiju. Mislila je da imam vremena da odem na neko malo venčanje ili tako nešto. Sećaš se Sofije?

– Sofija? Da razmislim... – rekla je Margo, zureći uprazno kao da traži pomoć od svemira. Onda ju je Kara videla kako se nasmejala. – Naravno da se sećam Sofije.

– Divna devojka – rekao je Radž. – Ne mnogo bistra, ali veoma lepa. – Uzdahnuo je, pogledavši zatim Margo pravo u oči. – Vas dve ste uvek bile sušta suprotnost jedan drugoj, zar ne?

Kara je zinula. Taj čovek je zao! Upravo je gadno uvredio dve osobe jednom rečenicom. Zaustila je da kaže nešto, ali osetila je pritisak Margoine ruke na koži.

– I dalje si šarmer, Radže – rekla je Margo, hladno i pribrano. – Onda, da odvojimo malo vremena da se ispričamo?

– Sad? – rekao je Radž. A onda se nasmejao kao da je Margo ispričala najsmešniji vic na Edinburškom festivalu. – Margo, mnogo je onih koji žele da razgovaraju sa mnom.

Kara je ključala, ali pritisak na njenoj ruci se pojačao, Margo je dodala i malo noktiju.

– Razumem – opušteno je rekla Margo. – Ali sigurno možeš da odvojiš nekoliko trenutaka za staru „prijateljicu".

– Voleo bih da mogu – rekao je Radž. – Ali nažalost, trenuci u mom životu izuzetno su traženi.

Sad je Margo pustila Karu pa spustila ruku na Radžov beli rukav. Trojica iz njegove pratnje istog trena su poustajala sa svojih stolica, ali Radž im je odmahnuo.

– Margo, nadam se da nećeš napraviti scenu.

– Sve što tražim jeste ono što sam zaslužila neposredno nakon koledža – gorko je rekla Margo.

– Nisam siguran da te razumem – odvratio je Radž. – I zaista, Margo, koliko god da je lepo, stvarno moram da...

– Ono što stvarno moraš da uradiš – rekla je Margo stisnutih usana – jeste da spustiš svoje kraljevsko dupe na tu stolicu, naručiš bocu *dom perinjona* i saslušaš fantastičnu ponudu za ulaganje koju imam za tebe.

– A zašto bih to uradio? – upitao je Radž sa samozadovoljnim osmehom.

Margo se nagnula bliže, a njegova pratnja se malo promeškoljila.

– Zato – Kara je čula tetku kako tiho kaže – što ću u suprotnom prvo reći svima na ovoj zabavi, a onda i celom svetu, kako koristiš i zlostavljaš žene, i kako si mi rekao da ćeš se postarati da nestanem ako se ne rešim naše bebe.

Kara se osećala kao da ju je neko pogodio vrećom za udaranje i sve što je mogla bilo je da stoji pravo. I stajala je pravo, želeći da iskaže solidarnost s Margo. Netremice je gledala u maharadžu koji je bio toliko pristojan da prebledi skoro kao njegovo odelo.

– Ne znam o čemu pričaš, Margo. – Malo je zamuckivao.

– Imam snimke – nastavila je Margo. – Zapravo nekoliko kopija. Tvoj glas kako izgovara te reči pre mnogo godina. Stalno me nanovo ubija iznutra, utiče na to ko sam ja, gura me napred, ali nikad me ne pušta da krenem dalje.

– Prestani, Margo – rekao je Radž škrgućući zubima.

– Onda počni da slušaš – rekla je Margo, glas joj je bio prožet gorčinom.

Kara je zadržala dah, naslućujući u svojoj tetki nešto što ranije nije znala.

– Razgovarala sam sa ženama koje si upropastio. S prestravljenim, povređenim ženama. Neke su toliko traumatizovane da ne mogu da se sete detalja. Ali druge su se, kad sam skupila hrabrost da im otkrijem svoju priču, otvorile i rekle mi kroza šta su prošle. Neke od njih su mi dale izjave koje možemo upotrebiti ako odlučimo da odemo u policiju.

– Misliš da nemam ljude koji mogu to da izbrišu? – planuo je Radž.

– Mislim da potcenjuješ moć podataka i istine. Sad sedi, a ja ću sesti pored tebe pa ćeš pristati na veoma veliku investiciju u moj novi kofer, a onda ćeš proći kroz spisak tih žena i uplatiti im velike donacije i izviniti se za svaki trenutak bola koji si im naneo.

Radž je odmahnuo glavom.

– Ne, Radže, samo želim da te vidim kako klimaš glavom. Jer ako ne klimneš i ne izvadiš svoju platinastu karticu, razgovaraću s veoma bliskim prijateljem u britanskoj vladi.

Radžu je trebalo možda pet sekundi da pozove Margo u VIP odeljak, ali pre nego što je krenula, Kara je uhvatila tetku za ruku.

– Margo...

– Ne sad, Kara – rekla je Margo smirenim glasom. – Ali razgovaraćemo kasnije. – Jedva primetno joj se osmehnula. – Izvini zbog svega, znaš, što je dovelo do ovoga, što nisam bila, pa...

Glas joj je zamro, ali Kari nije bilo potrebno da ona išta više kaže.

– U redu je – rekla joj je. – Mislim da će sad sve biti bolje.

Dok je Margo hodala, Kara je preko sobe uhvatila Akisov pogled. Bilo je vreme.

49.

– Dobro si? – Akis ju je upitao kad je seo za klavir.

Kara je klimnula glavom. – Jesam.

Zvučala je samouverenije nego ikad i moćnije nego ikad u takvim okolnostima. To nije bila Evrovizija. U tom izvođenju ništa nije bilo u igri. To nije bilo ni zbog kog gosta tu, bilo je zbog nje. Prilika da otpeva pesmu koju je napisala, da je otpeva onako kako želi, s najdivnijim čovekom koji svira klavir za nju. Iznenada je osetila da ničeg na svetu ne treba da se plaši.

Akis je odsvirao nekoliko teških akorda na klaviru kako bi privukao pažnju prisutnih. Žamor je zamro, zveckanje šampanjskih čaša je utihnulo.

– Dame i gospodo – rekao je u mikrofon. – Molim vas, pozdravite... gospođicu Karu Džouns.

Kara je prinela ruku mikrofonu na postolju, a zvanice su lagano zapljeskale. Može ona to. *Uradiće* to. Vreme je da stvori novu uspomenu na tu pesmu, koja ne uključuje Jodija ili Moldaviju. Ta pesma je to zaslužila. Ona je to zaslužila.

Akis je odsvirao uvod, a onda je počela. Nije bilo tehno zvuka i treperavih svetla kao kad ju je poslednji put pevala, pratećih plesača i koreografije usklađene s kadrovima na video-bimu, bila je svedena, kakva je i trebalo da bude, sirova, samo tekst, klavir i njen glas. A kad se posvetila pesmi, nije bila na brodu pred navodno dobrim i velikim ljudima, bila je bosonoga na pesku ispred male crkve, gledala je Akisa kako jede ribu rukama, mazila je magare po imenu Prase, upala je u more Santorinija i poljubila muškarca zvanog Đakon... Bila je tu, ali nisu je videli. Sve je bilo pod kontrolom.

A s tim opuštanjem stiglo je i uverenje. Osetila je kako joj narasta u utrobi, uvlači joj se u dušu, pomaže joj da zasija iznutra. Dok je polako podizala glas kroz skale u završenom delu pesme, znala je da će se to desiti i znala je, iako nije dovoljno vežbala, da neće to propustiti. Zapevala je G10 sa svime što je imala, stavljajući na probu sopstvene sposobnosti, izvijajući ga i šaljući ga u svemir. Nije bilo važno da li je iko to snimio za društvene mreže, nije bilo važno da li će delfini početi da iskaču iz mora, važno je bilo samo da je zajedno s tim tonom napokon pustila možda sve svoje žaljenje, očajanje i tugu. Kad više nije mogla da zadržava dah, prestala je da peva, nije se čuo klavir, nije bilo zvukova zabave, samo tišina.

Trebalo joj je sekund da shvati koliko joj je tačno energije ta pesma iscrpla i da joj se grudi dižu i spuštaju od iscrpljenosti, ali i od adrenalina. A onda se prolomio aplauz. Tapšanje i klicanje, kamere svih telefona bile su uperene u nju.

Svi oni koji su imali sreće da se zadese na toj zabavi pomislili su da su prisustvovali nečem kupljenom, plaćenom i istaknutom upravo da bi njih opčinilo. Pojma nisu imali o tome kakva je trauma nju dovela do tog izvođenja, nisu mogli ni naslutiti kroz šta je ona prošla da bi dotle stigla. Samo je dvoje ljudi to znalo. Jedan je od sveg srca tapšao, stojeći pored klavira, ohrabrujući sve ostale da tapšu još duže i snažnije, a druga je žurila kroz gužvu snimajući telefonom, zakačivši ledenu skulpturu koja je sad bila samo neprepoznatljiva gomila, sve dok nije stigla tu, obavila ruke oko Kare i čvrsto je zagrlila.

– Moja divna, hrabra devojčica – rekla je Margo sa suzama u očima i uzbuđenjem u glasu.

Kara je snažno zagrlila tetku, ali za nju sada nije bilo suza, samo radosti. – Mislim da smo večeras obe sazdane od nečeg čvršćeg nego što smo ikad mogle i da zamislimo.

Margo ju je ponovo privila uza se. – Bez sumnje, dušo moja. Bez *imalo* sumnje.

50.

– Mirovna ponuda?

Akis je pružio bocu *jelou donki* piva Horejšiju kad je našao svog prijatelja naslonjenog na ogradu superjahte, kako gleda u more.

– Gde si to našao? – upitao je Horejšio. – Zato što sam mislio da je pivo previše dobro za ove ljude ovde.

– Kao u dobrom čudu, pretvorio sam vodu u lokalno pivo. Šta da ti kažem? Osećam da su bogovi uz mene.

Horejšio je uzeo pivo i halapljivo potegao.

– Slušaj, Horejšio, žao mi je zbog onog što sam rekao ranije. Znam da nisi mislio na predstavu. Bio je to glup komentar i...

– Zaboravi – odvratio je Horejšio. – Ja sam imao više nego dovoljno glupih komentara u životu i nije trebalo da odjurim kao trinaestogodišnji pubertetlija.

– Pomalo je ličilo na to – složio se Akis.

– Hej!

Akis se osmehnuo pa otpio gutljaj piva.

– Nego, kaži mi – nastavio je Horejšio ponovo se naslonivši na ogradu – jesi li znao da Kara tako peva?

Akis je uzdahnuo, pa stao pored njega. – Rekla mi je, ali znaš, nisam mislio da bi moglo biti ovako.

– Nikad nisam čuo tako nešto – primetio je Horejšio.

– Da – rekao je Akis. – Mnogo toga kod nje nije nimalo nalik onom što sam ranije iskusio.

– Zašto onda zarad crne mantije odustaješ od mogućnosti da tu nečeg bude?

Uzdahnuo je. – Možda ne bi trebalo da razmišljam o tome kao o odustajanju, već kao o izboru dugačijeg puta. To je prilika, zar ne? Da pomažem ljudima, da budem uz zajednicu, da učinim nešto plemenito.

– Plemenito? To je ono što želiš?

– Pa, kakav je moj život sad, Horejšio? Sa orkestrom nije uspelo, radimo leti po nekoliko dana u nedelji, onda zimi radim šta god mi se ponudi.

– Aki, sećaš li se zašto si, pre svega, otišao iz Notosa u Krf?

– Zato što nisam više mogao podneti da živim sa svojom majkom? – nagađao je Akis.

– I misliš da će biti drugačije kad budeš stalno bio u onoj maloj kapeli nedaleko od njene kuće? – upitao je Horejšio. – Došao si u Krf zbog slobode. A toga ćeš se i te kako odreći ako to uradiš. – Udahnuo je. – Ne govorim ti, naravno, šta treba da radiš, to su ti dovoljno drugi govorili, ali dobro razmisli, Aki. Ne bih voleo da zažališ.

Telefon mu je zavibrirao u džepu farmerki, bila je to tutnjava poziva a ne obične poruke. Kad ga je izvukao, video je da je Anastasija. Odmah se zabrinuo. Ona obično napiše dugačku poruku umesto da zove.

– *Ya*.

– Aki – rekla je Anastasija, glas joj je bio napet, čak uspaničen. – Moraš da se vratiš. Zbog jaje.

Glas njegove sestre se slomio, osećanja su nadvladala, a Akis se osetio kao da mu je neko ispustio na grudi stenčugu sa Santorinija koja mu mrvi telo.

– Anastasija, šta se desilo?

– Ona... umire.

51.

Kara je odmah znala da se nešto dogodilo. Čim je videla Akosa kako se vraća u odaju, primetila je da se sasvim oneraspoložio. Nije više bilo vedrine u njegovom pogledu, ponosa na licu kao dok je pevala svim srcem i dušom. Pošla je ka njemu i pre nego što je shvatila da joj se noge pomeraju, nije videla ni čula više ništa na tom brodu na kojem je bila zabava.

– Šta se desilo? – upitala ga je.

Gledala ga je kako je progutao pljuvačku, videla je da je rastrzan od brige. – Ništa. Sve je u redu. Nastavi da uživaš na zabavi, ljudi će želeti da razgovaraju s tobom.

– Akise, nisam glupa – rekla je Kara. – Kaži mi istinu.

Uzdahnuo je. – Moja *jaja*. Zvala je Anastasija. Ona je... nije najbolje.

Udahnuo je, a Kara je znala da je mnogo, mnogo gore nego što joj je rekao.

– Moramo da idemo – odmah je rekla.

– *Ja* moram da idem – odgovorio je. – Horejšio organizuje da me neko čamcem odveze sa ovog broda.

– Šta se događa? Šta Horor organizuje? – Margo se pojavila iza Kare.

– Akis mora da ide – rekla je Kara. – Irini je bolesna.

– Verovatno zato što živi pored onog gadnog magarca.

– Ne – odlučno je rekla Kara. – *Veoma* je bolesna, Margo. – Učinila je sve što je mogla da izrazom lica objasni da to nije za šalu.

– Dobro – izjavila je Margo. – Sasvim mi je jasno. Nema vremena za gubljenje. Onda, kuda je otišao tvoj mali prijatelj?

Akis je uzdahnuo. – Da nađe čamac da nas prebaci na obalu, a onda možemo da uzmemo taksi do aerodroma i vidimo koliko brzo možemo da se vratimo do Atine pa do Krfa.

Kara mu je videla to na licu. To putovanje na Santorini zbog nje moglo bi biti razlog da ne vidi svoju baku kad joj je najpotrebniji. Nikad nije osetila toliku krivicu. Sve te žrtve koje je podneo zbog nje, zbog svoje porodice...

– O, ne – rekla je Margo svojim nezaustavljivo odlučnim tonom. – To će predugo trajati, zar ne? – Spustila je ruku Kari na nadlakticu. – Pozovi naš apartman. Neka nam spakuju stvari.

– Šta? – upitala je Kara.

– Ja ću naći Horora, a onda ću nam obezbediti prevoz. – S tim rečima, Margo je požurila preko palube, izgledala je kao da je na zadatku.

– Ne znam šta da radim – priznao je Akis, podigavši ruke.

– Slušaj – rekla je Kara. – Biće sve u redu. Ako Margo kaže da će nam obezbediti prevoz, upravo to će i uraditi. I mi se vraćamo s tobom, bez pogovora.

Akis je posegnuo za njenom rukom isprepletevši prste, a Kara ih je čvrsto stegla, znajući da mu treba uteha i želeći da mu je pruži.

– Znaš, ona je jedina razumela kakva može da bude porodica. Najstarije generacije obično su zaglavljene u svojim običajima, ali ona me je slušala, razumela je da se vremena menjaju i...

Zastao je kao da pokušava da prihvati ono što se događa, ujedno se svojski trudeći da ne paniči.

– Akise, ona je još tu i sve će biti u redu – rekla mu je Kara.

– Ali šta ako ne bude?

– Šta god da se dogodi – ozbiljno je odvratila – ja ću biti pored tebe, važi? Baš kao što si ti bio uz mene otkad smo se upoznali. – Stegla ga je za ruku.

– Važi – odvratio je. Onda malo odvažnije, uverljivije. – Važi.

– Dobro – rekla je Margo, žurno se vraćajući. – Moramo da se popnemo na gornju palubu radi prevoza.

– Šta? – upitala je Kara. – Ali šta je s prevozom do obale?

– Neće nam biti potreban – rekla je Margo. – Idemo helikopterom.

52.

Irinina kuća, Notos, Krf

Akis je stajao ispred trošne prizemne kuće s krovom od crepa, koji je izgledao kao da ga je neko protresao, poput žitarica za doručak. Nije bilo drugog svetla do mesečevog sjaja i jedne škiljave lampe na tremu, koja je otkrivala sijaset bakinih stvari. Staklene boce, plastične stolice, jastučiće, kavez za ptice koji one nikad nisu zauzimale...

Bilo je rano jutro, a on je bio previše uplašen da bi poslao poruku sestri kad je helikopter poleteo i rekao joj da stiže. Da li je prekasno? Pretpostavio je da to što stoji tu i u polumraku upija uspomene iz detinjstva nikome neće koristiti.

– Trebalo bi da uđeš.

Kara je pošla s njim, kao što je obećala. Kad se helikopter prizemljio nekoliko kilometara dalje, čekala su ih dva automobila. Jedan je odvezao Margo i Horejšija ko zna kud, a drugim su oni stigli tu.

– Znam – odgovorio je. – Treba mi samo trenutak.

Prišla mu je bliže, stala tik pored njega i posegla za njegovom rukom. Ispreplela je prste s njegovim, pa nežno protrljala mesto gde je trebalo da bude mali prst. Bio je to mali gest, ali njemu je mnogo značio.

Iznenada, vrata kuće su se širom otvorila i pojavila se njegova majka. Izgledala je kao nikad ranije. U staroj kućnoj haljini, skroz nenašminkana, kosa joj je bila neobuzdana, tamne kovrdže padale su u pramenovima.

– Mama – rekao je Akis pre nego što je shvatio da je to izgovorio, kao da je morao da se uveri da je to zaista ona.

– O, Aki! – zavapila je njegova majka, očigledno uznemirena.

– Idi – rekla je Kara, pustivši mu ruku. – Čekaću te ovde.

Poljubio ju je u teme pa se preko čistine zaputio ka kući. Činjenica da je njegova majka tu, da je došla u dom svog detinjstva koji je toliko mrzela, mnogo je govorila o ozbiljnosti situacije. A ako mu to nije bilo dovoljno, suze koje su joj izbrazdale obraze svakako su bile dovoljne.

Zagrlio je majku i privukao je bliže. Ona je odmah zajecala.

– Ja... samo želim da se izviče na mene ili bilo šta – rekla je Sofija, reči su joj bile prigušene njegovim ramenom. – Čak i magarac zna da nešto nije kako treba. Sedi u kuhinji, na stolici.

– U redu je – rekao je Akis, trudeći se da bude jak.

– Pitala je za tebe – rekla je Sofija, naposletku ga pustivši i obrisavši oči nadlanicom.

– Govori? To je dobro? – rekao je Akis, odjednom shvativši da je zadržavao dah.

– *Govorila* je – istakla je Sofija. – Lekar je rekao da se ništa ne može učiniti. Da će se jednostavno dogoditi... kad se dogodi.

Još nije mogao da shvati. Znao je da Irini nije dobro, ali trebalo je upornije da se trudi da ona to shvati ozbiljno. Trebalo je *on* da shvati to ozbiljnije.

– Jesu li Anastasija i Kozmos unutra? A tata?

– Nisu – rekla je Sofija. – Kozmos je toliko plakao da niko nije mogao da čuje sveštenika od njega. Anastasija je ceo dan bila ovde, poslala sam je kući s Kozmosom. Tvoj otac pazi na Ren, Džeki i Keli, verovatno uz uzo.

– Znači sama si ovde? – upitao je Akis.

– Kao što sam rekla, magarac je u kuhinji – šmrcnula je Sofija.

– Dođi – rekao je Akis, povevši je.

Nikad nije video baku tako slabu. Kao da je sva snaga istekla iz nje, te joj je koža bila skoro prozirna i kao papir tanka. Obrazi su joj bili upali, usta otvorena u obliku slova O jedva su udisala i izdisala.

– Mama, Akis je ovde – rekla je Sofija spustivši se na gomilu novina koje su pokrivale stolicu pored kreveta.

– Mama, zašto ne skloniš novine?

– Ne – odgovorila je Sofija. – Oduvek su ovde. Ista hrpa od šest novina. Otkako sam bila dete.

Akis je prišao bliže baki i uhvatio je za ruku. – Jaja, stigao sam.

– Lekar kaže da može da nas čuje. Otac Spiros je rekao da i Bog može da nas čuje i da treba da se molimo za čudo. – Sofija je uzdahnula. – Znam da je ovo početak. Sâm početak prokletstva.

Akis se ugrizao za usnu. – To ne može biti prokletstvo, mama.

– Zašto?

– Zato što jaja nije Dijakos.

– Ali ja sam Dijakos. Njena ćerka. A znamo iz priča da kletva ne bira.

Irini se naglo ubrzalo disanje, Akis ju je držao za ruku, tražeći znake poboljšanja ili, možda, pogoršanja.

– Aki – promuklo je izustila Irini.

– Jaja, ovde sam.

Tad je otvorila oči, gledajući u Akisa kao da može da se zagleda duboko u njega. Sofija je zadržala dah.

– Gde je... Prase? – upitala je Irini.

– U kuhinji je.

– Da li... sedi... na stolici?

– Da – odgovorila je Sofija. – Otkud znaš?

Akis je posmatrao Irini kako je okrenula glavu, pogledavši u njegovu majku, obrve su joj otkrivale iznenađenje njenim prisustvom.

– Sofija? Ti si... u kući.

– Da, naravno da sam u kući. Čemu takvo glupo zapažanje?

– Zato što... nisi bila u ovoj kući otkad... ti je otac umro.

– Nije istina – rekla je Sofija, kriveći lice i odmahujući glavom.

– Drugog juna... pre dvadeset godina – nastavila je Irini.

– U delirijumu je – gorko je rekla Sofija.

– Mama – odvratio je Akis. – Molim te, pazi šta govoriš.

– Mora da umirem – rekla je Irini, kao da iznosi jednostavnu činjenicu.

– Ne – odmah je odvratio Akis. – Ne umireš.

– Zašto je onda otac Spiros razgovarao sa mnom... čini mi se već dve nedelje? I Kozmos je bio ovde, plakao je kao dete. I Anastasija... trebalo bi da izađe, da nađe novu devojku. Nikad nije bila tako srećna kao kad je bila s Triniti.

– Mama, nije ti dobro. Ne znaš šta govoriš – rekla je Sofija.

– Ja... *znam* šta govorim. *Uvek* sam znala šta govorim. Ostatak porodice je taj koji kuburi s tim – nastavila je Irini, malo se promeškoljivši kao da joj je neudobno.

– Daj da ti pomognem – ponudio se Akis pustivši joj ruku da bi joj namestio jastuke.

– Niko ne govori o onom što je važno – nastavila je Irini. – Kruže oko važnih pitanja kao da plešu rečima.

– Treba da se odmoriš, mama – bila je uporna Sofija.

– Odmoriću se kad budem umrla. Sigurna sam da će to biti vrlo uskoro. – Zakašljala se, promuklo i slabašno. – Ali... zasad... dok još imam daha u plućima, moram se uveriti da će se stvari promeniti.

– Mama...

– Tišina, Sofija! Jednom u životu... saslušaćeš me!

Reči su joj bile odlučne i bilo je malo vatre u načinu na koji ih je izgovorila. Ali zar se to ne događa ljudima kad se približe kraju? Povrate se, povrate malo mira bez oluje. Samo što se činilo da njegova baka nema nameru da ostane smirena.

– Krivim sebe – nastavila je Irini. – Za tvoj sindrom perfekcionizma.

– Ne znam šta hoćeš da kažeš – podrugljivo je rekla Sofija. – Ja nemam to.

– Nije trebalo da te pustim da ideš u taj koledž. Trebalo je da odbijem stipendiju. Trebalo je da shvatim da se mešaš s ljudima čiji će izvotoperen pogled na život samo pogoršati stvar. Ali kad si se vratila, pomislila sam da je to samo faza. Da si videla malo sveta i da ćeš se vratiti i shvatiti šta je zaista važno u životu. – Irini je duboko i sporo udahnula kao da to iziskuje previše napora. – Ali umesto toga, postala si još gora. Udaljila si se od mene, od svog oca, od svega u šta smo verovali, udala si se za Tanasisa kako bi mogla da ga kinjiš, dobila si decu kako bi mogla da ih kontrolišeš, i gledaj gde smo sad! Podigla si dečaka koji se plaši sopstvene senke jer strahuje da šta god da uradi to neće biti dovoljno dobro za tebe, podigla si devojku koja je istinski srećna samo kad se pobuni protiv tebe i ovog dečaka ovde za život u Crkvi, kao da ga kažnjavaš što je spasao svog brata i izgubio priliku da izgradi karijeru svirajući svoj divni klavir!

U sobi je bilo napeto i Akis nije znao šta da kaže. Iako njegova baka obično nije uzmicala, još je nijednom nije video tako nemilosrdno iskrenu prema njegovoj majci. A što ga je još više iznenadilo, Sofija kao da nije bila u stanju da se odbrani.

– Znaš li šta sam planirala da uradim? – nastavila je Irini. – Da te slažem. – Nije čekala na odgovor. – Tanasis i ja smo, uz Prasetovu pomoć, postarili dokumenta, detaljno opisavši drevno uputstvo o tome šta porodica treba da preduzme da bi se poništilo prokletstvo Dijakosovih.

– Šta? – uglas su izustili Sofija i Akis.

– Mislila sam da bi, ako si poverovala u prokletstvo Dijakosovih, isto tako lako mogla da poveruješ i u rešenje za nju, ako ono bude dovoljno uverljivo.

– Mama! Ne mogu da verujem da si smislila tako nešto! – uzviknula je Sofija, ustavši. – I umešala si *mog* muža! Usred priprema za venčanje! I sad je sve neizvesno!

– Jedino neizvesno, Sofija, jeste tvoje očekivanje od drugih! Kozmos mora da ima najveću svadbu koju je Krf ikad video! Anastasija mora da ima momka, a ne devojku! Akis mora da postane sveštenik jer će svi pomreti! Sve su to zablude nalik zmajevima koji uzleću tako što ti povlačiš uzice!

– Ne želim više da te slušam! – rekla je Sofija, počevši da šparta po sobi. – I više ne zvučiš kao da si na samrti!

– Vreme je, Sofija, da saznaš da površne stvari, površni ljudi ne traju. Sreća koju iz njih crpiš brzo dođe i prođe. Porodica nije kolaž želja koje treba da se usklade s tvojim idealima, to su jedinke rođene sa slobodom u srcu i jedinstvenim duhom koji pokreće njihove duše. – Irini je ponovo duboko udahnula. – Zaključila sam da ti ne trebaju trikovi da bi dokučila da, prokletstvo ili ne, niko ne sme biti doveden u položaj da donosi iznuđene odluke zbog tuđih strahova. I još gore, zato što im je ta osoba ulila sopstvene strahove.

Akis je progutao pljuvačku, bakine reči teško su visile u vazduhu. Tišina je potrajala, jedini zvuci bili su Irinino disanje i sablasni huk sove ušare. Onda je Sofija poletela ka vratima, izjurivši iz spavaće sobe. Akis je čuo Prase kako njače kad su se vrata od kuće zalupila.

– Aki – rekla je Irini, glas joj je ponovo bio slab. – Drži me za ruku i obećaj mi da nećeš postati sveštenik.

– Jaja – rekao je Akis, uhvativši je za ruku i spustivši se na ivicu kreveta.

– Nisi čuo šta sam rekla? Teraš me da traćim dah?

– Ne, čuo sam. Naravno da sam čuo, ali...

– Onda. – Irini ga je stegla za ruku. – Treba da znaš da si se već previše žrtvovao za ovu porodicu. Vreme je da se to završi.

Akis je udahnuo, ne znajući kako da odgovori.

– Obećaj mi – rekla je Irini. – Molim te, Aki.

Klimnuo je glavom. – Dobro, jaja. Obećavam.

– Dobro – rekla je Irini, izvivši usne u osmeh. – Onda sam spremna da umrem.

S tim rečima, zažmurila je.

53.

Kapela porodice Dijakos, Notos

– Pa, moraš mi odati priznanje – rekla je Margo dok su ona i Kara hodale kroz maslinjak, bela kupola male kapele jedva se videla kroz krošnje. – Nema sumnje da sam odlično isplanirala ovo putovanje. Hoću da kažem, imale smo devojačko veče, probu vina i torti, eksploziju kofera, put na Santorini, pevala si kao nikad ranije, letele smo helikopterom, imaćemo venčanje – ako se ikad održi – i sad sahranu.

Kara je progutala pljuvačku. Bilo je to jutro posle njihovog povratka sa Santorinija i dan na Krfu bio je savršen kao plavo nebo, kakav je bio svaki otkako su doputovale tu. Toliko toga se dogodilo tokom njihovog boravka u Grčkoj, a ona je doživela mnogo više od onog što je Margo upravo pomenula. Susret sa Akisom bio je nešto krajnje neočekivano, ali nije stvar samo u tome što je on izgledao ludački dobro, niti u tome što je osećajan, dobar, duhovit, iskren momak već u onom što je uspeo da oslobodi u njoj. Kao da joj je dao ključ da se oslobodi. Ipak, uz njegov još nesiguran profesionalni put, niko nije znao šta će se dogoditi. Ali možda to i nije bilo važno. Ono što je savršeno ne mora nužno da traje doživotno, zar ne?

– Da nisi zaboravila nešto? – upitala je Kara, izbegavši putanju jednog belog leptira.

– Šta? – upitala je Margo, usporivši. – Poklon? Jel' Grci donose poklone na sahranu?

– Ne – tiho je rekla Kara. – Od svega što si upravo rekla, nisi pomenula kako si se sinoć suprotstavila Radžu.

– O pa, da, hoću da kažem... – Margo je izdao glas te je samo klimnula glavom.

– Mogla si jednostavno da se obratiš policiji, znaš – rekla je Kara. – Sa svim tim ženama s kojima si razgovarala i koje su bile spremne da ispričaju svoje priče, mogla si da se postaraš da on to više nikad ne uradi, da ga sudski gone. Naročito uz tvoje veze u MI5.

– Da – rekla je Margo. – Pa, kad je o tome reč... Zapravo nisam razgovarala ni sa jednom ženom. – Zastala je i drhtavo udahnula. – Volela bih da sad imam cigaretu, ali onaj jezivi Horor popušio mi je poslednju.

– Blefirala si – rekla je Kara, kolebajući se između zaprepašćenja i potpune spoznaje.

– Zapravo, na nekoliko načina – rekla je Margo. – Nisam htela da on uloži u *Kerid avej* da bih povećala tržište za *maksi-gou*. Želim da stavim njegovo lice i monogram na te kofere i gledam ih kako eksplodiraju. Organizovaću večernji događaj na kojem ću ga promovisati – naravno, imajući u vidu bezbednost, niko i ništa neće biti povređeno osim njegovog ega. Ta ograničena serija imaće najkraći proizvodni vek dok mi budemo radili na ispravljanju greške, ne ostavljajući ništa neprovereno dok ne bude sasvim bezbedan. A što se tiče novca koji mi Radž daje, pa, mislila sam da bih mogla da ga dam tvojim roditeljima.

– Šta? – upitala je Kara.

– Pa, uvek su radili ono što treba za planetu, ono što je trebalo ja da uradim mnogo ranije da nisam bila tako obuzeta svojom slikom čelične poslovne žene kojoj niko ne može da priđe. – Jedva primetno se osmehnula. – I, očigledno, duboko u sebi znam da će mojoj sestri, kako god da se sad zove, biti mrsko da uzme novac od mene, ali uzeće ga zato što je to za dobro celog sveta.

Kara se osmehnula i odmahnula glavom. Onda je ponovo susrela tetkin pogled. – Ali ono o detetu je istina?

Margo je oštro udahnula pa ispružila ruku da dodirne srebrnasto maslinovo lišće. – Zvuči kao kliše, zar ne? Mladu glupu devojku opčini neko ko dobro izgleda, ima moć i novac, ona se previše prepusti i završi u rasulu. – Uzdahnula je. – Nikome nisam rekla, Kara. Ti si jedina, osim Radža, koja zna za to.

– Nisi rekla svojim roditeljima ili mojoj mami?

– Da im kažem da je previše društvena, koketna gnjavatorka koju su jedva čekali da pošalju od kuće ispunila sva njihova očekivanja?

– Odmahnula je glavom. – Ne. Sama sam se postarala za to. Nisam imala izbora kad sam shvatila kakav je Radž čovek. – Uzdahnula je. – I možda nema drugih žena s kojima bih razgovarala o njegovom ponašanju, ali nisam bila slepa, videla sam ko je on kad je pokazao svoje pravo lice. Sigurno nisam bila jedina.

Kara je prebacila ruku tetki oko ramenâ pa je privukla bliže, čvrsto je stežući. Osetila je kako se Margo malo ukočila, uvek je bila bolja u imitaciji poljubaca nego u grljenju. Ali Kara je nije pustila.

– Znaš da si mi bila kao majka.

– Uh, Kara, nemoj. Zamišljam nekog u farmerkama, s lepkom i šljokicama, kako pravi seosku pitu sa sočivom.

– Uvek si bila tu kad si mi bila potrebna. Naročito posle Moldavije.

Naposletku je pustila Margo.

– Mogla sam i bolje to da izvedem – priznala je Margo. – Sramota me je zbog toga. Preuzela sam odgovornost. Donosila sam odluke i birala. Nisam *tebe* pitala, nisam razgovarala s *tobom*.

– Znam – rekla je Kara. – Ali u početku mi je to bilo potrebno.

– Ali više ti ne treba. I da mi nije bilo potrebno da budeš uz mene, možda bi ranije ponovo zapevala.

Kara je odmahnula glavom. – Ne... ne verujem. – Udahnula je. – I ne verujem da je to nešto što će neizostavno biti deo moje budućnosti, znaš, moja karijera.

– Ne?

– Ne znam – rekla je Kara. – Pomalo mi se sviđa pomisao da je sasvim u redu ne znati šta će biti.

– Gospode bože – rekla je Margo, uzdrhtavši. – Bez plana i strategije! Živeti u trenutku! Nema sumnje da si povukla na majčinu stranu kad je reč o genima Džounsovih! Uskoro ćeš se naći u nekoj zabiti gde ćeš zidati školu!

Začula se zvonjava. Obe su poskočile i shvatile da bi verovatno trebalo da produže ka maloj kapeli. Kara je provukla ruku ispod Margoine.

– Dođi, idemo da im ukažemo poštovanje. Izgleda da ima mnogo sveta. Nisam sigurna da će svi stati u kapelu, veoma je mala.

Margo je odmahnula glavom. – Nikad nisam pomislila da ću se ovde zateći. Na Krfu, na sahrani magarca.

54.

Taverna *Panorama*, Notos

Meštani su toliko voleli Prase da to nije bila samo sahrana iznenada uginulog magarca već je organizovano i bdenje u ovoj prelepoj taverni. Jarkoružičasta bugenvilija u slapovima se spuštala s krova, natkriljujući ulaz, na terasama su, među palmama, vinovom lozom i visećim tikvicama bili stolovi i stolice. Bilo je to najspokojnije, najopuštenije mesto, tik uz blistavo plavo more. Kara se pitala zašto to mesto nisu izabrali za Kozmosovo i Renino venčanje? Ali dok je stajala i posmatrala vodu, upijajući miris ružičastih ljiljana, uživajući u trenutku osame, daleko od zakuske posle sahrane, koja se sastojala od kafe, uza i baklave, misli su joj odlutale ka Sebu. Od svega što je prošla, to je bilo nešto sa čime se još nije suočila. Kao kad se vratiš s letovanja i ne raspakuješ kofer. Planirali su da se venčaju. Bila je na najnižoj tački, a on ju je jednostavno ostavio...

– Kara, tu si.

Okrenula se i ugledala Akisa koji je išao ka njoj, savršen u crnim pantalonama i lepoj beloj košulji, malo razbarušene kose.

– Izvini – rekla je. – Nisam više mogla da jedem, a tvoju majku je zaista teško odbiti, šta god da je u pitanju. Hoću da kažem, sigurna sam da je baklava veoma ukusna, ali...

Osmehnuo se. – Ne mari. Razumem. Došao bih da te potražim pre tri baklave, ali ne umem da kažem ne kad je reč o mojoj porodici. A to je istinsko prokletstvo. – Stao je pored nje, nagnuvši se na nisku ogradu, jedinu prepreku ka vodi koja se prostirala nekoliko metara niže.

– Mnogo mi je žao Praseta. Znam da sam to i sinoć rekla, ali juče je bilo malo...

– Ludo? – rekao je. – Cela moja porodica stisnuta u kućerku iznosi upokojenog magarca na stolici?

– Ali Irini je danas bolje?

– Lekar nam kaže da je to čudo, ali ako počnem da verujem u čuda, možda ću poverovati i u druge stvari za koje ne postoje objašnjenja. A još sam neodlučan u tom pogledu.

Znala je da govori o svešteničkom pozivu. Kako i da ne misli na to? Venčanje se bližilo, Irini se ozbiljno razbolela, svi su se uspaničili, nosio je veliki teret na plećima. Možda se na to nadovezalo i njeno prisustvo...

– Baka mi je juče rekla da ne smem da postanem sveštenik – rekao joj je Akis. – Zapravo, naterala me je da joj to obećam pre nego što je zažmurila i rekla da je spremna da umre.

– Šta?

– Znam. A onda je Prase ispustio najneobičniji zvuk i baka je ponovo otvorila oči i, pa... ostatak znaš.

– Šta ćeš onda da uradiš?

– Da budem iskren... stvarno ne znam. Uskoro će venčanje, baka je i dalje bolesna, Kozmos će možda dobiti nervni slom... previše je to.

– Jasno mi je – odvratila je Kara. – Ni ja nisam znala da ću doći na Krf i na grčkim obalama zateći sve svoje demone.

– Ali izborila si se s njima, zar ne? – rekao je Akis, ćušnuvši je po ruci.

– Ne sa svim – priznala je Kara uz uzdah.

– Ne?

Pogledala je u te čarobne oči i setila se kako je bilo kad ih je prvi put videla, iza maske u crkvi u gradu Krfu.

Progutala je pljuvačku. – Akise, sviđaš mi se. Mnogo. Znaš to. I sve što si učinio za mene otkad sam došla ovamo ne može se uporediti ni sa čim što je bilo ko drugi učinio u celom mom životu.

Odmahnuo je glavom. – Ništa nisam uradio. Sve je to poteklo od tebe. Već je bilo u tebi.

– Možda – rekla je Kara. – Ali nikad to ne bih našla u sebi. – Uzdahnula je. – Teško je reći, ali ipak ću da kažem.

– Molim te, Kara, nemoj se bojati šta god da imaš da mi kažeš – rekao je Akis.

Duboko je udahnula. – Mislim da još nisam spremna ni za kakvu vezu ni sa kim. – Načas je zastala, srce joj je tuklo zbog saznanja da je to krupan korak. – Mislim da moram da... kako treba obradim i prihvatim ono što se dogodilo s mojom prethodnom vezom, kako bih znala da mogu da nastavim a da mi se ništa ne ispreči u budućnosti.

Akis je klimnuo glavom. – To je vrlo razuman plan. U pravu si što to želiš. Potpuno.

– Zašto se, onda – počela je Kara – osećam tako grozno? – Udahnula je. – Hoću da kažem, delovalo je ispravno kad sam počela da govorim, ali sad razmišljam o tome da neću biti s tobom, i to mi ne deluje nimalo ispravno. Samo ne želim da donosiš bilo kakvu odluku o svojoj budućnosti misleći na mene, ako ne mogu ništa da ti obećam.

– Ššš – tiho je rekao Akis. – Ne treba da se brineš. To je dobra odluka, i ničije više mišljenje nije važno. – Prineo je ruku iznad njene, ali nije je dodirnuo.

– Znam, samo trenutno imaš toliko briga, ne bih da ja postanem još nešto zbog čega ćeš se brinuti, ako nisam sigurna gde sam u pogledu svega što se događalo s tom vezom.

– Kara, molim te, u redu je – rekao je Akis. – Ne treba da misliš na mene. Treba da misliš samo na sebe.

Samo što je sad jedina misao koja joj je prolazila kroz glavu bila da je taj čovek koji joj se toliko svideo nikad više neće dodirnuti, zagrliti, poljubiti...

– Akise.

– Da.

Želela je da povuče sve što je rekla. Želela je da ne razmišlja o tome da li je spremna da ponovo pokloni poverenje, samo da deluje, čeka i vidi, veruje. Ali ako on postane sveštenik, ta vrata će se ionako zatvoriti. Bilo je beznadežno.

– Trebalo bi... da nađem Margo. Da se uverim da ne kinji nekog više nego obično. – Uputila mu je poluosmeh.

– Da, trebalo bi i ja da nađem brata. Večeras mu je momačko veče i toliko toga treba pripremiti.

Zagledala se u njega, opijala se njime, sećajući se kako ju je držao i poljubio, mokru od mora Santorinija.

– Pokušaću... da izbegnem baklavu – brzo je rekla. A onda se zaputila preko terase ka okupljenima.

55.

Kvart Liston, grad Krf

– Izgleda vrlo... kosmopolitski tu.

Bila je to Karina mama, Glici, na *Fejstajmu*. To je prvi put bio zajednički poziv, s Margo koja je odvojila malo vremena od zurenja u ekran dok su pile kafu u kafeu ispod lukova na toj divnoj mermernoj promenadi. Bilo je veče i temperatura je počela malo da se spušta. Golubovi su i dalje leteli uz ivice stolova, tinejdžeri su blejali – svi u najki teh krpicama i s biciklima – stolovi su počeli da se pune posle sijeste. Kara je zaista počela da se oseća kao kod kuće u tom okruženju.

– Samo ti možeš reč „kosmopolitski" da izgovoriš da zvuči kao uvreda – rekla je Margo pa povukla dim iz cigarete.

– Znate, ne smeta što se vama dvema sviđaju različite stvari – brzo je rekla Kara. – Braća i sestre su jedinke za sebe, često suprotnosti u razmišljanju i idealima.

– Da – složila se Glici, dlana prislonjenog na naoko čvrsto stablo drveta. – Neki od nas misle da je novac modni dodatak, a drugi misle da bi trebalo da bude ravnomerno raspodeljen da bi svako mogao da zadovolji osnovne potrebe.

– Rekla sam ti da ovo neće ići – primetila je Margo, zavalivši se na stolici.

– Ne – odvratila je Kara. – Sve je u redu. Mama će prestati da osuđuje na osnovu predrasuda zasnovanih na detinjstvu...

– Šta? – upitala je Glici zadržavši dah.

– I... – Kara ju je ponovo prekinula – slušaćete jedna drugu.

– Šta? – uzviknula je Margo.

– Mama, Margo želi da porazgovara s tobom o nečemu – rekla je Kara.

– Želela sam – odvratila je Margo, spustivši cigaretu u pepeljaru i prekrstivši ruke na grudima. – Više nisam tako sigurna.

– Margo – rekla je Kara. – Jesi, sigurna si.

– Dobro – odvratila je Margo, odvojivši ruke i ponovo se ispravivši. – Ali da ne pravimo bogzna šta od toga.

Napokon je s Glicine strane zavladala tišina, ako se izuzme ono za šta je Kara pretpostavila da je kreštanje papagaja u pozadini.

– Odlučila sam da učinim nešto dobro – objavila je Margo. – Da nešto vratim svetu.

– Ako će tvoj posao postati održiv, onda prilično kaskaš za vremenom, draga sestro.

– Vidiš kako me podbada? – rekla je Margo, gledajući u Karu. – Možda je ovo bila šašava ideja.

– Mama – rekla je Kara gledajući u ekran telefona. – Margo želi da dâ znatnu donaciju za podršku jednoj od grupa za očuvanje životne sredine.

– A zašto bi to uradila? – upitala je Glici, sumnjičavog lica. – Jel' to zbog neke Sunakove[14] poreske olakšice?

Margo je zacoktala i odmahnula glavom, ponovo uzevši cigaretu.

– Mama, to je ozbiljna ponuda. Veoma velikodušna. Prava prilika da uradi nešto sjajno.

– A hoće li moja sestra hteti da stoji tamo preznojavajući se u *iv sen loranu* dok pruža jedan od onih komično ogromnih čekova dok pozira s nekoliko gladnih siročića?

– Mama! – uzviknula je Kara.

– Za mene je ovaj razgovor završen – rekla je Margo, ustavši i napustivši kafe.

– Margo, čekaj – pokušala je Kara, ali bilo je uzalud. Ponovo se okrenula ka ekranu, više nego iznervirana. – Mama, to je zaista bilo nepotrebno.

– Mislim da ne poznaješ moju sestru kao što je ja poznajem. Ona se nikad neće promeniti. Uvek je reč o njoj, i ni o kom drugom.

---

[14] Misli se na tadašnjeg britanskog premijera Rišija Sunaka. (Prim. prev.)

Kara je udahnula. Znala je da to nije istina, sad više nego ikad. Ali ništa nije mogla da kaže. Margo je jasno stavila do znanja da ne želi da iko drugi zna šta se dogodilo s maharadžom.

– Slušaj, mama, znam kakva Margo može da bude, ali...

– Ali ne znaš, zar ne? Zato što nikad nisi bila u stanju da sagledaš njene greške. Uvek je bila zabavna tetka koja ti je davala ono što nije trebalo da imaš, stvari za koje sam rekla tebi *i* njoj da ne treba da ih imaš. Ona koja bi te uzela i rekla ti da će sve biti u redu iako ti je ponekad bila potrebna stroga ljubav.

Sad je Kara bila zgranuta. To je bilo mnogo dublje nego što je mogla da nasluti, i sad je požalila što je to bio glasan razgovor preko *Fejstajma*. Dve žene za susednim stolom kao da su bile više zainteresovane za njihov razgovor nego za svoje frapee.

– Mama, jesi li ikad pomislila da postoji razlog što je Margo takva?

– Da, često. Krivim svog oca, koji je uvek govorio da je ona kao Bet Dejvis.

Kara je tiho opsovala, a za to vreme veza kao da se poremetila.
– Mama, čuješ li me?

– Kara... ne čujem te... jesi li još tu?

– Da, ovde sam. Čujem...

Onda se ekran zacrneo i sve je zamrlo.

Kara je uz uzdah ostavila novac za njihova pića i ustala.

– Uzeće novac – rekla je Kara kad se pridružila Margo. Njena tetka se odšetala nekoliko koraka dalje, golubovi su joj se okupili oko nogu dok je dovršavala cigaretu.

– Nije važno – izjavila je Margo. – Ako nijednom od *njenih* ciljeva nije potreban novac, doniraću nekom drugom. – Slegnula je ramenima. – Postaraću se da iz toga proistekne nešto dobro.

Kara je zastala, večernje sunce grejalo joj je ramena. – Mogla bi da joj kažeš šta se dogodilo. Možda bi ona...

– Ne – neumoljivo je odvratila Margo. – Ne moram nikom da pružam izgovor za to kakva sam ili šta sam postala. Sve su to moji izbori, bez obzira na ono što im je prethodilo. – Uzdahnula je. – Svi smo odgovorni za sopstvene postupke, Kara, bez obzira na to šta je dovelo do njih.

– Divne dame! Želite li večeras da se pridružite grupi prijatnih mladića? Možemo vam obećati samo piće, ne mnogo šarma i, pa... zapravo samo to.

Bio je to Horejšio s ružičastim dečjim šeširićem na glavi, koji je svoje izlaganje završio prebacivši Margo ruku preko ramena.

– Sklanjaj se! Jesi li ti skrenuo? Šta tražiš ovde? – uzviknula je Margo, odgurujući ga.

– Rekao sam ti ranije, večeras je Kozmosovo poslednje momačko veče. Njegovi prijatelji su se okupili da bi se postarali da to veče bude divno.

– Blago vama – rekla je Margo. – Što se onda ne vratiš Kozmosu i radiš šta god treba da bi to bilo dobro veče.

Kara je videla kako se na ulici pravi gužva, tamo je bilo desetak momaka, svi su nosili ružičaste dečje šeširiće osim Kozmosa. Mladoženja je bio u prvom redu, ogromna gumena riba bila mu je zalepljena za glavu lepljivom trakom. Kara je videla Akisa pored brata i, iako s dečjim šeširićem, i dalje je bio ubistveno zgodan kako može da bude samo neko sa zadivljujućim jagodicama i morskoplavim očima.

– Dođi – rekao je Horejšio, ćušnuvši Margo po ruci. – Biće zabavno. A Kozmos je već plakao što je riba preteška i zato što želi da ide kući kod Ren.

– U Engleskoj ih zovemo muškim zabavama i uglavnom im prisustvuju samo muškarci – rekla je Margo. – I to nije bez razloga. Muškarci se ponašaju kao govnari, a žene ne žele da učestvuju u tome. Doviđenja.

Dok se Margo krupnim koracima udaljavala od Horejšija i grupe momaka koja se približavala, i sad je izgledalo kao da duvaju u svetlucave pištaljke, Kara je još jednom pogledala Akisa. Znala je da nikad nije srela boljeg čoveka, ali i da nikad neće doći njihovo vreme.

56.

– Kad možemo da idemo kući?

Akis je počeo da se pita zašto su priredili momačko veče ako mladoženja ne želi da bude tu. Većina stvari u vezi s tim venčanjem bila je neuobičajena, a tako se i nastavilo. Sve se odvijalo u skladu sa običajima i onim što se očekuje, umesto u skladu sa željama neveste i mladoženje.

– Uvek je bio takav – primetio je Tanasis kad je Horejšio doneo poslužavnik pun čašica žestine i podelio ih za stolovima ispred bara za kojima su sedeli. – Počeo bi da traži da ide kući čim bismo seli u kola, bilo kud da krenemo, sećaš se?

– Sećam se da je uvek nosio kapu, svetložutu, čak i leti.

Tanasis se nasmejao. – Tvoja majka je mrzela tu kapu. Bacila ju je mnogo puta, ali Kozmos bi toliko plakao da bi je izvukla iz smeća da bi prestao da galami.

Dok je s ribom na glavi sedeo sa školskim drugovima, Akisov brat je izgledao kao da mu je neprijatno i pokušavao je da olabavi lepljivu traku.

– Šta misliš, kako će se on snaći u braku? – Akis je upitao oca.

– Ja mislim – počeo je Tanasis – da je Ren dobra za njega. Mislim da je izuzetno srećan što je upoznao nekog kao što je ona. Prihvata ga baš takvog kakav je. A on je voli.

Akis je klimnuo glavom. – Da, u to nema sumnje. Savršen su par.

– Ipak, ne osećam isto kad je reč o tvom potencijalnom braku – rekao je Tanasis, podigavši čašicu i sasuvši piće.

– Moj brak?

– Sa Crkvom.

– O – izustio je, osetivši kako mu se raspoloženje kvari.

– Tvoja baka kaže da je razgovarala s tobom.

– Jeste – rekao je Akis. – U samrtnom času za koji se ispostavilo da nije samrtni.

– Kažeš to kao da nisi zahvalan što je ona i dalje s nama.

– Ne – odvratio je Akis – naravno da sam zahvalan, samo...

– Rekla ti je? Za priču koju smo nameravali da prodamo tvojoj majci kako bismo prekinuli sve ovo?

Klimnuo je glavom. – Mislim da je to značajnije nego što je rekla mojoj majci.

– A znaš li šta je tvoja majka rekla na sve to? – upitao je Tanasis, dodavši mu čašicu žestine.

Akis je odmahnuo glavom. – Ne.

– Onda ću ti reći – odvratio je njegov otac. – Nije rekla ni reč. Nikom ništa nije rekla. Ne izlazi iz spavaće sobe otkad je Prase uginuo. I s venčanjem iza ugla, na šta je bila usredsređena proteklih dvanaest meseci, nije u stanju da funkcioniše. Niko ne zna šta da radi. Anastasija pokušava da privoli Ren da se saglasi s poslednjim detaljima, a Kozmos ovde plače s ribom na glavi, dok ti i dalje razmatraš da li da se pridružiš Crkvi zbog prokletstva zbog kojeg se samo tvoja majka brine.

Akis je spustio pogled i načas se zamislio. – Ljudi su umirali. Sela su izgubljena, zar ne? Ima nečega u tome.

– Aki, to je priča *Dijakosovih*. Ja sam Dijakos. Tvoja majka je Dijakos samo po osnovu udaje. Moja strana familije je pogođena nesrećama. Ako je to uopšte to.

– Ti ne veruješ u to? – upitao ga je Akis.

– Verujem da će biti šta bude.

– Da je sve predodređeno?

– Ne – rekao je Tanasis odmahujući glavom. – Naprotiv. Ne idem u crkvu zato što ne verujem da postoji jedna osoba ili stvar iznad nas koja nas pokreće unaokolo kao figure na šahovskoj tabli života. Kako je to moguće? S toliko milijardi ljudi i toliko beskrajnih mogućnosti. To nema smisla. – Uzeo je još jednu čašicu. – Ja verujem da je život jednostavan. Praviš izbore. U trenutku. Na primer, želim li da ostanem u *kafeneonu* na još jednom pivu? Da. Ali šta će Sofija reći? Biće ljuta. No da li će se svejedno ljutiti što sam svratio u *kafeneon*? Hoće. Prema tome, još jedno pivo neće ništa promeniti.

– To nije isto kao kad bi se posvetio Crkvi da ljudi ne bi umirali – odvratio je Akis.

– Aki, postoji samo jedna pouzdana stvar u životu, a to je smrt.

– Da, ali...

– Slušaj me, sine moj – ozbiljno mu je rekao otac. – Ako sad ne doneseš samostalno odluku, zauvek ćeš donositi odluke da bi spasao Kozmosa ili Anastasiju, ili ponos svoje majke, upravo onako kako si svog brata stavio na prvo mesto kad si izgubio prst. – Spustio mu je ruku na rame. – Ne mogu ti iskazati koliko sam ponosan na tebe.

Akis je progutao pljuvačku, preplavila su ga osećanja. – Ne moraš to da kažeš.

– Tvoja majka je ponosna na ono što se vidi. Na Anastasijine umetničke projekte koji su osvojili nagrade, što može da kaže da je potrošila hiljade evra na Kozmosovu svadbu. Ja sam ponosan na one tihe stvari, stvari koje se ponekad ne mogu prepoznati. Na Anastasijino strpljenje s vašom majkom, Reninu dobrotu prema Kozmosu kad je frustriran, Irininu krajnju moralnu čvrstinu, tvoje velikodušno žrtvovanje, Aki.

Akis je strusio još jedno piće od kojeg ga je grlo zapeklo.

– Tragedije u porodici Dijakos za koje znam mogu se objasniti na mnoge različite načine. A sveštenici u našoj porodici nisu svi imali dug i bezbrižan blagosloven život zahvaljujući svojoj posvećenosti Crkvi. – Tanasis je uzdahnuo. – Tvoja majka je perfekcionista. Uvek je bila takva. Želi da sve bude kako treba, da ništa ne štrči. To je sve. Njena paranoja, udružena s drevnom pričom verovatno napisanom pod dejstvom alkohola.

Akis je spustio ruku na šeširić na svojoj glavi i skinuo ga. – Koliko još treba da nosimo ovo? Rekao sam Horejšiju da treba da bude neupadljivo.

– Meni se prilično sviđa – rekao je Tanasis kroz smeh.

Akis se osmehnuo svom ocu. – Hvala, tata.

– Možeš da mi zahvališ tako što ćeš živeti svoj život onako kako ti želiš, Aki. Tvoja majka ima mene, koga pokušava da načini savršenim. Nikad neće uspeti. Zauvek će pokušavati, a ja ću je puštati. To je tajna našeg uspešnog braka. Nemoj svima da razglasiš.

Spustio je ruku ocu na rame. – Još jedno piće?

– Da! *Fizika*![15]

[15] Grčki: naravno. (Prim. prev.)

57.

Možemo li da dobijemo još malo pomfrita? I pita hleba i... onog ružičastog umaka?

Kara je štucala dok je Margo naručivala još hrane. Kafa u kvartu Liston pretvorila se u pića u mnogim divnim barovima u tom gradu a onda, kad ju je alkohol savladao, Margo je počela da se ponaša nimalo svojstveno sebi. Izbegla je jedan luksuzni restoran, tražeći mesto gde jedu meštani, bez mnogo raskoši, čak i bez stolnjaka. Ta roštiljdžinica sa šest stolova, plastičnim bocama kečapa i senfa, papirnim salvetama i plastificiranim jelovnicima bila je nešto gde Kara nikad ne bi zamislila Margo.

– Lepo je, zar ne? – rekla je Margo, usta punih pomfrita.

– Lepo je – složila se Kara. I bila je gladna kao vuk. Izgubila je račun koliko je popila zato što je Margo neprekidno naručivala dekantere pića.

– Zašto i kod kuće ne jedemo na ovakvim mestima? – upitala je Margo kad je stiglo još pita hleba i taramo salate uz pileće ražnjiće i suvlaki od svinjetine.

– Zato što ti voliš mesta s pet zvezdica – podsetila ju je Kara. – I obično si na restriktivnoj dijeti.

– Obično, ali ne stalno, i vreme je da počnem da radim nešto novo – rekla je Margo, mahnuvši krompirićem kao da je dirigentska palica.

– Stvarno?

– Da, hoću da kažem, u toj sam fazi života kad počinju da me previđaju.

– Ne razumem? – odvratila je Kara, pijuckajuči domaće vino vlasnika roštiljdžinice.

– To se već neko vreme događa. Muškarci u baru s kojima bih obično razmenila pogled počeli su da gledaju mlađe žene koje ulaze. U sali za sastanke ima manje koketnih poslovnih razmena, osim ako ne uključim tebe. Kad žena prevali vrhunac, eto šta biva. Nisi potencijalna supruga niti potencijalna majka njihovoj deci, jednom nogom si u grobu.

– Margo! – uzviknula je Kara. – Ti nisi jednom nogom u grobu!

– Još ne – složila se Margo, dopunivši čašu s vinom. – Međutim, treba mi nov način posmatranja. Vreme je da prestanem da se oslanjam na sve na šta sam se ranije oslanjala – na stvari koje su sad već ulegle više nego moj omiljeni krompir u kari-restoranu.

– Ne mislim...

– A ti treba da uradiš nešto slično – prekinula ju je Margo. – Zgrabi onog plesača-klaviristu kao da želiš da pomiluješ svaku njegovu dirku... okini koju žicu... i zajebi štimovanje.

– Margo! – Pogledala je unaokolo po roštiljdžinici da bi se uverila da je niko nije čuo, ali nekolicini gostiju koji su ti sedeli pogled je bio prikovan za fudbalsku utakmicu na TV-u.

– Iskreno, koliko god da sam se trudila, nisi pokazala ni trunku zanimanja ni za jednog koga sam pokušala da ti namestim, a bilo je među njima nekih vrhunskih kandidata.

– Zašto se ne vratimo razgovoru o onom što *ti* želiš da radiš? – predložila je Kara.

– Bio je stvarno zgodan onaj momak koji obrađuje kožu. Kako se zvao? – Margo je lupnula prstima po stolu pokušavajući da se priseti.

– Ne sećam se.

– A bio je i momak koji je pravio one specijalne patent-zatvarače. Izgledao je kao da je vešt s prstima.

– Margo, stvarno ne bih...

– Hoću da kažem, samo zato što je Seb igrao prljavo ne znači da će svaki momak biti isti. To sam ja morala da govorim sebi svih ovih godina zbog Radža. Priznajem, nisam se mnogo potrudila i nikad nikome nisam stvarno poklonila srce, ali sam pokušala i...

– Šta pričaš?

Kara je osetila kao da joj je neko ledenom strelom probo srce. Izjava „Seb igrao prljavo" odbijala joj se o zidove uma kao fliper. Između grčkog fudbalskog komentatora, koji je glasno objašnjavao igru, i cvrčanja roštilja Kara je morala da bude sigurna da je dobro čula. Da li Margo zna nešto više nego ona o njenom i Sebovom kraju? Jer što se Kare tiče, mnogo toga se dogodilo posle evrovizijskog kraha zbog čega je Seb odustao, ne može se reći da je odmah odveo u krevet novu...

– Ja... – zaustila je Margo – ne znam šta sam rekla. Šta sam rekla? – Posegnula je za dekanterom vina.

– A, ne – uzvratila je Kara, i sama sipavši vino. – Nećemo tako. Rekla si da je Seb igrao prljavo. Šta si time htela da kažeš?

– To sam rekla? – upitala je Margo.

– Jesi.

Onda je Margo uzdahnula, a Kara je osetila da se ona ledena strela još dublje zariva u nju.

– Jesam, zar ne? – naposletku se složila Margo. – Dobro. Onda, znaš da postoji mnogo toga u mom životu na šta nisam ponosna, pa, to *nije* jedna od njih. Da, možda nije trebalo da krijem od tebe, ali šta je tu je. Valjda ćemo sad isterati stvari načistac.

– Kaži mi – zahtevala je Kara.

Margo je uzela parče pita hleba i uperila ga u nju. – Znaš, nikad mu nisam verovala. – Zagrizla je zalogaj. – Od prvog trenutka kad smo se upoznali, kad je tvoja majka napravila onu smešnu pitu sa sojom, bilo je nečeg u načinu na koji je sedeo što mi nije leglo. Znaš, možeš da zabaciš ramena i držiš se uspravno, ili da lenjo poviješ ramena, a možeš i kao on, da se nagneš na stolici tako nehajno kao da poseduješ tu stolicu i sto, stolnjak *orla kili* i jebenu pitu.

Kara je ćutala, znajući da bi ako bilo šta kaže Margo mogla početi da okleva, a morala je da čuje to, koliko god bilo teško.

– Ali morala sam da sedim i gledam šta se događa a da ništa ne kažem, jer ti si bila odrasla žena, a ja sam uvek verovala tvom sudu. Kako bilo da bilo... – Margo je umočila hleb u umak. – Onda te je zaprosio baš kad su počele pripreme za Evroviziju, a ja sam osetila da nešto jednostavno nije kako treba. Znaš, većina muškaraca preduzima nešto s razlogom, a taj razlog je obično sebičan. Tad sam unajmila nekog da ga prati.

– Margo! – uzviknula je Kara.

– Pa, nisam mogla da ti kažem, zar ne? Bila si zaljubljena u njega i ujedno si pokušavala da osvojiš za zemlju taj jebeni stakleni mikrofon! A nisam mogla da pitam sestru za pomoć, zar ne? Ona je jedva čekala da pomoću paprati ukrasi svadbenu gozbu, a onda da isplanira odlazak u neki kraj sveta kojem u tom trenutku najviše treba pomoć. Tako da – jeste, ja sam preuzela na sebe da se obračunam s tim malim seronjom. – Popila je gutljaj vina. – I bila sam u pravu. – Udahnula je. – Švrljao je sa onom Ali. Ne znam koliko dugo, ali Džonsonu je trebalo svega osam sati da ih nađe na gomili tokom jedne moto-trke. – Margo je zacoktala. – Moto-trke, Kara, možeš li da zamisliš išta odvratnije?

Nije mogla da zamisli ništa odvratnije, ali ne od motocikala. Nego od pomisli da ju je Seb varao dok su planirali svoje venčanje. Kad god bi kasnio po nju u studio u kojem je snimala, kriveći posao, ili kad bi rekao da je išao da vidi roditelje – to su bile laži. Um joj se sad kovitlao, prisećajući se svakog izgovora, svih okolnosti u kojima ju je verovatno slagao.

– Posle tri dobre nedelje prismotre, zaključila sam da je bilo dosta – rekla je Margo. – Sastala sam se s njim. I rekla sam mu, šta god da se dogodi na Evroviziji, pobedila, ne pobedila, makar bila poslednja, moraće da prizna. Reći će ti šta je tačno radio i pustiće te da odlučiš šta ćeš s tim saznanjem. Ali, ako ne može da stisne petlju i uradi to, onda će raskinuti, ali tako da te povredi najblaže što može.

– Ignorisao me je – podsetila ju je Kara. – Ignorisanje nije blago. To je neodgovaranje na pozive, to su nepročitane ili neprimećene poruke, to znači da je nešto što si mislila da će zauvek biti u tvom životu jednostavno prestalo da postoji za tebe.

– Znam – rekla je Margo. – Videla sam te dok si prolazila kroz to i bolelo me je zbog tebe, Kara. Ali taj izgovor za čoveka te ne zaslužuje i nisi morala da znaš šta ti je radio iza leđa povrh svega drugog sa čime si se borila.

– Ne znam šta da kažem – priznala je Kara, ruke su joj se tresle kad je popila gutljaj vina. – Zato što sam provela sve to vreme pitajući se u čemu sam *ja* pogrešila. A Seb je jednostavno bio s nekom drugom. Ali možda, u tom slučaju, i *jesam* u nečemu grešila. Možda sam bila previše usredsređena na karijeru, možda mu nisam poklanjala dovoljno pažnje, jer zašto nisam znala da se moj verenik viđa s drugom?

– Ne! Nemoj to da radiš! – Margo je glasno zahtevala, zgrabivši ražnjić sa suvlakijem i uperivši ga u nju kao smrtonosno oružje. – *Nisi* ti kriva. *On* je varao, Kara. Njegovo varanje, njegova odluka, njegova krivica. Ničija više.

– Ali ja sam sve ovo vreme mislila da je otišao zbog onog što se dogodilo u Moldaviji. Da je to što me je video kako ležim na pozornici, s Jodijem koji mi gricka mikrofon, razočaranje cele zemlje, sramota, da ga je to navelo da raskine. A zapravo je nešto drugo bilo u pitanju. *Neko* drugi. – Udahnula je. – Ili još jednostavnije... ja nisam bila dovoljno dobra.

– Ne, Kara, nemoj to da govoriš. To svakako nije istina!

– Ne mogu sad da se borim s tim – rekla je, ustavši. – Ne znam šta da ti kažem. Dozvolila si da mislim da je to zbog mene, a događalo se nešto sasvim drugo što si krila od mene! Ne znam da li sam više ljuta na Seba zbog varanja, ili na tebe što si ga pratila i rekla mu koju odluku da donese, tako dugo krijući to od mene!

– Kara, hajde sedi, molim te – molila ju je Margo.

– Ne. – Nije želela da sedne. Već se zaputila ka izlazu.

58.

Kara je znala da je već popila više nego dovoljno, ali samo je želela da umrtvi osećanja koja se jave kad iz stvarnosti sklizneš u nešto manje mračno, nejasnih obrisa. Popila je još jedan gurtljaj vina pa spustila čašu na sto. Seb je nije ignorisao samo zato što je nije želeo u svom životu, već je bio odlučio da je ne želi kad je počeo da spava sa Ali.

A Margo je to znala. Još gore, Margo se postarala da on ode.

– Kara! Jesi li to ti?

Bio je to neko s ružičastim šeširićem i naočarima s lažnim iskolačenim očima koje su visile iz njih. Pokušala je da izoštri pogled.

Bio je to Horejšio.

– Ne – odgovorila je. – To nisam ja. Žao mi je.

– Hej – rekao je Horejšio. – Jesi li dobro?

– Jesam, hvala ti – odgovorila je Kara. – Sve je u redu. Biće još bolje ako odeš.

– Do-bro – uzvratio je Horejšio.

Kao da je bio manje blizu, buljave oči su se povlačile, slabio je miris sveprisutnog losiona za posle brijanja. Dobro. Samo ona i njen prijatelj pinó. Posegnula je za čašom, ali je precenila udaljenost i oborila je. Gledala ju je kako pada na pod i razbija se.

– Sranje – rekla je, spremajući se da sklizne s visoke stolice. Samo što ni pod nije bio baš tamo gde je očekivala i pre nego što se osvestila, bila je na podu, shvatajući koliko su joj pokreti neusklađeni.

– Dobro, ne diraj staklo.

Kara je bila na sve četiri pitajući se kako da ustane. A onda joj se neko drugi obratio. Nije imao iskolačene oči. Imao je divne oči...

– Kara, hajde, daj da te podignemo.

– Dobro sam – odgovorila je, napokon se osećajući sposobnom da se malo uspravi. Sve dok je nije pogodila vrtoglavica te je morala da se spusti.

– Hej. Dobro je. Držim te.

Sad je prepoznala taj glas. Umirujući dubok ton koji ju je uvek obavijao kao prijatan seksi pokrivač. *Akis.* A ona je posezala za njim, hvatajući ga za ruke dok joj se svet vrteo.

– Ja sam... previše popila – rekla je.

– Tome služe noćni izlasci – odgovorio je.

– Znam, ali... obično... ne završim četvoronoške.

– Stvarno? – upitao je Akis, i dalje je pridržavajući. – Mislim da se sećam jedne večeri za dame kad si završila na leđima na mojoj pozornici.

– Dobro – Kara je uzdahnula. – Ali to nije bila moja krivica. To je bio... sveštenik.

– Da, dobro, Đakon te sad vodi u svoj stan na kafu.

– Ne – rekla je Kara, odvojivši jednu ruku od njega. – Ne moraš to da radiš. Dobro sam.

Brzo je shvatila da ponovo tone ka stolu, ali pre nego što je skliznila ili se zateturala, Akis ju je zaustavio. A pre nego što je stigla još nešto da kaže, podigao ju je u naručje i otišao niz ulicu s njom.

– Akise, neću kafu. Ja sam... popila previše vina, ali... tad obično pređem na žestinu i bude mi dobro.

– Ne – odgovorio je. – Nema žestine.

Dok joj se vrtelo u glavi od kretanja, činilo joj se da je lakše da se preda.

Bilo je toliko stepenica da je Kara pomislila da je Zlatokosa to isto iskusila dok su je nosili u kulu doživotno da je zatoče. Kruženje nije prijalo ni njenoj glavi ni stomaku u kojem su se bućkali alkohol i sva hrana koju je pojela u roštiljdžinici. Sad se toliko kajala...

– Jesi li dobro? – Akis je upitao kad je kruženje prestalo.

– Mogu li kasnije da odgovorim? – uzvratila je Kara, progutavši loš ukus u ustima.

– Dobro, samo me zanima da li ti treba kofa.

– Akise – zaječala je, zažmurivši. – Spusti me.

Uradio je šta je tražila, a ona je tad shvatila da su ispred njegovog stana i da on otvara vrata.

– Molim te, zanemari nered. Horejšio je pokušao da napravi baner za Kozmosovu zabavu, te je materijal svuda i nedeljama će biti tu.

Kara jedva da je mogla jasno da vidi, a kamoli da uoči ikakav nered. Oprezno, teturajući se, stigla je do sofe i sela, zadovoljna što više nije na nogama, što je malo povratila ravnotežu.

– Skuvaću kafu – rekao je Akis, prišavši čajnoj kuhinji.

– Molim te, sad mi ne treba ništa više... – Zastala je, njen zamagljen um još je bio u stanju da shvati da bi trebalo da razjasni da misli na hranu i piće. – Samo mi... treba da sedim pet minuta i priberem se. I... ne moraš da ostaneš. Trebalo bi da budeš s Kozmosom na njegovo posebno veče... a ne meni da dadiljaš.

– Kozmos je otišao kući pre sat vremena – rekao je Akis, puneći aparat za kafu.

– Stvarno?

– Hteo je da ode kući pet minuta pošto smo stigli. Noćni izlazak više je služio za proslavu njegovim prijateljima nego njemu. On voli mir.

– Ali ti voliš zabavu – rekla je Kara.

– Volim i da se uverim da su moji prijatelji dobro.

Prijatelji. Da, to su sad njih dvoje. Smestila ga je u prijateljsku zonu. Grgoljenje aparata za kafu bilo je jedini zvuk, ako se izuzme slabašna buka koja je dopirala kroz otvoren prozor.

Pokušala je da sastruže neku temu za razgovor iz svog uma nespremnog za saradnju.

– Margo i ja ostajemo u hotelu *Arkadion* do kraja boravka ovde.

– Tamo je veoma lepo – rekao je Akis.

– Jeste.

– Veoma lep pogled.

– Jeste.

– A za Uskrs ljudi bacaju s balkona posude s vodom koje se razbijaju o tlo raspadajući se u paramparčad.

Taj izveštačeni razgovor bio je grozan. *Grozan.* Sledeće o čemu će razgovarati biće vreme. Ne bi trebalo da bude tu. Zašto mu je dozvolila da je donese u svoj stan? Samo treba da nađe Margo, vrati se u hotel i legne. Spustila je ruke na sofu pokušavši da ustane. Ali ljuljanje i nestabilnost, udruženi s nogarima stočića, odbacili su je na pod i pre nego što je stigla sasvim da se uspravi.

– Kara, molim te, ne pokušavaj da se krećeš.

Stigao je u dva krupna koraka, pomažući joj da ustane. Uhvatila se za sofu, rešena da to sama uradi.

– Akise, molim te, ne pokušavaj da me utešiš. I molim te, ne... dodiruj me.

Smesta se odmakao, a ona je shvatila koliko je grubo to zvučalo.

– Izvini – rekla je. – Nisam htela da tako zvuči.

– U redu je.

– Ne, nije – odgovorila je. – Večeras sam potpuno zbrkana, jebote. Ne mogu ni da sednem na sofu. Razbila sam čašu. Ostavila sam Margo u roštiljdžinici u kakvu nikad ne zalazi i sad će sama popiti sve vino, pa će i ona biti zbrkana, nije da ne zaslužuje to i... Saznala sam da me je bivši verenik ne samo ignorisao već da je to zapravo Margo strateški isplanirala, a on me je već neko vreme pre toga varao.

Sad su joj navrle suze i kao da nije mogla da ih zaustavi. I dalje na kolenima, zagnjurila je lice u sofu i nije mogla da učini ništa do da ih pusti da liju.

59.

Sve što je Akis mogao bilo je da je gleda. Ubijalo ga je što ništa ne preduzima, *bilo šta* da pokuša da joj ublaži bol. Ali rekla je jasno i glasno da ne želi da je on dodiruje, prema tome, koliko god da je teško, stajaće tu i pokušaće da joj pomogne izdaleka. Nekoliko minuta kasnije najgore kao da je prošlo: ramena su prestala da joj se tresu, disanje joj se ujednačilo. A onda je podigla lice sa sofe, polako se okrećući dok nije sela na pod leđima naslonjena na sofu.

– Imaš li... neke maramice? – pitala ga je, šmrknuvši.

– Da, naravno, samo sekund. – Prišao je kuhinji pa se vratio s kutijom. – Evo.

Uzela ju je, a on ju je gledao kako izvlači nekoliko i briše oči.

– Hoćeš li da sedneš pored mene? – upitala je kad je završio.

– Naravno – odgovorio je. Prišao joj je bliže pa se spustio na pod naspram nje, prekrstivši noge.

– Izvini – rekla je Kara, glasa i dalje dubokog i ojađenog.

– Ne brini – rekao je Akis. – Nikad ne treba da se izvinjavaš što otkrivaš kako se osećaš.

– Izvinjavam se što u poslednje vreme to kao da se uvek događa pred tobom.

– Ispovedaonica je uvek otvorena – rekao je, osmehujući se i malo šireći ruke.

Uzvratila mu je osmeh. – Znaš, kad mi je Margo rekla da me je Seb varao, bila sam krajnje zgranuta... ali ne zbog toga.

– Šta hoćeš da kažeš?

– Više sam se zgranula što je Margo organizovala njegov odlazak nego zato što me je on varao. – Odmahnula je glavom. – I kako to zvuči sad kad sam naglas izgovorila? Nisam se iznenadila što me je čovek za kojeg je trebalo da se udam varao. Šta to govori o našoj vezi?

– Meni govori – počeo je Akis – samo da je on glup. Ili, takođe, i da si možda donekle već znala da ono što ste imali nije dovoljno.

Sad je morao da bude objektivan. Morao je da poštuje njenu odluku da odvoji vreme za sebe iako ga je to razdiralo.

– Mislim da mi se mnogo toga desilo za veoma kratko vreme i da je sve to pomalo zastrašujuće – rekla je.

– Događa se – odvratio je Akis, klimajući glavom. – Pomalo kao venčanje mog brata. A onda se moja baka razbolela.

– Kako je Irini? – upitala je Kara brišući nos.

– Malo bolje. Jede *avgolemono* supu. Janis joj je kuva.

– Šta je to?

– To je pileća supa s limunom i pirinčem. Veoma je dobra. I izgleda da okrepljuje, tako da je i lekovita.

– To je dobro.

– A mesto za venčanje je odabrano. Pre sat vremena.

– Stvarno?

– Ne znam da li zaista da verujem u to, ali moja majka je svima poslala poruku rekavši da će to biti u porodičnom domu i da zmije stižu sutra za blagoslov.

Kara je klimnula glavom. – Tvoja porodica ima divan dom.

– Moja porodica ima kuću s lepim stvarima. Izgledaće dobro na fotografijama. – Udahnuo je. – Mislim da divan dom počinje s ljudima u njemu, ne sa ukrasima.

– Slažem se – rekla je Kara, zevajući.

– Moja majka bi trebalo da nauči da ceni vrednost stvari. Mislim da je poslušala moju baku i možda zaključila da bi venčanje u kući bilo prvi korak ka priznavanju toga.

– Dom bi trebalo da bude siguran – rekla je Kara. – Sigurno mesto gde se svi osećaju cenjeno i... voljeno.

Njeno zapažanje ga je duboko pogodilo, bilo je to nešto u šta je oduvek verovao, što je oduvek želeo za brata i sestru, čemu se možda nadao za sopstvenu decu, jednog dana...

– Mislim da ljudi potcenjuju „sigurnost“ – nastavila je Kara. – Misle da to znači nešto dosadno i lišeno pustolovine, ali... Ne znam... znati da si okružen toplinom, da si voljen i da ti se pruža uteha... Mislim da je to nešto najuzbudljivije na svetu.

Poslednju rečenicu izgovorila je polako, glava joj je sad počivala na jastuku sofe. Bila je tako spokojno lepa.

– Kara, znam šta si rekla o tome da nisi spremna ni za kakvu vezu. Jasno mi je i poštujem to – rekao je Akis. – Ali želim da znaš... šta ja osećam prema tebi. Nikad se nisam tako osećao. Ne znam kako to da objasnim, ali to je kao da mi je u srcu nešto što ranije nije bilo tu. Nešto što je zbog tebe toplije, vedrije, blistavije od svega ostalog. – Udahnuo je, pogledavši u svoje šake, prstiju spojenih skoro kao u molitvi. – Kako da postanem sveštenik kad želim da vidim svet, istražim ga, uronim u njega, budem mali deo svih mesta na kojima nisam bio? Kako da postanem sveštenik kad želim to da podelim s tobom? – Odmahnuo je glavom. – Šta hoću da kažem? Samo da... ako se i ti makar malo osećaš kao ja, onda... mogu da čekam. Koliko god da treba.

Srce mu je snažno tuklo, a kad je shvatio da je napokon skupio hrabrost da bude potpuno iskren, podigao je pogled. Tad je video da Kara žmuri i da je zaspala.

60.

Kara je bila sigurna da buka potiče od crkvenih zvona, ali zvučalo je kao da zvone tik pored nje i ne prestaju. Pokušala je da razdvoji kapke, koji kao da su se slepili. Gde je ona to? Ovo ne liči na sobu u hotelu *Arkadion*. Onda se setila. Previše je popila. Akis ju je doneo u svoj stan. Brzo je krišom pogledala ispod pokrivača. Obučena je. A onda...

– Sad je 7.57.

Akis je stajao pored kreveta i držao šolju koja je, namirisala je, bila puna vrele kafe. Uspravila se i posegnula za njom.

– Hvala ti – rekla je, zahvalno uzevši šolju.

– Znaš kako znam da je 7.57?

– Pogledao si na sat?

– Po crkvenom zvonu.

– Šta?

– Uvek porani tri minuta. Godinama.

– To je vrlo svojstveno Grcima – rekla je Kara otpivši gutljaj kafe. – Hvala ti na ovome. I hvala ti što si mi očigledno dozvolio da ostanem noćas. Izvinjavam se zbog bilo čega besmislenog što sam uradila ili rekla, i molim te nemoj da mi kažeš ništa od toga.

– Važi – odvratio je Akis.

– Vidim ti osmeh na licu. Zašto ti je osmeh na licu? Jesam li uradila ili rekla nešto besmisleno?

– Rekla si da ne želiš da znaš.

– Znam šta sam rekla, ali...

– Ali?

– Ali ti bi mogao prestati da se ponašaš kao da si čuvar svih svetskih tajni!

I mogao je prestati da izgleda tako prokleto zavodljivo. Na sebi je imao prsluk, tamnosivi, uklopljen s farmerkama.

– Ne svetskih – rekao joj je. – Samo tvojih.

Spustila je šolju na noćni ormarić pa uzela jastuk koji je stajao pored nje.

– Šta to radiš? – upitao je Akis.

– Ništa – odgovorila je Kara, pokušavši da izgleda nehajno, ali znajući da ne uspeva.

– Do-bro – rekao je Akis.

Bio je spreman istog sekunda kad je ona zadala prvi udarac. Izmakao se pa zgrabio drugi jastuk.

– Stvarno hoćeš to?

– Dobra sam u ovome – rekla je Kara podigavši se na kolena, čvrsto držeći jastuk u rukama. – U *Kerid aveju* koristimo jastuke da testiramo prostor u koferima.

– Anastasija je mislila da je dobra u ovome kad smo bili mali – rekao je Akis, izvivši obrvu.

– To zvuči kao da mi upućuješ izazov.

– Ti si ta koja je htela da sazna koje je tajne otkrila.

Zamahnula je jastukom, ali pre nego što je stigla da ga baci, Akis ga je zgrabio i čvrsto ga držao.

– Pusti! – uzviknula je Kara, vukući iz sve snage. – Nije pošteno! Postoje pravila u borbi jastucima!

– O, jel' tako?

Čvršće ga je stegla, zarivajući prste u tkaninu, pokušavajući da ga zadrži. Nikad neće pobediti bude li se oslanjala na puku snagu. Moraće da primeni drugu taktiku. Pokušala je, vukući iz sve snage, a onda... pustila.

Očekujući da vidi Akisa kako se izvija unazad gubeći ravnotežu, zapanjila se kad je shvatila da je on pustio jastuk milisekund pre nje i da je ona to koja je pala nauznak na krevet.

A onda, kao blesak sećanja na devojačko veče, bila je na leđima a Akis ju je opkoračio, držeći jastuk visoko, sa izrazom lica koji govori da je pobedio.

– Prevario si me – rekla je Kara.

– Šta? – upitao je. – Htela si da padnem! Mogao sam da se udarim o stočić! To je nešto što se tebi umalo dogodilo noćas, kad smo kod toga.

Kara je zaječala. – Ne govori mi. Sve ću poreći. Ne želim ništa da znam.

Jastuk koji je držao nežno joj je poturio pod glavu. – Rekla si da ceniš osećaj sigurnosti.

Progutala je pljuvačku. Zaista mu je to rekla? Otkrila je svoje misli i osećanja. – Da.

– Rekla si šta za tebe znači „dom".

Pogledala ga je u oči i preplavila su je osećanja. Jedva je uspela da klimne glavom. Bio je tu, iznad nje, a to je delovalo sasvim prirodno, kao da to stalno rade. Da li bi trebalo da rizikuje i zaključi da je to ispravno? Da uprkos onom kroza šta je prošla sa Sebom, svojom karijerom, sa svime, treba da se prepusti ovome što je za tako kratko vreme počela da oseća prema Akisu? Bio je tako blizu. Mogla je da posegne i spusti mu dlan na obraz, povuče ga ka sebi i ponovo oseti te usne na svojima i ko zna šta bi se posle toga dogodilo...

– A šta si ti rekao? – upitala je, i dalje zureći u te divne oči.

– Rekao sam da...

Crkveno zvono ponovo se oglasilo oboje ih iznenadivši. Kara se trgla, i to je bilo dovoljno da prekine trenutak. Sekund kasnije Akis je ustao odbacivši se kao da mu crkveno zvono zvoni pred vratima.

– Izaći ću... po bugacu. Uživaj u kafi.

I s tim rečima je izašao na vrata, pre nego što je Kara stigla da ga pita šta je bugaca.

61.

Porodični dom Dijakosovih, Notos

– I dalje nisam sigurna zašto treba da budemo deo ovog običaja.

Činilo se da je u Notosu tog popodneva još toplije nego u Krfu, a Margo i Kara su upravo stigle u porodični dom Dijakosovih zahvaljujući taksistinom mercedesu. Ranije se Akis vratio u svoj stan s bugacom – pecivom punjenim poslastičarskim kremom i sirom – pa pošto su proćaskali obuzeti nelagodom, Kara je rekla da mora da ode da vidi kako je Margo. Pet lekovitih kafa protiv mamurluka kasnije, bile su spremne da dođu na blagosiljanje zmija, koje je prethodilo sutrašnjem venčanju. I dalje su bile pomalo hladne jedna prema drugoj...

– To je još jedan običaj – rekla je Kara – koji ćemo poštovati pošto smo gošće na sutrašnjem venčanju.

– Jesu li ono kule? – uzviknula je Margo dok su išle prilazom. – Zar je Sofija naterala one grozne radnike da premeste jedino što su sazidali na onoj Barbikinoj kući snova? – Margo je krupnim koracima pošla napred pa izvadila svoj telefon i slikala.

– Hvala bogu stigle ste!

To je bila Anastasija, koja je prišla Kari s velikom torbom preko ramena i sad već poznatom tablom sa štipaljkom u rukama.

– Nešto nije u redu? – upitala je Kara.

– Naravno – odgovorila je Anastasija. – Uvek nešto nije u redu kad si član naše porodice! Baba na samrti koja nije umrla. Magarac koji je nažalost umro. Moja majka koja uporno ponavlja da će umreti ako joj se dobavljač hrane ne javi za sat vremena i moj brat koji se i dalje pita da li ćemo svi pomreti ako moj drugi brat ne postane sveštenik.

Kara je progutala pljuvačku. Toliki pritisak, a veći deo tereta pao je Akisu na pleća.

– Izvini – uzdahnula je Anastasija. – Konačno me je sve stiglo. Treba samo da izdržim. Za otprilike dvadeset četiri sata sve će ovo biti gotovo.

Kara se zamislila nad tom izjavom dok su hodale. Sa Sebom je bila obuzeta organizacijom njihovog venčanja, a trebalo je više da se usredsredi na ono što se zbiva u njihovoj vezi. Dvoje najvažnijih ljudi na *ovom* venčanju posmatrači su rasula koje vlada oko njih, i to je možda najbolje u svemu tome.

– Tužno je tako razmišljati – rekla je Kara. – Venčanje bi trebalo da bude tako posebna prilika. Znam i vidim da ne prolazi bez stresa, ali Kozmos i Ren će se venčati. Biće muž i žena. Zauvek. Zapravo nije važno kojim će vinom nazdraviti i koju tortu će jesti... pa čak ni da li će uopšte biti vina i torte. Njih dvoje se vole dovoljno da se zavetuju jedno drugom zauvek. Jedino je to važno.

Anastasija je zastala i spustila ruku Kari na nadlakticu. – O bože, ti si jebeni prorok. Dođi i kaži to mojoj majci. – Osmehnula se. – Šalim se. Mada se ne šalim kad kažem da si prorok.

– Mislim da imamo dovoljno sveštenika unaokolo da bih im se i ja pridružila – rekla je Kara.

– Ti ćeš biti prezauzeta da bi bila sveštenik – nastavila je Anastasija. – Čudi me da i dalje pristaješ da pevaš na svadbi. Tvoji snimci su po celom *Jutjubu* i *Tiktoku*.

– Šta? – uzviknula je Kara.

– Nisi znala? – upitala je Anastasija.

– Ne... nisam znala. – Ali kako bi i mogla da zna? Od Moldavije nije otvarala nijednu od te dve aplikacije, držeći se podalje od hejtera u odeljku komentara.

– Telefon ti se nije usijao od ponuda za snimanje? Na jednom mestu piše da stručnjaci proveravaju ton koji si otpevala na brodu, da bi videli da li je viši od G10 o kojem govore.

Kara se osmehnula i odmahnula glavom. Kako joj ne nedostaju mediji. Pogledala je taj divan opuštajući krajolik i upijala ga. Kako daleko izgleda ludilo muzičke industrije dok ona stoji na suncu, usred maslinjaka. Prvi put posle dugo vremena osećala se neustrašivo. Osećala se nedodirljivo.

– Šta želiš od svog života, Anastasija? – iznebuha je upitala Kara.

– Jel' to ozbiljno pitanje? – uzvratila je, zastavši svega nekoliko koraka od kuće.

Kara je klimnula glavom. – Jeste, hoću da kažem, otkad sam došla ovamo, sve što vidim da radiš jeste da pomažeš svojoj majci.

– Luda vremena, zar ne?

– Pa? Šta želiš da radiš?

– Upravo sad? Da pobegnem – rekla je Anastasija. – Sednem u avion s nekom zgodnom devojkom ili zgodnim momkom, odem nekud gde je hladno, bez osuđivanja uživam u svemu čega ovde nema.

Kara je videla njen pogled. Govorio je o propuštenim prilikama, bezmalo o tiraniji, o potrebi za slobodom.

– Trebalo bi da uradiš to – rekla joj je.

– Je li to poziv u Englesku? – upitala je Kara sa sjajem u oku.

– Izvini – rekla je Kara. – I dalje mi se uglavnom sviđaju momci.

– To je tako dosadno – rekla je Anastasija, zadirkujući je.

– Znaš, pomislila sam da bi izlazak iz zone udobnosti mogao biti težak, ali zaista ne mora da bude zastrušujući. – Pomislila je na to koliko je daleko otišla otkad je stigla tu. Ono što je trebalo da bude poziv na veliku, mrsnu grčku svadbu pretvorilo se u svojevrsnu helensku terapiju. Otkrila je koliko snažna može da bude, koliko je izdržljiva, za šta je sposobna ako je malo poguraju. A otkrila je i mnogo toga o Margo. To putovanje na grčko ostrvo u mnogo čemu joj je otvorilo oči.

– Nemoj Kozmosu da kažeš ništa o zonama udobnosti i teškoćama – rekla je Anastasija, odmahujući glavom. – Nemoj bar dok ovo mesto ne bude blagosloveno zmijama.

– Onda, šta se događa sa zmijama? – upitala je Kara kad su produžile ka vili.

– Stave se na sredinu svake prostorije u kući, izgovaraju se molitve, a drugi po godinama muškarac koji prisustvuje mora da pleše. Posle toga ih nahrane. Zmije, ne muškarca drugog po godinama.

– O, opa, to je nešto drugačije – istakla je Kara. – Gde nabavljate zmije?

– Ha! Tako si smešna, Kara – rekla je Anastasija, smejući se. – Šta misliš da je u ovoj torbi?

Kara je pogledala u malu torbu koju je Anastasija prebacila preko ramena. – Ti to ozbiljno? Nijedna nije otrovnica, zar ne?

– Hajde – rekla je Anastasija, zakoračivši ispred nje. – Da moja majka ne čeka.

62.

Akis je gledao svoju baku kako uz Janisovu pomoć i oslanjajući se na improvizovanu hodalicu, s tri tačke oslonca koja je ličila na slikarski stalak, oprezno stupa preko praga. Požurio je ka njoj da joj pomogne. Bilo je čudo što je uspevala i da stoji, a kamoli da se oseća dovoljno dobro da dođe na blagosiljanje pred venčanje.

– Jaja, trebalo je da mi kažeš da dolaziš – rekao je Akis, uhvativši je za nadlakticu. – *Yassas*, Janise.

– *Ya* – odvratio je Janis.

– Da sam ti rekla da razmišljam da dođem, rekao bi mi da ne dolazim – odgovorila je Irini.

– A ti me ne bi poslušala – nastavio je Akis. Poljubio ju je u oba obraza.

– Mama! Šta ćeš ti ovde? – uzviknula je Sofija, potrčavši pred nju.

– O, molim te, Sofija, hoćemo li opet s tim? Ovog puta si me ti pozvala.

– Jesam – složila se Sofija. – Samo sam pomislila da je trebalo da pitaš mene ili Tanasisa da te dovezemo.

– Imam ja svoj kamionet – istakao je Janis.

– Da – odvratila je Sofija. – Videla sam ja tvoj kamionet.

– Mama – upozorio ju je Akis.

– Izvolite – rekla je Sofija, klimnuvši glavom Irini i Janisu. – Poslužite se mezeom.

Kao i na svim grčkim okupljanjima, reč „meze" je bila krajnje umanjivanje. Zapravo je bilo toliko hrane na dugačkom izletničkom stolu da je Akis znao da će je biti i sutra za Kozmosovo i Renino venčanje, bilo da snabdevači hranom obave svoj posao ili ne.

– Ovo je nameštaljka, dragi moj. A mislim da si ti znao za nju!

Bio je to Horejšio, koji je potapšao Akisa po leđima.

– Šta je?

– O, vidim, sad se praviš blesav. Možda bi trebalo da okrivim Anastasiju. Zato što sam, znaš, *ja* drugi po godinama ovde, tako da *ja* moram da plešem sa zmijama.

Akis se nasmejao. – Stvarno?

– Ajde, samo napred, glumi iznenađenje, smej se još malo.

Akis se osmehivao Horejšiju, a onda mu je srce ubrzalo kad se Kara pojavila na vratima.

– O, evo nje – uzdahnuo je Horejšio. – Kako je moguće da uvek izgleda tako seksi?

– Da – odvratio je Akis. – Znam.

– Šta? – uzviknuo je Horejšio. – I tebi se viđa Margo?

Akis je odvratio pogled od Kare i okrenuo se ka prijatelju. – Ne... govorio sam o Kari.

Horejšio se nasmejao. – Huu, već sam pomislio da ću morati da se pobijem s tobom. – Ponovo je uzdahnuo. – Onda, kako ide s tobom i Karom? Ili vam velika crna sveštenička odora i dalje stoji na putu?

– Nije to tako jednostavno – odgovorio je Akis.

– Sa ženama nikad nije jednostavno – složio se Horejšio, klimajući glavom. – Ali to je jedna od lepih stvari u vezi s njima. Pitaću Margo da se viđa isključivo sa mnom.

– Šta? – uzviknuo je Akis. Koliko je on znao, Horejšio se nikad nije viđao isključivo s jednom ženom. Voleo je da švrlja, isprobava i eksperimentiše.

– Ne znam, Margo je nekako drugačija. Nikad se nisam osećao tako povezano s nekim – objasnio je Horejšio.

Akis je osećao isto u pogledu Kare, što joj je protekle noći i rekao... samo što ona to nije čula.

– Bože, hoćeš li me saslušati? – rekao je Horejšio. – Ovako se osećati zbog jedne žene. Možeš li da zamisliš? I upravo sad, dok se tako osećam, moram da plešem oko zmija otrovnica.

– Otrovnica? – upitao je Akis. – Jesi li siguran? Zato što niko nikad nije doneo poskoka ni na jedno blagosiljanje na kojem sam ja bio.

– Govorimo o tvojoj *sestri*! I ti očekuješ da postaneš sveštenik. Izludela je celu porodicu.

Iznenada se začulo nešto nalik rogu. Loše odsvirano, dovoljno glasno da prekine sva ćaskanja u kuhinji povezanoj s dnevnom sobom. Bio je to Kozmos, stajao je na stoličici, sa svojim starim trombonom u ruci.

– Kozmo! Silazi odatle! – istog trena je uzviknula Sofija, uletevši. – Pašćeš i slomićeš nogu, nećeš moći da koračaš uz *Svadbeni marš*!

– Da korača uz *Svadbeni marš* – rekao je Horejšio zacerekavši se.

– Ne! – izjavio je Kozmos – Vreme je da govorim... u svoje ime. U svoje i Renino ime.

Akis je istog trena osetio nelagodu. Nimalo nije ličilo na njegovog brata da bude u centru pažnje, a kamoli da se popne na stoličicu s trombonom, suprotstavljajući se njihovoj majci.

Nad odajom je zavladao tajac.

Kozmos se nakašljao. – Kad sam zaprosio Ren a ona pristala, bio je to najsrećniji trenutak u mom životu. Ali onda, kad smo počeli da planiramo venčanje, bilo je kao da su nam oduzeli svu našu sreću zamenivši je onim što usrećuje druge ljude.

Odnekud je dopro uzvik zapanjenosti. Otac Spiros je načinio znak krsta u vazduhu.

–A naučio sam – nastavio je Kozmos – od svog brata Akisa da je daleko lakše usrećiti druge nego skupiti hrabrost da glasno kažeš šta imaš, da napraviš sopstveni izbore i budeš odvažan.

Akis je progutao pljuvačku kad je susreo Kozmosov pogled.

– Moj brat je pokušavao sve da usreći, uvek. Spasao mi je život, izgubio je prst i naudio sopstvenoj karijeri, pripremio se da postane sveštenik kako bi se postarao da se našoj porodici ne dogodi ništa loše. Ali to nije odvažnost. To je odustajanje. Nešto u čemu sam ja uvek bio dobar.

– Kozmo – umešala se Sofija. – Hajde, niko to ne želi sad da sluša. Da te spustimo.

Akis je tad istupio, uhvativši majku za nadlakticu. – Ne, mama. Pusti Kozmosa da govori.

– Ja želim da budem hrabar – izjavio je Kozmos, mašući trombonom. – Želim da budem muž na kojeg će Ren biti ponosna. Neko ko će se zauzeti za ono što ona želi. Što oboje želimo. I zato... nećemo sutra da se venčamo.

Akis je morao da zadrži majku jer je imao osećaj da je iz nje izletela sva životna sila. Anastasiji je tabla sa štipaljkom ispala na pod. Čuli su se žamor i šaputanje, kao da niko nije znao šta tačno da kaže ili uradi.

– Jebote – prošaputao je Horejšio.

Onda je sve utihnilo.

– Venčaćemo se *danas* – objavio je Kozmos.

Čuli su se uzdasi, ponovo se poveo razgovor, nekoliko pomorandži se otkotrljalo sa izletničkog stola.

– I znam da će neki među vama biti zbunjeni, ljuti ili tužni, da će vas obuzeti mnogo drugih osećanja, ali ta osećanja nemaju ništa sa mnom i Ren i s našim venčanjem. Zato vas molimo da budete spremni za jedan sat, u četiri po podne. Venčaćemo se u porodičnoj kapeli Dijakosovih. – Kozmos je sišao sa stoličice, pa se ponovo popeo na nju dodavši: – Hvala.

63.

Kapela porodice Dijakos, Notos

Kari je trebalo malo vremena u svežoj unutrašnjosti kapele. Mali i zadivljujući prostor odisao je prisnošću i mirom, te joj je bilo jasno zašto su Kozmos i Ren odabrali da se ceremonija obavi tu umesto ispod zlatnih lukova i cvetnih venaca koje je Sofija napravila. Suština stvari, svrha venčanja, ljubav koja ih je dovela dotle bili su skoro izgubljeni pod svim onim ukrasima. Bilo je to pomalo kao da sve te stvari u životu koje zapravo nisu toliko važne bacaju u zasenak čoveka.

– O, izvini, nisam znao da je neko tu.

Na zvuk tog poznatog glasa Kara je podigla pogled s kompozicije koju je čitala. Akis je stajao u dovratku, sunce ga je obasjavalo prijatnim sjajem.

– Odvojila sam sekund da se podsetim šta sam rekla da ću pevati i da shvatim da nemam dodatna dvadeset četiri sata da prođem kroz to.

Osmehnuo se, ušavši. – Moja majka podseća sebe da će većina gostiju na fotografijama nositi farmerke, osim ako ne odu kući da se presvuku. I da papreno skupa hrana za koju se nedeljama borila neće biti svadbena gozba. Gozba će biti njena spanakopita i baklava.

– Dovoljno je dobro – rekla je Kara, odvrativši pogled s kompozicije – što je Kozmos smogao snage da kaže šta on i Ren žele.

– Dobro je – složio se Akis, klimajući glavom. – Nikad nisam čuo Kozmosa da tako govori. Tako neustrašivo.

Kara je klimnula glavom, progutavši čitav niz osećanja koja su se budila dok se Akis približavao. – Ako to išta dokazuje, onda dokazuje da nikad nije kasno biti neustrašiv.

– Stvarno?

– Da, hoću da kažem, ljudi ponekad misle da su previše toga prošli i da... da ne postoji uvek tačka preokreta. Kao da moraš nastaviti da ideš istim putem jer si uvek njime išao.

– A sad to zvuči kao da bi mogla da govoriš o drevnom porodičnom prokletstvu i lozi sveštenika. – Naslonio se na stolicu pored nje.

– Koliko vremena imaš? Postoji li neki datum kad moraš da obučeš odoru ili nešto slično? Izvini, nisam htela da zvučim grubo, samo sam... da li se to ovde kaže „zarediti“ se?

Gledala je Akisa kako je duboko udahnuo, a onda je ponovo prostrelio onim pogledom.

– Neću postati sveštenik.

Tad je shvatila da je zadržala dah i nije znala kako da odgovori.

– Razgovarao sam sa ocem – nastavio je Akis. – On je čovek od malo reči, uglavnom zato što pored moje majke niko ne može mnogo toga da kaže, a verovatno je zato Kozmos doneo trombon. – Uzdahnuo je. – Bilo kako bilo, ono što mi je rekao nateralo me je da shvatim da ponekad samo treba da imaš vere da će svet nastaviti da se okreće za tebe i sve ostale bez obzira na odluke koje donosiš. Ne možeš biti odgovoran ni za čiju budućnost osim za sopstvenu. I svako ko pokuša da te *učini* odgovornim, treba pomnije da se zagleda u sebe.

Kara je videla koliko osećanja prolazi njim u tom trenutku. Videlo se u napetosti njegovog vrata, ramena i ruku. Želela je samo da odagna tu napetost. Ali propustila je priliku...

– Žao mi je – rekao je Akis.

– Ne treba da ti bude žao – odvratila je Kara. – Rekao si mi kad smo se upoznali da tuđa mišljenja nisu važna. To je samo jedan mali korak dalje ka saznanju da ljudi mogu da ti nametnu svoje planove i da ćeš se osećati krivim ako ih ne ispuniš.

– Volim svoju porodicu – rekao joj je.

– I ja – složila se. – Ali to ne znači da su savršeni.

Klimnuo je glavom pa se osmehnuo. – I evo tebe, u kapeli, savetuješ me. Kao da su se uloge promenile u odnosu na naš prvi susret.

– Mislim da se otad mnogo toga promenilo – rekla je Kara.

– Ponovo pevaš.

Klimnula je glavom. – I u meni.

Osetila je to trenutak pre no što je njen um to pomislio. Bila je u tom prelepom prostoru za venčanje, nekoliko centimetara od čoveka koji ju je od početkao osvojio, od nekog koga nije mogla da predvidi, nekoga ko nije bio ni nalik bilo kome koga je ranije upoznala. Vazduh između njih bio je napet koliko i miran, ništa i sve je lebdelo u vremenu.

– Aki!

Trgla se, trgao se i on, oboje su bezmalo poskočili sa stolica kao da su uhvaćeni u nečem zabranjenom, kad je Anastasija ušla u kapelu.

– O, Kara, nisam znala da si i ti tu – rekla je.

– Prolazim kroz... kompoziciju za ceremoniju – odgovorila je Kara glasom za koji je znala da otkriva da to nije cela priča.

– A ja sam proveravao da li je klavir i dalje naštimovan – dodao je Akis.

– Do-bro – rekla je Anastasija zureći u oboje kao da su zanimljivost na izložbi. – Pa, Horejšija je ujela zmija.

– Šta? – uzviknuo je Akis.

– Nije poskok, ali ostao mu je trag, takvo je derište, pa...

– Doći ću – rekao je Akis.

– Trebalo bi i ja da pođem – rekla je Kara, uzevši note.

– Ne, Kara, u redu je – rekao je Akis. – Nemoj da žuriš. S gledanjem... svoje pesme.

Kara je progutala pljuvačku, trenutak je prošao, a Akis je ponovo bio van domašaja.

64.

Bilo je više ljudi ispred kapele nego u njoj, većina je stajala između maslina, tražeći bilo kakav hlad, a kad su Ren i njena majka pošle ka malom belom zdanju, okupljeni su počeli da tapšu.

– Baš divno izgleda – primetila je Kara. Ona i Margo su već neko vreme bile napolju, do trenutka kad Kara bude morala da uđe i otpeva „Make You Feel My Love“ uz Akisovu klavirsku pratnju.

– Da, izgleda – rekla je Margo. – Začudo, pošto je prilično bezlična devojka.

– Margo!

– Rekla sam da izgleda divno, zar ne?

Kara je pomislila da Ren izgleda kao najozarenija nevesta koju je ikad videla. Sve je bilo tako prirodno, od dugačke bele venčanice ukrašene sitnim belim radama, do njene diskretne šminke i malih pletenica u koje joj je kosa bila upletena. Bilo je teško poverovati da bi ogroman cirkus koji je Sofija planirala mogao odgovarati tom paru. To ju je vratilo na organizovanje sopstvenog venčanja. Da li je zaista htela da se zavetuje Sebu u destileriji viskija? Da li je zaista uopšte htela da se zavetuje Sebu?

Pogledom je pronašla Akisa, koji je pred vratima kapele čekao s Kozmosom i sveštenikom. Kad god bi ga pogledala, lančana reakcija osećanja pokrenula bi se u njoj kao na rolerkosteru. Setila se kako je dodirnuti ga, poljubiti ga, prisno razgovarati s njim. Čeznula je za budućnošću koja je njega uključivala...

– Pogledaj Horejšija – rekla je Margo. – Povreda od *maksi-goua* na jednoj ruci, a sad i ujed zmije na drugoj.

Kara je pogledala tetku kao da je odala tajnu šifru. – Povreda od *maksi-goua*.

– Pa... pretpostavljam da su tajne izbile na videlo.

– I nazvala si ga Horejšio umesto Horor.

– On je glupi dečak – nastavila je Margo. – Ali je jedini muškarac koji se potrudio da me upozna. – Osmehnula se. – Slušao me je dok sam igrala svoje uobičajene igre na koje je odgovarao kako treba, a onda bi prestao da odgovara puštajući me da pričam, a on bi me samo *gledao*. Osećala sam se tako razotkriveno, Kara. A onda sam počela da mu govorim ono što obično ne govorim muškarcima, a on je ostao i hteo je i dalje da ostane.

Kara je pogledala u Margo, i kao da je videla još jedan njen sloj, onaj bez teškog oklopa. Meki, autentičniji deo tetke koju je mnogo volela. Jeste, pravila je greške – mnogo grešaka – ali uprkos njenom siledžijskom pristupu, Kara nikad nije sumnjala da su te greške načinjene s najboljom namerom.

– Znaš, ono što si uradila sa Sebom... bilo je pogrešno – rekla je Kara.

Margo je uzdahnula. – Misliš da ne znam? Znala sam još dok sam radila to, znala sam kad te je ostavio i znala sam otkad to krijem od tebe. Oduvek sam znala da je pogrešno, ali to kao da me nije sprečilo da nastavim da teram po svom. Kad nekog voliš kao ćerku to te zaslepi i dođavola ode sve racionalno.

Kara je progutala pljuvačku. To je bila krajnje iskrena Margo. – Ne smeš nikad više da uradiš ništa slično, Margo. Moramo povući liniju i prihvatiti ono što se dogodilo, a zatim nastaviti potpuno iskreno.

– Slažem se. Nema više korišćenja veza iz MI5 za praćenje neprikladnih udvarača. Nema više donošenja odluka umesto tebe. I...

– I treba da kažeš Horejšiju šta osećaš – rekla je Kara dok su zvanice prolazile kroz crkvena vrata.

– U pravu si, trebalo bi – složila se Margo. – Čak i ako to nema nikakvih izgleda.

– Šta hoćeš da kažeš?

– Pa, to nema budućnost, zar ne? Kako bi moglo da je ima? On je malerozni plesač bez banke u džepu koji živi na grčkom ostrvu, a ja sam ja.

– Ali rekla si...

– Ooo, hajde da se proguramo kroz vrata. Hoću da slikam Sofijino besno lice kad bude videla da jedan gost nosi prljav radnički kombinezon.

Jedino što je Kara čula kad je ušla u kapelu bilo je slabašno zričanje cikada u stablima masline koja su okruživala to posebno mesto. Sveće su gorele u svakoj niši, obasjavajući sve romantičnim sjajem, a kad je pogledala u Ren i Kozmosa, koji su stajali sa sveštenikom, srce joj se nadimalo od radosti zbog njih. Trebalo je da bude nervozna, zbog svog tek drugog izvođenja u javnosti otkako je skupila hrabrost da počne od početka, a ipak, nije bila nervozna. Jer, koliko god da joj je bilo važno da peva dobro u toj prilici, njena uloga nije bila da zadivi zbog nečije objave, uloga joj je bila da se napokon oseti delom tog pomalo šašavog grčkog porodičnog događaja – Kozmosovog i Reninog događaja.

A Akis je bio tu, za klavirom, čekao ju je kad je skliznula pored Irinine neobične hodalice s točkićima i preskočila preko torbe u kojoj su bile – nadala se da nisu i dalje – zmije.

– Dobro si? – prošaputao joj je.

– Da – odgovorila je i udahnula. Nije bilo potrebe za mikrofonom, kapela je bila tako mala da će njen glas ispuniti ceo prostor te nije morala ni da stoji.

Prišla je Akisu i pognula glavu da bi mu prošaputala na uvo.

– Mogu li za sednem?

– *Fizika* – odgovorio je, malo se pomerivši da joj napravi mesta.
– Naravno. Da.

Sela je, bili su sasvim blizu jedno drugom, telo uz telo, njena toplota, njegova toplota, a onda je zasvirao.

Dok su njegovi divni prsti prebirali po dirkama, Kara je zapevala, pogleda prikovanog za Ren i Kozmosa koji su se držali za ruke. Ali kad je malo razmislila o njihovom zajedništvu i čistoti njihove ljubavi, shvatila je da više nema potrebe da bude viđena. Reči su isticale iz nje, opustila se na mestu na koje je već išla kad joj je to bilo najpotrebnije, osećajući toplotu Akisovog tela, vlažnost u vazduhu, miris klematisa u povetarcu. Lebdela je zajedno sa svojim tonovima dok se pesma primicala kraju, a onda je shvatila da se nikad nije osećala tako slobodnom.

Aplauz ju je trgao, neočekivan na tim svetim sedištima, te je iznenada osetila da se otkriva sve ono što je zamislila. Obrazi su joj se već zažarili.

– Dobro si.

Bio je to Akis, rekao je to, nije pitao, ohrabrujuće, njegovo prisustvo bilo je umirujuće koliko i uzbuđujuće...

– Više nego dobro – odvratila je, podigavši pogled da sretne njegov.

65.

Dom porodice Dijakos, Notos

Dok je sunce zalazilo, Akis je gledao goste na venčanju na terasi svojih roditelja, kako plešu ukrug uz muziku za koju su se postarali seljani. Imali su dve gitare, buzuki, bubanj i nešto između flaute i blok-flaute. Ništa nije bilo planirano, samo njihovi prijatelji i susedi, od kojih niko nije bio na prvobitnom spisku zvanica za zamišljeni prijem njegove majke. Ovo je bilo bolje. Ovo je bilo grčko ludilo, da, ali u tradicionalnom smislu, ne nešto usiljeno ili usklađeno sa strogim rasporedom.

– Ne znam da li se naša majka iskreno osmehuje ili se uzdržava dok ne ostane sama i ne pukne joj aneurizma.

Bila je to Anastasija pored njega, sa čašom vina, kosa joj je bila griva raspuštenih kovrdža, kakva je uvek bila kad su bili mlađi. U to vreme nije bilo neuobičajeno da joj iz talasa kose izvuče grančicu ili čak žive gusenice.

Osmehnuo se. – Ali ovako je najbolje, zar ne? Naš mali brat je konačno progovorio. Da bi rekao mami šta želi.

– Na pet minuta – rekla je Anastasija. – Maločas ju je pitao može li da uzme više od šest porcija dolmi sad kad je oženjen.

Akis je odmahnuo glavom, ali na licu mu je bio osmeh. – Nikad se neće sasvim promeniti. Ali, s druge strane, i zašto bi?

– Zašto bi se iko menjao? – uzdahnula je Anastasija.

Ponovo je pogledao sestru dok su plesači stali u vrstu i počeli da vijugaju između stola ispred njih. – Razmišljala si o Triniti.

– O, dobro, kosa mi je nikakva, šminka mi je uništena od vlage i izgledam kao govno, a ti misliš da razmišljam o svojoj bivšoj.

Akis je znao da ne mora ništa da kaže.

– Da! Da, naravno da sam razmišljala o Triniti! – uzviknula je Anastasija. – Mesecima sam u pripremama za ovo jebeno venčanje, a poslednje što mi je rekla pre nego što je otišla bilo je „udaj se za mene".

To je bila novost. Akis je gledao kako joj težak dah zastaje u grlu, a suze joj naviru na oči. Prebacio joj je ruku preko ramena i privukao je bliže.

– Uh, nemoj! Zahvalna sam na zagrljaju, ali ne želim pažnju – rekla je, izvivši se iz zagrljaja.

– Misliš da će nas bilo ko od gostiju primetiti dok se dave u skupom vinu za koje niko zaista ne mari?

– Pa, ne treba mi zagrljaj da bih znala da sam zajebala stvar s Triniti. Znam to, znam otkad je otišla. – Uzdahnula je.

– Onda preduzmi nešto – predložio je Akis.

– Šta nisi čuo? Zaprosila me je, a ja sam rekla ne.

– Onda kaži da. Ili joj postavi isto pitanje ako se tako osećaš.

Anastasija je odmahnula glavom. – Ne ide to tako.

– Ne – složio se Akis, klimnuvši glavom, pogledom lutajući preko terase u potrazi za Karom. – Ali možda bi trebalo.

– Šta? – upitala je Anastasija. – Kažeš da bi trebalo da... povučem reč. Vratim se istim putem? Promenim prošlost?

– Treba li ti knjiga starih izreka da dodaš još nešto?

– Trudim se da me razumeš.

– Pa, ako te zanima šta ja mislim, verujem da je ponekad važno biti jasan, znaš, da bi se izbegla svaka sumnja, da se ne bi propustila prilika, bilo koji nagoveštaj nesporazuma.

– Govoriš o meni i Triniti, ili o sebi i Kari? – upitala je Anastasija.

Nije morao dugo da razmišlja o tom pitanju. – Možda i o jednom i o drugom. – Onda mu je neki zvuk skrenuo pažnju. – Je li to Janisov pas?

Kara ga je videla pre nego što ga je čula. Četiri noge, krzno, nije mačka. Pas je bio krupan, više zver nego štene i balavio je, cvetni aranžman visio mu je iz čeljusti. Kad ju je spazio sa oboda terase ispustio je cveće i zarežao, što je ona protumačila kao da u njoj vidi svoj sledeći zalogaj. Udahnuvši, razmislila je o mogućnostima. Mogla bi polako da se povuče, skloni se u bezbednost grupe i plesača. Mogla bi da se zavuče pod sto, zabarikadira se stolicama i sakrije se iza stolnjaka. Ili bi... mogla da pokuša nešto drugo.

– Dobar dečko – prošaputala je.

Režanje se pojačalo, bale su mu kapale iz usta.

– Dobar dečko – ponovila je, ovog puta malo sigurnije.

Pas kao da je promenio raspoloženje. Da li je to u njegovim očima bio tračak neodlučnosti u pogledu sledeće akcije?

– Dobar dečko – ponovila je Kara, primakavši se za korak.

Hoće li stvarno uraditi ono što je suprotno njenim instinktima? Napravila je još jedan korak, pa još jedan i još jedan, dok nije bila dovoljno blizu da ga dodirne. Srce joj je tuklo dok je polako pružala drhtave prste ka životinji, i dalje ponavljajući „dobar dečko", sa sigurnošću na koju nimalo nije bila navikla. A onda je, napokon, dodirnula psa, prsti su joj našli njegovu dlaku, uranjali su u bogato krzno. Bio je to tako neobičan osećaj, tako neprijatan, ali ujedno i neverovatno osnažujući. Ostala je bez daha brzinom skakavca koji je s tla skočio uvis. Pas je dobroćudno zalajao pa joj stavio ogromnu šapu na noge. Iako je to prepalo Karu, nasmejala se i ponovo mu razbarušila dlaku na glavi.

– To je Atlas.

Sad je skočila na zvuk Akisovog glasa iza sebe. Pas se spustio njušeći u potrazi za skakavcem i gazeći cveće koje je već izmrcvario.

– O, nisam stigla da ga pitam kako se zove, a on sad radi nešto drugo. – Osmehnula se i okrenula glavu ka njemu, odjednom osetivši nesigurnost. – Izgleda da svi uživaju u svadbi.

– Moja majka je zamišljala ljupkost, štimung, nešto što bi priredila kraljevska porodica, a našla se sa svima onima za koje nije želela da budu tu i koji prisustvuju svakom lokalnom panegiriju.

– Šta je panegiri?

– To je zabava. Proslava. Svakog leta ovde ima muzike, hrane i vina, svi zajedno izvodimo tradicionalne grčke plesove.

– U tom slučaju, da – rekla je Kara, posmatrajući goste kako se drže za ruke i igraju u ritmu muzike. – Tako to izgleda i veoma mi je drago zbog njih.

– I meni – složio se Akis. – Ali, znaš, drago mi je i zbog tebe.

– Zbog mene?

– Zbog Atlasa – odvratio je Akis. – Što si mu se približila, Kara. Dodirnula ga. To je nešto najvažnije za tebe.

Bio je to ogroman korak i adrenalin joj je još kolao venama, noge su joj pomalo podrhtavale. – Pa, mislim da to dugujem tebi.

– O ne – rekao je Akis, odmahujući glavom. – Možda sam došao da vidim jesi li dobro, ali stajao sam po strani i gledao kako ga smiruješ i sprijateljuješ se s njim.

Kara je odmahnula glavom, utroba joj je sad podrhtavala iz drugih razloga. Razloga za koje je znala da ih mora razjasniti ili će celog života žaliti.

– Ne, hoću da kažem, u drugim prilikama. Zapravo, u svim ostalim prilikama, otkako smo se upoznali. – Zadržala je dah, gledajući osmehnuta lica gostiju, posmatrajući Margo s Horejšijom... Ponovo se usredsredila na Akisa. – Sećaš li se kad sam se uspaničila na Santoriniju, kako si mi rekao da nađem svoje sigurno mesto, najudobnije, toplo, mesto nad mestima?

– Da – odgovorio je.

– I... pa... nikad me nisi pitao kuda sam otišla – nastavila je Kara.

– Pa... – zaustio je Akis – zato što je to kuda si otišla, gde se osećaš sigurno, lično. Kao i kome dozvoljavaš da te vidi kad ne želiš da te ceo svet gleda.

Kara je klimnula glavom, ovlaživši usne. – Znam, ali... Želim da ti znaš. Želim da ti kažem. – Upravo tad, u tom trenutku, želela je to više nego bilo šta. Ponovo je udahnula. – Mesto na koje sam otišla, gde se osećam sigurno, toplo i zaštićeno... bio je... zadnji deo tvog motocikla. – Progutala je pljuvačku, osećajući se viđenom više nego ikad ranije. Ali nije bilo povratka. – Sedim na njemu, držeći se za tebe, motocikl leti putem, povetarac mi duva u lice, moje telo je tako blizu tvog.

Same te reči izazvale su u njoj čežnju da ponovo bude tamo, da ponovo doživi sva ta osećanja.

– Kara...

– Ne, stani, samo sekund. Moram ovo da ti kažem. O onom što sam rekla da nisam spremna ni za šta. Mislim da to nije istina.

Mislim da je to nešto što sam govorila sebi kako bih izbegla donošenje odluke. Zato što je lakše reći da nisi spreman, nego priznati da bi mogao da budeš, da želiš da budeš, da zbog nekog *osećaš* da želiš da budeš.

Pogledala je u njegove čarobne oči. Pomalo su bile boje mora, pomalo boje neba, zelenkaste kao masline s nagoveštajem otkosa trave. – Ne želim više ničeg da se plašim, Akise. Ne želim da žalim za bilo čim i ne želim da živim u prošlosti. Želim da živim za svoju budućnost. – Prišla mu je korak bliže. – Želim da otkrijem šta mogu da budem, ali volela bih to da uradim sa onim s kim želim da budem.

Tad joj je prislonio dlan na obraz, privukavši je bliže, izraz na njegovom licu nije se mogao sasvim protumačiti. Da li je rekla previše? Očekivala više nego što je on mogao ili želeo da pruži?

– Kara, ti se ne možeš uporediti ni sa kim koga sam ikad upoznao – rekao joj je. – Tako duboko osećaš. Veoma si brižna. I ne shvataš kako te je to onemogućilo da se brineš o sebi. – Palcem joj je pritisnuo lice. – Ništa ne želim više nego budućnost u kojoj ćeš ti otkrivati šta želiš da budeš.

– Hajde onda zajedno da otkrijemo šta želimo da budemo – rekla je Kara. – Ne znam kako to ide, ali hajde da pokušamo.

Presekao joj je dah kad ju je poljubio, a ona je pritisla usne uz njegove kao da se ljube prvi put posle veoma dugo vremena. I dok su se privijali jedno uz drugo, spojenih usana, svadbena muzika jedrila je kroz letnji vazduh, a negde je magarac odobravajuće zanjakao.

Epilog

Grad Krf, idućeg leta

– Dame i gospodo, molim vas pozdravite Karu Džouns i Akisa Dijakosa.

Putnici na kruzeru su tapšali u raskošnom vinskom baru – jednom od nekoliko na tom luksuznom brodu usidrenom u luci grada Krfa. Kara je posle njihovog izvođenja uhvatila Akisa za ruku i postarala se da on dobije isto toliko aplauza koliko ih je ona dobila. Nije bilo govora o tome da prigrabi za sebe svu svetlost reflektora kad su njegove pesme dodavali repertoaru, svako veče na tim grčkim letnjim krstarenjima. Ali to putovanje bilo je naročito dirljivo. Ne samo da su se vratili na ostrvo na kojem je za njih sve počelo prošlog leta nego su i slavili nešto veoma posebno.

Kara je mahnula dok su prolazili kroz salu ka Margo i Horejšiju, koji su sedeli u otmenom separeu u pozadini.

– Znaš, još ne mogu da verujem – Kara je prošaputala Akisu.

– Da su se venčali?

– Da! Ali ne samo to. Već godinu dana su zajedno. Margo je kroz veze prolazila kao što se prolazi pored turskog groblja. Godinu dana je mnogo vremena za nju.

– A brak će biti još duži – dodao je Akis. – Osim toga, zar nismo i mi godinu dana zajedno?

– Znam – rekla je, osmehujući mu se. – Ali ja nisam prolazila kroz veze kao pored turskog groblja. Ili kao što si ti nekad prolazio pored maslinovog ulja.

– Prolazio? – upitao je, izvivši obrve. – Mislim da je direktor krstarenja izneo sadržajno mišljenje o mojoj ideji za plesni nastup.

– Ali Horejšio sad radi za *Kerid avej* – podsetila ga je Kara dok su usporavali.

– Samo zato što uživa da mu Margo govori šta da radi – Akis je uzdahnuo. – Svi ostali plesači nastupaju u Albaniji.

Kara je zastala i dodirnula ga po ruci. – Nedostaje li ti to, Aki?

– Šta?

– Žene vezane za stolicu, kojima plešeš?

Uhvatio ju je za ruke i stavio joj ih iza leđa pre nego što je stigla da se pobuni. Zadržala je dah.

– Zaboravila si Rodos? – šapnuo joj je na uvo. – I Mikonos?

– Nisam – rekla je kroz uzdah, osećajući žmarce na leđima.

– Šta bi onda od toga moglo da mi nedostaje? – upitao ju je, značajno je poljubivši uz uho. – Odmakao se i obratio se prijatelju. – Horejšio!

Kara se osmehnula, odmahujući glavom, pa se povela za njegovim primerom.

Pre nego što je stigla do stola, Margo je bila tu, zgrabivši je u medveđi zagrljaj, kakav joj nikad nije bio svojstven. Od onih koji gužvaju odeću i blago gnječe kosti. Od onih koji govore da u njoj obitava najdublja ljubav.

– Koliko je vremena prošlo? – rekla je Margo, napokon je pustivši.

– Prošlo je šest nedelja – odvratila je Kara.

– Znam, ali se kafa na brzinu na aerodromu ne računa, zar ne? I da li je zaista prošlo samo šest nedelja otkako sam s tvojom majkom do kolena zagazila u rastinje? – Margo je odmahnula glavom. – Nikad više. Ne zanima me što je dobrotvorna organizacija stvarno *želela* fotografiju velikog čeka za svoje društvene mreže, mogu da otrpim bube, ali oni papagaji...

Kara se osmehnula. Još jedna promena kod Margo bila je što se donekle ponovo povezala s Glici. Možda nisu bile naročito bliske, ali provele su nedelju dana zajedno, a na osnovu ono malo informacija što je Kara uspela da napabirči od obe, njihova ranija sestrinska netrpeljivost ostavljena je po strani.

– Jesi li videla da se Radž sakrio? – prošaputala je Margo.

– Da – rekla je Kara. – Sofija je svima ispričala na prethodnoj porodičnoj večeri. Mislim da je to pomenula zato što nije znala šta da kaže kad je Ren objavila da ona i Kozmos očekuju blizance.

– Znaš li da su Horejšija pitali da bude kum, ili šta god da je to u Grčkoj? I dalje govori smešnim glasom za koji misli da podseća na glas Ala Paćina.

Kara se nasmejala. – Skoro da mogu da ga čujem.

– O, čućeš ga, mogu da ti garantujem – rekla je Margo.

– Tako divna vest za blizance, zar ne? O, i o Anastasiji i njenoj novoj devojci.

– Kaži mi, ako jedno od blizanaca bude dečak, da li će morati da postane sveštenik.

– Prestani – rekla je Kara. – To se, u teoriji, odnosi na Akisovu decu. Ali, znaš, mislim da Sofija više ne razmišlja mnogo o prokletstvu, sad kad su se porodici dogodile sve lepe stvari. Čak je prošle nedelje pozvala Irini na večeru.

– Samo zato što više nema magarca da je prati – frknula je Margo. – Magarca nikad ne bi pozvala ni na čaj.

– Izgledaš tako srećno – rekla je Kara, ponovo osmotrivši tetku.

– Isto sam htela ja da kažem za tebe – odvratila je Margo.

– To je zato što jesam srećna – rekla je Kara, pogled joj je odlutao do stola za kojim su Akis i Horejšio sedeli zajedno. – Nikad nisam bila srećnija. Posle svega što se dogodilo, znaš.

Pošto je ceo internet brujao o njenom pevanju na zabavi za važne ljude na Santoriniju, dobila je mnogo različitih ponuda da snimi ploču, da bude u žiriju u takmičenjima talenata, da se udruži s Jodijem za božićni singl, ali nijedna od njih joj nije izgledala kako treba. Dobro joj je izgledao taj posao na kruzeru. I nije bilo govora da radi to bez Akisa. Trebalo mu je malo vremena da se oseti sigurnim u svoj izbor muzike, što je bio naredni korak, ali malo-pomalo, Kara je videla kako se on vraća u život, shvatajući da mu njegov hendikep predstavlja teškoću samo ako ga on tako doživljava, i da je njegov talenat, uprkos tome, ogroman.

– Dobro – odlučno je rekla Margo, privukavši je u još jedan, prilično neočekivan zagrljaj. – Onda, budući da si uhvatila bidermajer na mom venčanju, očekujem sličnu objavu u ne tako dalekoj budućnosti.

– O, ne znam za to, nismo...

Zastala je kad ju je Margo pustila, zato što se prizor ispred nje malo promenio. Akis nije više bio pored Horejšija, udubljen u razgovor, sad je klečao na itisonu, nekoliko koraka dalje.

– *Yassas*, Kara – rekao je Akis, pogledavši je.

Rukom je pokrila usta zgranuta, razrogačenih očiju. – *Yassas*.

Nije znala šta uopšte da kaže.

– Kad sam razmišljao kako ovo da uradim – rekao je Akis – setio sam se našeg početka, kad smo se upoznali. Ali posle svega nisam mogao podneti pomisao na sveštenike, pa sam se opredelio za sledeću najbolju stvar. Za čamac. – Naravno, ovaj je veći od čamca koji sam ukrao u marini u Guviji, ali...

– Ipak si ga ukrao? – uzviknula je Kara.

– To sad nije važno – rekao je Akis. Otvorio je kutijicu koju je držao otkrivši zlatan prsten s kamenom boje mora. – Kara, želim da znam... hoćeš li se udati za mene?

Čula je pitanje koje ju je snažno pogodilo. A onda ga je njen um usporeno ponovio, a ona je shvatila koliko je to važan trenutak, koliko je značajan.

– Da! – uzvratila je kao bez daha. – Da, hoću.

Ispružila je ruku a Akis joj je, najbrže što je mogao, stavio prsten na prst. Ustao je s poda držeći je za ruke.

– Usrećila si me više nego što imam pravo na to – prošaputao je.

Odmahnula je glavom. – Ne. Svi imaju pravo da budu šta god ili ko god žele da budu. Ti si me tome naučio. Ničije mišljenje nije važno, sećaš se? – Osmehnula se. – I ne treba mi niko da mi kaže da je biti gospođa Dijakos ono što sad najviše želim.

– Zapravo – rekao je Akis – prezime ti se neće promeniti. Tako mi to radimo u Grčkoj.

– I još nešto radimo u Grčkoj, pijemo uzo u svakoj prilici – doviknuo je Horejšio, pozvavši ih za sto na kojem je sad stajala boca aperitiva.

– Ili – rekao je Akis, zaustavivši Karu – dogovorio sam se da mi dovezu motocikl u luku. Možemo da se provozamo, ako želiš?

Kara ga je stegla za ruku, prijao joj je dodir novog prstena. – To je još jedno pitanje na koje ću odgovoriti sa „da". Idemo.

Onda ju je poljubio, žestoko, strasno, a Kara je znala da svojim usnama pokazuje kako se tačno oseća u tom trenutku. Potom su, ne rekavši ništa Margo i Horejšiju, otrčali ka izlazu, ka vratima koja će im omogućiti da pobegnu na malo grčko ostrvo gde je sve počelo. A ono što je počelo jednim grčkim letnjim venčanjem nastaviće se još jednim čarobnim „živeli su srećno do kraja života".

Zahvalnost

Velika hvala svim izuzetnim ljudima koji su mi pomogli dok sam sastavljala ovu knjigu:

– Mom izuzetnom agentu Taneri Simons i njenoj jednako izuzetnoj asistentkinji Lori Hitfild u *Darli Andersonu.*

– Emili Jau, Kandidi Bredford, Džen Hjuston i svim divnim ljudima koji rade u *Boldvud buksu.*

– Mojim najboljim prijateljicama, Su Fortin i Rejčel Lindherst, koje su uvek tu da na ispravan način sagledaju stvar!

– Anabel Luvord iz Krfskog književnog festivala, što me je ohrabrila da pišem malo južnije na Krfu i podsetivši me kako je Krf poseban grad.

– Svim mojim divnim čitaocima koji podržavaju svaku moju knjigu, HVALA VAM mnogo i nadam se da ćete zavoleti i ovu kao i ostale!

Beleška o autoru

Mendi Bagot je proslavljena autorka romantičnih romana koja voli svoje čitaoce da obraduje srećnim krajem. Živi između Solsberija u Viltširu i Krfa, i gaji strast prema knjigama, hrani, konjskim trkama i svemu grčkom!

Knjige Mendi Bagot u izdanju Izdavačke kuće TEA BOOKS d.o.o. (digitalna i/ili štampana izdanja)

Jedno grčko letnje venčanje
Jedno grčko svitanje (Freja i Nikolas 1)

www.ingramcontent.com/pod-product-compliance
Lightning Source LLC
Chambersburg PA
CBHW060758310726
48980CB00002B/144

* 9 7 8 8 6 6 1 4 2 2 5 8 4 *